REGINE SEEMANN

Falkenberg

AHNENERBE Regen und zwölf Grad – ein typischer Hamburger Sommertag. Eigentlich hatten die Kommissarinnen Stella Brandes und Banu Kurtoglu gehofft, in der Abwesenheit ihres Chefs, den Berg an Papierkram abarbeiten zu können. Doch dann wird im südwestlichsten Stadtteil Hamburgs, am Falkenberg, eine Leiche gefunden. Schnell ist die Identität des Toten geklärt. Es handelt sich um den 87-jährigen Psychiater Dr. Henning Manteuffel, einen unbescholtenen Bürger und Gentleman alter Schule. Das auf dem Rücken des Toten eingeritzte Hakenkreuz könnte ein Hinweis auf ein politisch motiviertes Verbrechen sein. Als ein Verdächtiger verschwindet und sich eine Zeugin meldet, scheint die Lösung des Falls zum Greifen nah. Doch Stella und Banu haben nicht mit den menschlichen Abgründen gerechnet, mit denen sie konfrontiert werden. Als sie begreifen, welche Rolle die geheimnisvolle Josefine spielt, entdecken sie die schreckliche Wahrheit, die sie in das grauenvollste Kapitel der deutschen Geschichte führt.

Regine Seemann, geb. 1968 in Hamburg, wohnt seit ihrer Kindheit am Rande der Fischbeker Heide und hat die Legenden von Klaus Störtebeker förmlich aufgesogen. Auch sie ist als Kind losgezogen, um mit einer Plastikschaufel bewaffnet nach dessen Schatz auf dem Falkenberg zu suchen. »Falkenberg« ist ihr Debüt im Gmeiner-Verlag.

REGINE SEEMANN

Falkenberg

Kriminalroman

GMEINER SPANNUNG

Personen und Handlung sind frei erfunden.
Ähnlichkeiten mit lebenden oder toten Personen
sind rein zufällig und nicht beabsichtigt.

Besuchen Sie uns im Internet:
www.gmeiner-verlag.de

Im Ehnried 5, 88605 Meßkirch
Telefon 07575/2095-0
info@gmeiner-verlag.de

1. Auflage 2018

Lektorat: Sven Lang
Herstellung: Mirjam Hecht
Umschlaggestaltung: U.O.R.G. Lutz Eberle, Stuttgart
unter Verwendung eines Fotos von: © manun/photocase.de
Druck: CPI books GmbH, Leck
Printed in Germany
ISBN 978-3-8392-2209-6

Für meine Eltern, die mir alles ermöglicht haben.

DIE SAGE VOM STÖRTEBEKER

»Eine Stunde von Harburg nach Buxtehude zu liegt bei Neugraben ein Sandhügel, der Falkenberg genannt und jetzt mit Tannen bepflanzt, wo er (Störtebeker) eine Burg gehabt und von da aus die Elbe mit Ketten gesperrt haben soll.«

Friedrich Köster: Alterthümer, Geschichten und Sagen der Herzogthümer Bremen und Verden (1856)

PROLOG

Mai 2010

Das kleine Wohnzimmer war aufgeräumt wie immer. Auf dem Sofa lagen Zierkissen und eine akkurat zusammengelegte Decke aus schwarzem Nerzfellimitat. Da er schon seit einiger Zeit spürte, dass seine Blase anfing zu drücken, entschloss er sich, vor dem Gespräch zur Toilette zu gehen. Es würde heute eine ziemlich lange Sitzung werden und er würde es unhöflich finden, mittendrin aufzustehen und das Gespräch zu unterbrechen, weil er mal musste.

Nachdem er sich erleichtert hatte, ging er zum Waschbecken und drehte den Wasserhahn auf. Als er nach der Seife griff, rutschte etwas Glänzendes klackernd ins Waschbecken. Glücklicherweise war der Deckel auf dem Abfluss, sonst wäre der Ring weg gewesen. Er fischte ihn aus dem Waschbecken und nahm ihn zwischen Daumen und Zeigefinger. Dann hielt er den Ring gegen das Licht der Badezimmerleuchte und betrachtete ihn genau. Das Schmuckstück bestand aus einer runden Platte mit Gravur, die auf einem dicken silbernen Reif saß. Die Gravur zeigte eine hohe verzierte Säule, die in den Himmel ragte. Nein, er korrigierte sich, es sah so aus, als ob sie den Himmel hielt. Als er den Ring hin- und herdrehte, erkannte er auf der Rückseite der Platte eine Inschrift: »Brandau, 17.03.1943«.

Irgendwie hatte er das Gefühl, dass dieser Ring, den er

noch nie an der Hand von Herrn Manteuffel gesehen hatte, bedeutsam war. Der Ring erinnerte ihn auch an irgendetwas. Er zog sein Handy aus der Innentasche seiner Jacke und fotografierte das Schmuckstück von allen Seiten.

Dann legte er ihn wieder hinter die Seife, verließ das Badezimmer und ließ sich auf dem Sofa nieder. Zu Hause würde er noch mal seine Aufzeichnungen durchgehen. Vielleicht würde ihm dann einfallen, ob er die Abbildung auf dem Ring schon einmal gesehen hatte.

Es war kaum eine weitere Minute vergangen, da hörte er, wie sich der Schlüssel im Schloss drehte.

ERSTES KAPITEL, JUNI 2010

Iris Behnke trat hinter einen Baum, um sich eine Zigarette anzuzünden. Gierig zog sie am Filter, und als das Nikotin ihre Blutbahn erreichte, merkte sie, dass sie ruhiger wurde. Es wurde auch langsam Zeit für eine kurze Massage ihrer Nerven.

Iris hasste Klassenausflüge. Bei 25 Drittklässlern musste man die Augen überall haben. Es ging heute Morgen an der Bushaltestelle in Marmstorf bereits damit los, dass Marvin einen Streit vom Zaun brach, weil Timo ihm eine angeblich gewonnene Yu-Gi-Oh!-Karte nicht geben wollte. Iris konnte nur mit Mühe verhindern, dass Marvin Timos Schulranzen in den Matsch schmiss. Ihr Teampartner, Daniel Bender, hielt sich hingegen scheinbar unbeteiligt die Wanderkarte »Harburger Berge« vor die Nase.

Iris runzelte genervt die Stirn. Dabei war es seine Idee gewesen, mit den Kindern nach Störtebekers Schatz zu suchen. Er war ein großer Fan von »außerschulischen Lernorten«, wie er es so gern formulierte. Sobald sich im Sachunterricht auch nur die kleinste Möglichkeit ergab, den Klassenraum zu verlassen und »Forscheraufträge« an die Kinder zu vergeben, war Daniel Feuer und Flamme. Bei der ersten ihrer Vorbereitungssitzungen zum Thema »Hamburg« hatte er selig grinsend ein eselsohriges Buch mit dem Titel »Sagen aus Harburg und Umgebung« aus seiner Tasche gezogen und aus dem Kapitel über den berühmten Seeräuber Klaus Störtebeker vorgelesen.

»Wusstest du, dass Störtebeker hier ganz in der Nähe auf dem Falkenberg gehaust haben soll? Es soll sogar eine Burg auf dem Gipfel gegeben haben, und er hat angeblich seinen Goldschatz dort vergraben. Und ich dachte immer, dass das Gold eingeschmolzen und die Spitze der Katharinenkirche daraus gemacht wurde.«

Um das Forscherinteresse bei den Kindern zu wecken und sie für das geschichtliche Thema zu begeistern, schlug er dann auch sofort vor, einen Ausflug zum Falkenberg zu machen, um nach dem Schatz zu suchen. Kleine Schaufeln und Hacken hatte er in seinem Rucksack mitgenommen.

Rückblickend auf ihre nun mehr drei Jahre als Klassenteam war klar erkennbar, dass Daniel und sie nicht immer eine pädagogische Linie hatten. Er war für alles zu haben, was nach offenem und freiem Lernen roch. Iris selbst hatte in ihrer Grundschulzeit die Frühblüher ausschließlich auf der Wandtafel betrachtet und das Gedicht »Die Tulpe« von Guggenmos abgeschrieben und auswendig gelernt. Und obwohl sie es nicht getanzt oder pantomimisch dargestellt hatte, konnte sie es nach so vielen Jahren immer noch fehlerfrei aufsagen.

Iris trat von einem Bein aufs andere, denn ihr wurde langsam kalt. Ihre Leinensneaker waren von dem beständig vom Himmel fallenden Regen bereits durchgeweicht und die neu gekaufte Outdoorjacke hielt nicht gerade das, was sie versprach.

»Das ist also mal wieder der Hamburger Sommer: zwölf Grad und Regen«, murmelte Iris. Sie schnippte die Zigarette in das Dickicht und trat aus dem Wald auf die Heidefläche hinaus. Die Kinder hatten sich in dem weiten Areal verteilt.

Es würde ein Spaß werden, sie heute gegen Mittag alle wieder einzusammeln. Die Kinder schienen jedoch Freude an dem Ausflug zu haben, sie sahen erstaunlich friedlich aus, wie sie mit den kleinen Gartengeräten in der Erde buddelten. War das, was sie hier taten, überhaupt mit dem Naturschutz vereinbar? War dies hier überhaupt Naturschutzgebiet? Iris wusste es nicht.

»Frau Behnke, ich muss mal Pipi. Wo sind hier die Klos?« Tatjana zog Iris am Ärmel. Sie hüpfte von einem Bein aufs andere. Es schien also dringend zu sein.

»Hier gibt es keine Toiletten. Du musst hinter einen Baum gehen«, erwiderte sie.

Tatjana rollte mit den Augen. »Passen Sie dann auf, dass keiner guckt?«

Iris nickte ihr zu und zeigte mit dem ausgestreckten Arm auf das kleine Waldstück, in dem sie gerade ihre Zigarettenpause gemacht hatte. Nach einem kurzen Zögern verschwand Tatjana hinter den dichten Tannen.

Gerade als Iris sich zu fragen begann, warum Tatjana beim Pipimachen so lange brauchte, durchschnitt ein gellender Schrei die Stille auf der weiten Ebene. »Frau Behnke, Herr Bender! Hilfe! Hier liegt ein Mann.«

Noch bevor Iris sich in Bewegung setzen konnte, war Daniel schon an ihr vorbeigesprintet. Es hatte doch Vorteile, wenn man mit einem Sportlehrer zusammenarbeitete. So war sie nicht die Erste, die wahrscheinlich auf einen völlig besoffenen Penner treffen würde. Er hätte sich allerdings einen gemütlicheren Ort aussuchen können als die Heide bei Regen.

Als Iris zwischen die Bäume trat, nahm sie Daniel wahr, der mit dem Rücken zu ihr stand. Er starrte auf etwas, das am Boden lag. Tatjanas Hose hing ihr bis auf die Knöchel herab und ein hellgelbes Rinnsal Urin lief die Innenseite ihrer Schenkel entlang.

Offensichtlich hatte Daniel in diesem Moment die Sprache wiedergefunden. »Iris, hol dein Handy raus und ruf die Polizei an. Der Mann hier ist tot.«

Mit zitternden Händen zog Iris ihr Telefon aus der Innentasche ihrer Jacke. Wie war das noch? Eins, Eins, Osterei, dann meldet sich die Polizei. Auch diese Weisheit hatte Iris in ihrer Grundschulzeit gelernt.

Es war acht Uhr morgens und der Verkehr auf der Otto-Wels-Straße kam mal wieder fast zum Erliegen. Stella Brandes freute sich schon darauf, wenn in Hamburg die Sommerferien anbrachen und sie einige Wochen zur Arbeit fahren konnte, ohne mindestens eine halbe Stunde der Fahrtzeit im Stau zu stehen. Sie kurbelte das Fenster herunter und drehte die Musik von Coldplay etwas leiser. Gerade als sie wieder anfuhr, sprang die Ampel auf Rot. Ihr Vordermann, der seit der Autobahnabfahrt die ganze Zeit im Schneckentempo vor ihr hergeschlichen war, kam gerade noch bei Dunkelgelb über die Kreuzung.

»Danke, Blödmann!«, schimpfte Stella und konnte sich nur mit Mühe verkneifen, den gestreckten Mittelfinger zu zeigen. Eine Anzeige wegen Beleidigung würde die Vorgesetzten der Kommissarin in der Hamburger Mordkommission nicht fröhlich stimmen.

Kurz vor ihrer Arbeitsstelle bog sie in eine kleine Seitenstraße ein, da die Chancen, um diese Zeit auf dem Gelände des Polizeipräsidiums einen Parkplatz zu bekommen, ungefähr genauso wahrscheinlich waren wie ein Sechser im Lotto. Als sie ihr Auto in die Parklücke auf dem Seitenstreifen manövrierte, sah sie Banus blauen Citroën. Anscheinend hatte sie heute mehr Glück auf der Straße gehabt als sie, oder sie hatte, gewissenhaft wie immer, heute deutlich früher das Haus verlassen.

Auf ihrem Schreibtisch stand bereits eine Tasse Kaffee, der nur noch lauwarm war.

»Ich hatte dir extra schon einen hingestellt. Du hast ja gestern gesagt, dass du heute ganz früh hier sein wolltest.« Banu betonte das Wort »ganz«, grinste Stella an und fügte hinzu: »Ja, ja, der frühe Vogel …«

»Kann mich mal!«, ergänzte Stella. Sie hatte so viel abzuarbeiten, dass sie tatsächlich vorgehabt hatte, kurz nach dem Morgengrauen anzufangen. Aber als der Wecker zum ersten Mal um 5.30 Uhr geklingelt hatte, hatte sie sich schlaftrunken an ihren Kater gekuschelt und spontan entschieden, doch lieber länger im Büro zu bleiben, als früh aufzustehen.

Stella nahm den lauwarmen Kaffee und kippte ihn demonstrativ ins Waschbecken. Dann ging sie zur Kaffeemaschine und goss sich neuen ein.

»Soll ich dir auch noch einen mitbringen?«, fragte sie ihre Kollegin.

»Nein danke. Ich habe von dem Gebräu bereits Magenschmerzen«, gab Banu zurück.

Stella beäugte die schwarze Brühe in ihrer Tasse. Seit sie in der Mordbereitschaft 5 mitarbeitete, gehörte es zum morgendlichen Ritual ihrer Kollegen, sich über den Kaffee zu beschweren. Meist endete es mit dem Satz, dass einer sagte: »Wenn ich heute dazu komme, bestelle ich bei Amazon eine neue Maschine. So teuer sind die ja nicht mehr.«

Aber da anscheinend niemand dazu kam, blieb es bei dem alten Gerät und dem quasi ungenießbaren Gebräu.

Um 10 Uhr war Stella damit fertig, einen Vermerk im Mordfall »Elbtote« zu schreiben und die Zeugenaussagen nochmals durchzugehen. Sie war gerade dabei, ihre Brotdose aus ihrem Rucksack zu holen, als das Telefon klingelte. Banu nahm ab, sprach kurz in den Apparat und wandte sich dann an ihre Kollegin.

»Ein Toter in Neugraben. Jede Menge Einstiche in Brust und Bauch. Also einer für uns. Offensichtlich wurde er von einer Schulklasse gefunden.«

»Na denn mal los. Ich fahre«, sagte Stella und schnappte sich ihre Regenjacke. Eine Horde von aufgeregten Kindern zu befragen, war schon stressig genug. Da musste sie es sich nicht vorher noch antun, Beifahrerin bei Banu Kurtoğlu zu sein, die immer langsamer fuhr als vorgeschrieben. Selbst mit Blaulicht!

»Und der Chef ist auch noch im Urlaub«, seufzte Banu.

Stella sah Banu tief in die Augen. »Tja, meine Liebe, dann bist du also heute unser Häuptling!«

Banu rollte mit den Augen. Sie war die Dienstälteste der Mordbereitschaft 5 und die Stellvertreterin von Kriminalhauptkommissar Thorsten Fock.

»Ich rufe schnell bei Gunnar und Armin an. Sie sollen die ›Elbtote‹ ruhen lassen und so schnell wie möglich zu unserem Toten am …«, sie guckte auf ihren Zettel, »Falkenberg kommen.«

Stella war es auch lieber, wenn ihr Team zu viert die Ermittlungen aufnahm. Acht Augen sahen mehr als vier, und der Chef würde sicherlich stinksauer sein, wenn sie etwas übersahen. Die Weisheit, dass die ersten 48 Stunden nach dem Leichenfund maßgeblich waren, um den Täter zu finden, hatte sich schon so oft bewahrheitet. Da die »Elbtote« bereits vor mehr als zwei Wochen bei Blankenese an den Strand gespült und bisher noch nicht mal identifiziert worden war, wurde ihre Spur langsam kalt.

Stella parkte ihr Auto auf dem Parkplatz am Scharpenbargsweg. Dort standen bereits mehrere Einsatzwagen. Auf einem schmalen Wanderweg gelangten sie über eine weite Heidefläche an den Fuß des Falkenbergs, eines bewaldeten kegelförmigen Hügels. Stella kannte die Umgebung vom Joggen. Die Laufstrecke durch die Harburger Berge war für sie eine der schönsten und anspruchsvollsten Hamburgs. Um die Alster laufen konnte jeder, aber die vielen Steigungen und unbefestigten Wege verlangten einem Läufer einiges ab.

Schon von Weitem sahen sie das rot-weiße Absperrband und eine Menge an Leuten, die sich am Fuß des Falkenbergs verteilt hatte. Um die Kinder kümmerte sich bereits ein Interventionsteam aus psychologisch geschulten Kräften. Einige Kinder weinten, andere standen in Kleingruppen zusammen und unterhielten sich mit den Betreuern.

Stella und Banu traten an einen jungen uniformierten Kollegen heran. »Stella Brandes und Banu Kurtoğlu, Mordbereitschaft 5.«

»Guten Morgen. Andreas Höffner. Dienststelle Neugraben. Bin ich froh, dass ihr da seid. Ist ziemlich viel los hier«, sagte der junge Polizist. »Ihre Kollegen sind schon da.«

Stella und Banu zogen ihre Plastikoveralls und Einweghandschuhe über und kletterten unter dem Absperrband hindurch, um die Leiche in Augenschein zu nehmen.

»Ah, die Ladys von der Mordkommission. Ich würde euch ja gern gebührend begrüßen, aber ich habe gerade das Rektalthermometer in der Hand.« Dr. Thies Seligmann von der Rechtsmedizin zuckte die Achseln und winkte mit dem länglichen Gegenstand, den er zwischen Daumen und Zeigefinger hielt. Trotz des Blaulichts waren Banu und Stella nur langsam zum Tatort durchgekommen. Dr. Seligmann hatte anscheinend mehr Glück gehabt.

»Ich glaube, damit kann ich leben«, sagte Banu. »Was hast du denn für uns?«

»Männlich, zwischen 80 und 95 Jahren alt. Körpertemperatur ist bei 25 Grad. Leichenstarre setzt gerade ein. Totenflecken lassen sich wegdrücken. Der Mann ist in Rückenlage gestorben und wurde seitdem nicht mehr bewegt. Die Totenflecken reichen von der hinteren Rumpfwand bis zu den Achseln. Ich würde sagen, er ist mindestens zwölf Stunden tot, aber auch nicht viel länger. Todesursache kann ich noch nicht genau sagen. Dafür muss ich ihn erst aufmachen. Er ist bestimmt keines natürlichen Todes gestorben. Schwache Verätzungen um den Mund herum könnten von Chloroform stammen. Aber seht selbst.«

Dr. Seligmann trat beiseite und gab den Blick auf den Toten frei, der ausgestreckt auf dem Rücken im nassen Laub lag. Es war ein alter Mann. Seine Augen standen offen und sein Mund war weit aufgerissen. Um Ober- und Unterlippe herum waren punktförmige rote Pusteln zu sehen. Auffällig an dem ansonsten dem Alter der Leiche entsprechenden Gesicht war eine lange Narbe, die vom linken Auge über die Wange bis zum Mundwinkel verlief. Banu zeigte darauf. »Damit dürfte es nicht allzu schwer sein, ihn zu identifizieren.«

Eine kleine Spinne krabbelte, wahrscheinlich alarmiert durch den Lärm um sie herum, aus seinen weißen Haaren. Der Mann war in einem guten Ernährungszustand. Und er war nackt.

Banu kniete sich neben den Toten und zeigte auf die hohe Anzahl an Einstichen, mit denen sein Bauch und seine Brust übersät waren. Und die noch immer gefesselten Hand- und Fußgelenke.

»Das hast du gemeint, Thies, oder? Das sind so viele Stiche, dass man einige Zeit braucht, um sie zu zählen.«

Thies Seligmann erwiderte: »Um genau zu sein, es sind exakt 147. Ausgeführt mit einem Gegenstand mit sehr schmaler, spitzer Klinge.«

»Waren die Kollegen von der Spurensicherung schon da?«, fragte Stella.

»Ja, sie waren ganz standesgemäß als Erste am Tatort und haben schon alle wild gemacht. Die Kleidung, die neben dem Toten im Regen lag, haben sie eingesackt und weggebracht. Wir sollen Bescheid sagen, wenn wir das Opfer umdrehen, damit sie gucken können, ob unter ihm noch irgendwelche Spuren sind«, sagte Seligmann.

»Fundort!«, verbesserte Stella. »Ob dies auch der Tatort ist, wissen wir noch nicht.«

»Super! Dann können wir ihn ja umdrehen. Ich hole mal eben einen von den Kollegen.« Banu stapfte durch das nasse Laub davon und kam kurze Zeit später mit einem jungen Beamten von der Spurensicherung zurück, den Stella nicht kannte.

Zu dritt bewegten sie den Leichnam und legten ihn auf den Bauch. Banu pulte einige Blätter von der Haut der Leiche. Der Rücken des Toten war von flächigen Leichenflecken bedeckt, deshalb fiel das eingeritzte ungefähr 20 mal 20 Zentimeter große Hakenkreuz nicht so ins Auge, wie es das auf einer Körperfläche mit einem natürlichen Hautton getan hätte. Aber es war auffällig genug.

Thies Seligmann pfiff durch die Zähne. »Da hat ihm aber einer ein hübsches Tattoo verpasst.«

Der Kollege von der Spurensicherung begutachtete die Fläche, auf der der Tote gelegen hatte, ging in die Knie und kämmte den Boden mit den behandschuhten Fingern durch. Dann schüttelte er den Kopf. »Ich kann hier nichts entdecken, was uns weiterhelfen könnte. Natürlich werden wir die Kleidung auf Auffälligkeiten prüfen.«

»Ich werde gleich bei der Staatsanwaltschaft eine Obduktion beantragen«, sagte Banu. »Je eher, desto besser.«

Thies Seligmann nickte. »Gut, dann kann der Tote ja abtransportiert werden. Ich kann jetzt hier auch nichts weiter machen. Ciao, Mädels.« Er drehte sich von Banu und Stella weg und fing an, seine Instrumente einzupacken. Der Leichnam würde gleich auf eine Bahre gelegt und zum Leichenwagen getragen werden.

Die beiden Kommissarinnen winkten Dr. Seligmann zu und hielten Ausschau nach ihren beiden Kollegen von der Mordbereitschaft 5.

Stella sah Gunnar mit einer völlig durchnässten Frau mittleren Alters sprechen, deren Zigarette bis auf den Filter heruntergebrannt war. Als die Frau dies bemerkte, trat sie die Zigarette hektisch auf dem Waldboden aus und zündete sich eine neue an. Stella mutmaßte, dass es sich hier um die Lehrerin der Klasse handeln könnte. Die Kinder standen in Grüppchen auf der Heidefläche verstreut, zwar jedes für sich, aber dennoch nicht weit voneinander entfernt.

»Wie eine Herde Heidschnucken«, bemerkte jemand hinter Stella. Sie drehte sich um und sah in Armins Gesicht.

»Gunnar ist gerade dabei, Frau Behnke, die Lehrerin, zu befragen. Ich habe bereits mit dem Klassenlehrer gesprochen.« Er nickte in die Richtung eines Mannes, der versuchte, die Kinderherde zusammenzuhalten. »Offensichtlich wollten die Kinder hier nach einem Schatz suchen.«

»Was für eine bescheuerte Idee«, sagte Banu, die hinzugetreten war. »Ich dachte immer, in der Schule sollen die Kinder was lernen. Was lernt man denn dabei, wenn man bei strömendem Regen die Heidelandschaft umgräbt? Die Klasse gehört doch bestimmt zu dieser freien Schule hier in der Nähe.«

Stella zuckte die Achseln. Sie wusste, dass ihre sonst so tolerante Kollegin eher konservativ eingestellt war, was die Gestaltung von Unterricht betraf. Ihre beiden Kinder gingen auf eine Schule mit bilingualem Zweig – Türkisch und Deutsch –, die eher für traditionellen Unterricht bekannt war.

»Nein«, antwortete Armin Leitmeyr und warf einen Blick auf seinen Notizblock, »sie gehen auf eine ganz normale Grundschule in Harburg.«

»Wer hat denn die Leiche gefunden?«, fragte Banu und klemmte sich eine durchnässte Haarsträhne hinters Ohr.

»Eines der Mädchen. Sie musste mal pinkeln und ist dann quasi über den Toten gestolpert«, antwortete Armin.

»Wie ich euch kenne, habt ihr sie zuerst befragt?«

»Alles erledigt, Banu, sie hat weiter nichts gesehen und war natürlich völlig aufgelöst. Eine Psychologin kümmert sich um sie. Heute Nacht träumt sie bestimmt schlecht.«

Banu überlegte kurz. Dann zog sie ihr Telefon unter ihrem Plastikoverall hervor und führte ein kurzes Gespräch. »Ich habe eben einen HVV-Bus angefordert, der die Kinder gleich hier abholt und nach Hause bringt. Es bringt ja nichts, wenn sie hier noch länger rumstehen. Das Interventionsteam soll mitfahren und für Fragen der Eltern zur Verfügung stehen.«

Armin nickte. »Ich hoffe, die Schulleitung hat schon die Eltern informiert. Ich würde mich etwas wundern, wenn Lasse nach Hause käme und sagen würde, dass sie heute beim Ausflug einen Toten gefunden haben.«

Stella sah, dass Gunnar Müller sich von der Lehrerin verabschiedete, und winkte ihn zu sich.

Gunnar war erst ein gutes halbes Jahr bei der Mordbereitschaft 5. Sie konnte gut mit ihm arbeiten, denn seine lockere, offene Art half manchmal, die Arbeit, die sie taten, etwas erträglicher zu machen.

»Frau Behnke hat nichts gesehen und nichts gehört«, meldete Gunnar. »Und überhaupt fand sie die Idee, hier nach einem Schatz zu suchen, von vornherein bescheuert.«

»Sag ich doch!«, sagte Banu. Dann informierte sie Armin und Gunnar kurz über die Verletzungen des Toten und fügte hinzu: »Nachdem wir die Zeugen alle vernommen haben, können die Lehrer mit den Kindern zurückfahren. Sie haben ja unsere Nummer, falls ihnen noch etwas einfallen sollte, oder?« Armin und Gunnar nickten. »Na gut, Gunnar und Stella erkundigen sich bei der örtlichen Polizeidienststelle danach, ob hier jemand vermisst wird, auf den die Beschreibung unseres Toten passen könnte. Dann treffen wir uns gleich im Präsidium.«

»Bevor wir hier irgendetwas tun, muss ich etwas essen. Ist hier nicht irgendwo ein McDonald's?« Stella zeigte auf ihren knurrenden Magen.

»Google wird es uns sagen«, antwortete Gunnar ein wenig angeberisch und tippte etwas in sein brandneues iPhone ein. »Bingo, hier direkt an der B 73 hinter der Tankstelle gibt es einen.« Er sah seine Kollegin Beifall heischend an und tatsächlich erschien ein Lächeln auf Stellas Gesicht. »Dann muss ich doch noch nicht sterben. Hin da!«

Nachdem sie den ersten Bissen ihres Big Macs mit einem Schluck Cola light heruntergespült hatte, fühlte Stella sich deutlich besser. Da sie keine Zeit hatten, sich im Restaurant niederzulassen, verschlang sie ihren Burger auf dem Beifahrersitz und warf einen bedauernden Blick auf die noch in Papier eingepackte Apfeltasche. »Du bist später dran«, sagte

Stella zu dem Gebäckstück und ließ es beim Aussteigen auf dem Autositz liegen. Sie hatte sich eigentlich vorgenommen, sich diese kleinen Sünden weitestgehend zu verkneifen, aber die Apfeltaschen von McDonald's waren einfach zu köstlich.

Die Polizeidienststelle in Neugraben war ein Backsteinbau aus den 80er-Jahren. Der Beamte am Empfang hörte Gunnar und Stella aufmerksam zu und nickte dann.

»Das passt ja. Vor einer Viertelstunde war eine ältere Dame da, die ihren Verlobten als vermisst gemeldet hat.« Er tippte etwas in den Computer ein. »Dr. Henning Manteuffel, 87 Jahre alt, 1,68 Meter groß, 70 Kilogramm schwer. Wohnhaft in der Seniorenwohnanlage ›Residenz Waldfrieden‹ hier in Neugraben. Ich war gerade dabei, einen Suchtrupp zusammenzustellen. Es ist schon eine ziemlich ernst zu nehmende Sache, wenn ein so alter Mensch vermisst wird.«

»Seiner Verlobten?«, fragte Gunnar belustigt.

Stella boxte ihm grinsend in die Seite. »Warum sollte man nicht auch noch mit Mitte 80 sein Liebesglück finden?«

Mittlerweile hatte der Kollege das Foto des Vermissten ausgedruckt und hielt es Gunnar und Stella hin.

Stella nickte. »Das ist unser Toter. Dann machen wir uns wohl gleich mal auf zu Frau Agnes Ellrath, der Verlobten.« Das letzte Wort zog sie extra in die Länge.

»Schicken Sie bitte einen Krankenwagen zur Seniorenresidenz. Man weiß nie, wie alte Leute auf so eine Nachricht reagieren«, rief Gunnar beim Verlassen der Wache seinem Kollegen zu.

Die »Residenz Waldfrieden« lag am Ende einer Sackgasse, kaum 15 Minuten Fußweg vom Falkenberg entfernt, direkt am Waldrand. Sie bestand aus einem beeindruckenden Gebäudekomplex von vier Jugendstilvillen, die im Rechteck um einen großen Rasenplatz angeordnet waren.

Gunnar pfiff durch die Zähne. »Wow! Das hätte ich hier am südlichsten Zipfel Hamburgs nun nicht erwartet. Ich wette, Hartz-IV-Empfänger können es sich nicht leisten, hier alt zu werden.«

Sie parkten ihren Dienstwagen zwischen einem Porsche Cayenne und einem alten Golf. »Der gehört wahrscheinlich einer Altenpflegerin«, mutmaßte Stella.

Der Empfangsbereich der Seniorenresidenz war ganz in Creme und Elfenbeinfarben gehalten. Auf dem riesigen Empfangstresen stand ein Strauß mit orangenen und gelben Rosen in einer weißen Porzellanvase. Davor lag ein cremefarbener Teppich mit dem Logo der Einrichtung, einer stilisierten Villa umgeben von Tannen und dem Schriftzug »Residenz Waldfrieden – Willkommen im Herbst Ihres Lebens«.

»Was kann ich für Sie tun?«, fragte eine Dame in einem cremefarbenen Hosenanzug, an dem ein Namensschild befestigt war, das sie als »Frau Marschmann, Empfang« auswies. Sie hatte dunkelblondes lockiges Haar, das bereits von einigen grauen Strähnen durchzogen war. Frau Marschmann blickte Stella und Gunnar über den Rand einer Lesebrille hinweg fragend an.

»Müller und Brandes von der Kriminalpolizei.« Stella und Gunnar hielten der Empfangsdame ihre Ausweise hin. »Wir möchten zu Frau Ellrath.«

Frau Marschmann schlug sich erschrocken die Hand vor den Mund. »Oh Gott, kommen Sie wegen Herrn Manteuffel?«

Stella lächelte sie an und sagte dann freundlich, aber bestimmt. »Darüber möchten wir zunächst mit Frau Ellrath alleine sprechen.«

»Ja, sicher. Apartment 8, dritter Stock in der ›Villa Sonne‹.« Sie zeigte über den Rasen zu dem Haus, das ganz links stand.

»Ich informiere Frau Ellrath, dass Sie kommen.« Frau Marschmann nahm das Telefon von der Station und tippte eine Nummer ein, während Stella und Gunnar bereits hinausgingen.

Die »Villa Sonne« hatte einen großen Wintergarten und vier Türmchen. Sie war passend zum Namen in einem satten Gelbton gestrichen. Neben der Tür waren insgesamt zehn Namensschilder mit Klingelknöpfen angebracht. Schnell fand Stella das Namensschild »Manteuffel und Ellrath« und klingelte. Keine zehn Sekunden danach öffnete sich die Tür mit einem Summen.

Der Eingangsbereich der »Villa Sonne« war deutlich kleiner als der im Haupthaus, aber nicht weniger elegant. Ein sehr ähnlicher Teppich wie der am Empfang lag auf dem gepflegten Dielenboden. Ein cremefarbener langer Läufer bildete eine Brücke zwischen der Lobby und einem großen Wintergarten.

Stella hatte bereits den Fahrstuhl erspäht, der relativ dezent in der Ecke des Raumes installiert worden war und dennoch nicht recht zum Ambiente des Altbaus passte.

»Ich nehme die Treppe. Ich möchte mir vor dem Urlaub noch eine Bikini-Figur zulegen.« Gunnar klopfte sich auf den Bauch.

»Zum Glück habe ich erst im Herbst wieder Urlaub. Bis dahin …«, grinste Stella und stieg in den Fahrstuhl.

An der Tür von Apartment 8 hing ein altmodischer Türklopfer aus Messing in Form eines Löwenkopfes. Doch bevor ihn die beiden Polizisten betätigen konnten, öffnete sich die Wohnungstür und eine ältere Dame trat in den Flur. Stella und Gunnar zeigten ihre Ausweise und wurden eingelassen. Die Frau stellte sich als Hedi Carstens vor. »Wir sind so in Angst um Henning. Haben Sie ihn gefunden? Ist er im Krankenhaus?«

»Könnten wir zunächst mit Frau Ellrath sprechen?« Stella legte Frau Carstens die Hand auf den Arm und merkte, wie diese zitterte.

Frau Carstens zeigte mit einer Handbewegung auf ein Biedermeiersofa, auf dem eine Frau saß, die man gemeinhin als »feine Dame« bezeichnen würde. Frau Ellrath trug ein Kostüm aus dunkelgrüner Wildseide über einer hellbeigen Bluse. An den Füßen hatte sie cognacfarbene Wildlederpumps, dazu passend hatte sie sich ein Seidentuch in demselben Farbton um die Schultern gelegt. In der rechten Hand hielt sie ein zusammengeknülltes weißes Spitzentaschentuch. Als Frau Ellrath sie anblickte, sah Stella, dass sie geweint hatte. »Bitte setzen Sie sich.« Sie zeigte auf zwei zierliche Sessel, die dem Sofa gegenüberstanden.

»Sie haben Ihren Verlobten, Herrn Henning Manteuffel, heute Morgen als vermisst gemeldet?«

Frau Ellrath nickte. »Er ist gestern Nacht nicht in unsere Wohnung gekommen. Ich hatte außergewöhnlich lange und tief geschlafen und deshalb erst heute Vormittag gemerkt, dass er nicht da war. Ich schlafe sonst nie so lange!« Sie schluckte hörbar.

»Es wurde heute Morgen ein Mann gefunden, auf den die Beschreibung, die Sie der Polizei gegeben haben, passt. Leider muss ich Ihnen mitteilen, dass dieser Mann tot ist.«

Bei diesen Worten fing Frau Ellrath leise an zu weinen, während Hedi Carstens ihr den Arm um die Schultern legte. Stumm drückte sie ihr ein sauberes Spitzentaschentuch in die Hand. Dann ging ein Ruck durch den Körper von Agnes Ellrath und sie setzte sich kerzengerade hin. »Aber ich vergesse meine Kinderstube. Hedi, biete doch den Herrschaften eine Erfrischung an.« Ihr Ton ließ keinen Zweifel daran, dass sie einmal Personal gehabt haben musste. Die Angesprochene setzte sich sofort in Bewegung Richtung Küche. Stella schien das Verhältnis zwischen den beiden nicht ganz symmetrisch zu sein.

»Nein danke. Wir möchten nichts«, beeilte Gunnar sich zu sagen. »Frau Ellrath, um feststellen zu können, ob der Mann, den wir gefunden haben, tatsächlich Ihr Verlobter ist, wäre es gut, wenn wir Fingerabdrücke von ihm hätten oder Haare oder Ähnliches. Hilfreich wäre es auch, wenn Sie uns seinen Zahnarzt nennen würden.«

»Dann sind Sie sich noch gar nicht sicher, dass es Henning ist?« Ein Funken Hoffnung huschte über das Gesicht von Frau Carstens.

»Wir sind uns leider sehr sicher, aber Gewissheit haben wir erst, wenn er identifiziert ist.«

Frau Ellrath nickte und tupfte sich die Augen mit dem Tüchlein. »Danke, dass Sie es mir ersparen wollen, ihn jetzt ansehen zu müssen. Ich habe ihn so geliebt. Wir wollten im September heiraten.« Sie streckte ihre linke Hand aus, an deren Ringfinger ein schmaler goldener Ring, der mit einem Stein verziert war, steckte.

Dann zeigte sie auf die Küchenzeile. »Aus diesem Weinglas hat er gestern Abend getrunken, bevor er die Wohnung verlassen hat. Da sind bestimmt viele Fingerabdrücke drauf. Im Badezimmer liegt auch noch seine Haarbürste. Hedi, zeig sie den Herrschaften bitte. Und sein Zahnarzt ist Dr. Wackendorf hier in Neugraben. Henning hatte so gute Zähne.« Nun war es doch um Frau Ellraths Beherrschung geschehen und sie brach in lautes Schluchzen aus.

Stella winkte Frau Carstens zu sich. »Vielleicht sollten Sie den Hausarzt von Frau Ellrath kommen lassen, damit er ihr ein Beruhigungsmittel gibt. Ansonsten steht draußen ein Krankenwagen. Sie könnte gleich medizinisch versorgt werden.«

Hedi Carstens wischte sich eine Träne von der Wange. »Ich rufe ihren Hausarzt an. Fremde Leute würden sie jetzt zu sehr aufregen. Es nimmt sie natürlich sehr mit. Die beiden waren so glücklich.«

Gunnar zog sich einen Einweghandschuh an und steckte sowohl das benutzte Weinglas als auch die Haarbürste in je einen Papierbeutel. »Wir melden uns bei Ihnen, wenn wir die Ergebnisse haben. Wenn die Fingerabdrücke brauchbar sind, wird es nicht lange dauern.« Und zu Frau Carstens gewandt: »Wir gehen sehr stark davon aus, dass Herr Manteuffel der Tote ist. Wir werden morgen einen Wagen schicken, der Frau Ellrath aufs Präsidium bringt, damit sie eine Aussage machen kann. Vielleicht können Sie sie begleiten.«

Dann verabschiedeten sich Stella und Gunnar von den beiden Damen.

Banu und Armin hatten im Besprechungszimmer bereits ein Flipchart und ein Whiteboard aufgestellt, an denen Fotos der Leiche und des Fundortes mit Magneten befestigt waren.

»Also, was haben wir? Einen toten Mann Mitte 80, keines natürlichen Todes gestorben. Bauch und Brust des Toten weisen insgesamt 147 Wunden auf und ein Hakenkreuz ist auf dem Rücken eingeritzt«, fasste Banu zusammen. »Keine Papiere vorhanden, aber sicherlich bereits als vermisst gemeldet. Es lag ein Haufen Kleidung neben ihm, die wahrscheinlich ihm gehörte. Sie wird gerade untersucht. Wahrscheinlich werden sich DNA-Spuren daran finden. Wenn nicht, müssen wir sie Frau Ellrath zeigen. Zu 99 Prozent handelt es sich um Dr. Henning Manteuffel, 87 Jahre alt. Die Obduktion ist für morgen früh angesetzt. Ich werde hingehen.«

Stella war erleichtert. Obwohl sie schon einige Jahre bei der Mordkommission war, lief ihr noch immer ein Schauer über den Rücken, wenn sie das Institut für Rechtsmedizin betrat. Einer Obduktion beizuwohnen gehörte zu den Aufgaben, die sie an ihrem Job am wenigsten mochte.

»Übrigens habe ich auch die Kollegen vom Staatsschutz verständigt. Das Hakenkreuz könnte natürlich auf einen rechtsradikalen Hintergrund deuten. Theo meinte aber, dass die Nutzung dieses Symbols auch genauso gut ein Ablenkungsmanöver sein könnte. Falls wir bei unseren Ermittlungen auf weitere Hinweise dieser Art stoßen, sollen wir uns wieder melden«, seufzte Banu und zuckte die Achseln. »Wir sind also auf uns gestellt. Um ehrlich zu sein, habe ich auch versucht, den Chef anzurufen. Aber sein Handy war aus.«

»Nun gönne dem Chef doch mal seinen Urlaub. In zweieinhalb Wochen ist er ja wieder da«, sagte Armin.

Banu gab zurück: »Na ja, du musst ja auch nicht den Leitwolf machen. Falls wir hier irgendetwas vergeigen, bin ich verantwortlich.«

Insgeheim wusste Stella, dass Banu schon lange auf eine Gelegenheit gewartet hatte, zu zeigen, wie gut sie in der Lage war, die Mordermittlungen zu leiten. Sie gönnte der Kollegin eine Beförderung und dann demnächst vielleicht die dauerhafte Leitung einer Mordbereitschaft.

»Stella und Gunnar, ihr übernehmt morgen die beiden Zeuginnen, Frau Ellrath und Frau Carstens.« Banu hatte sich einen Stift genommen und schrieb die Arbeitsaufträge auf das Flipchart.

»Ich gehe als Erstes morgen in die Rechtsmedizin und du, Armin«, sie zeigte mit dem Edding auf ihren Kollegen,

»setzt dich an den Rechner und machst Recherchearbeit. Versuche alles über die rechte Szene im Hamburger Süden herauszufinden. Dafür kannst du ja Theo vom Staatsschutz noch mal kontaktieren. Das Hakenkreuz ist entweder ein Hinweis oder eine bewusste Irreführung. Es könnte die Visitenkarte von aktiven Neonazis sein. Danach trägst du die Ergebnisse der Spurensicherung zusammen. Dann werden wir sicher noch mal zum Fundort fahren. Vielleicht haben wir heute Morgen etwas übersehen. Außerdem sollten wir uns in dem Seniorenheim umsehen.« Banu gähnte und sah auf die Uhr. »Ich finde, 19 Uhr ist eine gute Zeit, um für heute Feierabend zu machen.«

Als Stella ihre Dreizimmerwohnung in Harburg aufschloss, hörte sie schon lautes Miauen.

»Hallo, Dicker, ist das Futter schon wieder alle?« Ein großer schwarz-weiß gefleckter Kater rieb seinen Kopf an ihrem Bein und gab ein weiteres vorwurfsvolles Maunzen von sich.

»Oder hast du dich gelangweilt?«

Schuldbewusst dachte Stella daran, dass sie schon lange vorhatte, eine zweite Katze aus dem Tierheim zu holen, da ihr Kater sicher sehr einsam war, wenn sie den ganzen Tag arbeitete. Da sie im dritten Stock wohnte, gab es leider auch keine Möglichkeit für ihn, mit einem Spaziergang mal Abwechslung in seinen Alltag zu bringen.

Sie ging in die Hocke und kraulte ihren Mitbewohner zwischen den Ohren. Sie hatte den etwa dreijährigen Kater im letzten Herbst bei einem Mordopfer in einer Wohnung in Eppendorf gefunden und sich sofort in das zutrauliche Tier verliebt, das vier Tage lang mit der Leiche in einer Wohnung eingesperrt gewesen war. Von den Familienangehörigen wollte ihn keiner haben und so hatte sie ihn mit zu sich genommen. Da keine offene Schublade, kein Karton und kein Wäschekorb vor ihm sicher waren und er vor allem seinen Knistertunnel über alles liebte, hatte sie ihn »Caveman«, Höhlenmensch, genannt.

Stella nahm gerade eine Flasche Merlot aus dem Weinregal, als das Telefon klingelte. Bounty, ihre beste Freundin, rief an. Bountys eigentlicher Name lautete Sigourney, denn ihre Eltern waren Fans der gleichnamigen Schauspielerin. Da aber bereits ihre Erzieherinnen in der Grundschule Probleme hatten, diesen Namen auszusprechen, musste ein Spitzname her. Die Abkürzung »Siggy« fand sie doof. Aber Sigourney zeichnete sich nicht nur durch einen ungewöhnlichen Namen, sondern auch durch eine ungewöhnliche Leidenschaft aus. Sie war nämlich der einzige Mensch, den zumindest Stella kannte, der gerne Bounty-Schokoriegel aß. Wenn man Sigourney einlud, konnte man sicher sein, dass die »Mix-Mini-Riegel«-Tüten leer wurden und man nicht auf den Kokosriegeln sitzen blieb.

»Hi, Stella, ich wollte dich nur an das Date morgen Abend im ›La Dolce Vita‹ erinnern«, flötete sie, um gleich darauf bereits Sanktionen anzudrohen. »Wehe, du kommst nicht.«

»Na ja, Lust habe ich nicht gerade«, gab Stella zurück.

»Du kommst!« Bountys Befehlston duldete keine Widerrede. »Ich habe Viktor schon in den höchsten Tönen von dir vorgeschwärmt.«

»Super, dann hat er ja einen völlig falschen Eindruck von mir. Und wird dich bestimmt als Lügnerin beschimpfen, wenn er mich sieht.« Seit Stella sich vor knapp einem Jahr von ihrem Mann getrennt hatte, hatte sie fünf Kilo zugenommen, denen sie jetzt mit ihrem wiederaufgenommenen Lauftraining zu Leibe rückte.

»Ach was! Früher warst du ein Hungerhaken und flach wie ein Brett, weil Mirko dich immer auf Diät gesetzt hat. Jetzt kriegst du wenigstens wieder ein bisschen Busen. Also: Für 20 Uhr ist ein Tisch für vier Personen bestellt. Ich freue mich schon«, sagte Bounty.

»Ja, du mich auch!«, sprach Stella in den Hörer, aber Bounty hatte schon aufgelegt. Es war wie in einem schlechten Film oder wie bei »Harry und Sally«, was ja eigentlich ein guter Film war. Ständig versuchte Bounty, ihre Freundin zu verkuppeln, und hatte schon die abwegigsten Typen angeschleppt. Von »Bob, der Baumeister« bis »Spongebob« war alles dabei gewesen. Und nun war es also ein Viktor. Der Name allein klang ja schon verheißungsvoll ... Es war auf gar keinen Fall so, dass Stella nach einer festen Beziehung suchte, aber ihr fehlte momentan auf jeden Fall der Sex. Und das wusste Bounty.

»Aber ich bin ja selber schuld, wenn ich das alles so mitmache, oder, Cavey?«, flüsterte sie ihrem pelzigen Mitbewohner zu. »Außerdem meint Bounty es gut.« Aber der Kater schaute sie nur mit seinen rätselhaften bernsteinfarbenen Augen an.

20. NOVEMBER 1932

Liebes Tagebuch,

heute Morgen ganz früh hat meine liebe Mutter mich geweckt und mir »Lebe wohl« gesagt. Sie hat geweint, als sie eine kleine Tasche für mich packte und mich dann an Tante Ella übergab. Meine Brüder konnte ich nicht mehr sehen, aber ich hatte mich gestern schon von ihnen verabschiedet. Meine Mutter hat mich auf die Wange geküsst und mir ein kleines Paket in die Hand gedrückt. In dem warst du, liebes Tagebuch.

Heute Nacht hatte es das erste Mal in diesem Winter geschneit und ich fror, obwohl ich die kratzige Strumpfhose anhatte.

Tante Ella zog mich hinter sich her zu der Straßenbahnhaltestelle. Als wir in die Bahn einstiegen, wurde ich traurig. Wir fuhren eine lange Zeit. Ich glaube, ich war noch nie so weit von unserem Zuhause weg gewesen. Einmal mussten wir umsteigen und fuhren mit der zweiten Bahn sogar noch länger!

Als wir beim Waisenhaus ankamen, war es noch nicht ganz hell. Das Waisenhaus ist groß und grau. Es hat viele Fenster, die auch bereits hell erleuchtet waren.

Nachdem Tante Ella geklingelt hatte, öffnete sich die Tür und eine sehr dicke Frau ließ uns herein. Sie begrüßte Tante Ella und mich freundlich und bat uns, an einem Tisch Platz zu nehmen. Dann holte sie ein beschriebenes Stück Papier und stellte mir einige Fragen. Wie ich heiße und wie alt ich bin. Ich nannte meinen Namen und sagte, dass ich im Juli 13 Jahre alt geworden bin. Die Frau schien mit meinen Antworten zufrieden zu sein. Dann sprach sie mit Tante Ella. Anscheinend wusste sie schon vieles über mich und auch, dass ich jetzt hier wohnen würde. Sie wusste, dass mein Vater von einer Kutsche überfahren wurde und tot ist. Und dass ich zwei ganz kleine Brüder habe und meine Mutter mich deshalb weggeben muss. Denn sie hat nicht genug Geld, um sich um drei Kinder zu kümmern. Und sie wusste Bescheid über meine Krankheit. Wie oft ich Anfälle hätte, fragte sie Tante Ella. Tante Ella antwortete, dass es nicht wieder vorgekommen wäre, seit ich fünf Jahre alt war. Dann gaben Tante Ella und die dicke Frau sich die Hand. Zum Abschied sagte Ella zu mir, dass ich jetzt ein großes Mädchen sei. Ich solle immer brav sein und auf die Erwachsenen hören. Dann würden alle nett zu mir sein. Dann nickte sie mir zu und ging.

Die dicke Frau heißt Frau Weber und ist die Leiterin des Waisenhauses. Sie stieg mit mir in den zweiten Stock und brachte mich in ein Zimmer mit 16 Betten. Über jedem Bett hängt ein Kreuz aus Holz. Auf einem der Betten lag eine Art Kittel aus dickem Stoff. Den sollte ich anziehen. Dann erklärte mir Frau Weber, dass ich meine eigene Kleidung nicht brauche, da alle Mädchen hier das Gleiche tragen. Ihre Stimme klang streng wie die von meiner Lehrerin, Frau Wenzel. Frau Weber lächelte mir jedoch zu. Ich ließ also meine Sachen in der Tasche und legte nur Paul, meine Puppe, die meine Großmutter mir genäht hatte, auf mein Kopfkissen.

Um 11 Uhr gab es Mittagessen. Ich hatte noch nie mit so vielen Leuten in einem Raum gesessen, außer in der Kir-

che. Wir haben alle unsere festen Sitzplätze. Links neben mir sitzt ein Mädchen namens Hannah und rechts neben mir ein Mädchen namens Rosa. Es gab Kartoffeln und Soße. Und ein ganz kleines Stück Fleisch. Vor dem Essen beteten wir, aber beim Essen wurde nicht gesprochen.

Nach dem Essen erklärte mir Frau Weber die Regeln, die eingehalten werden müssen, und den Tagesablauf. Es gibt Zeiten für das Lesen in der Bibel und Zeiten am Vormittag, an denen wir lesen, schreiben und ein bisschen rechnen lernen sollen. Für den Unterricht kommt Herr Klüwer, ein Lehrer der nahe gelegenen Schule, um uns zu unterrichten.

Ansonsten besteht unsere Arbeit darin, die Wäsche fremder Leute zu waschen, die jeden Morgen mit einem Wagen bei uns abgeliefert wird. Außerdem lernen wir nähen und bessern die Kleidung anderer Leute aus. Dafür bekommt das Waisenhaus Geld, und wir von dem Geld unser Essen.

Das Haus dürfen wir nur verlassen, wenn wir vorher Frau Weber oder eine der Erzieherinnen gefragt haben. Und auch dann niemals allein. Auf alle Erwachsenen haben wir zu hören, sonst bekommen wir Schläge mit dem Stock.

Mir brummt der Kopf! Es gibt so viel, worauf ich nun achten muss. Leider habe ich mich heute Nachmittag gar nicht geschickt mit Nadel und Faden angestellt. Ich habe es kaum geschafft, den Faden in das Nadelöhr zu fädeln. Zweimal habe ich deshalb von der Erzieherin einen Schlag auf die Hand bekommen.

Liebes Tagebuch, das war ein anstrengender Tag! Ich bin so müde und vermisse meine Mutter und meine Brüder. Meine Mutter hat gesagt, dass sie bald eine Anstellung finden wird und mich dann wieder nach Hause holt. Das dauert bestimmt nicht lange! Bis dahin werde ich es hier schon aushalten.

ZWEITES KAPITEL

Banu wischte sich mit dem Handrücken die Krümel ihres Frühstücksbrotes vom Mund, als sie die Staatsanwältin Dr. von Liehnen auf sich zukommen sah. Frau von Liehnen war klein und mollig. Banu schätzte, dass sie Konfektionsgröße 46 brauchte. Die Staatsanwältin jedoch griff immer zu Kleidung, die mindestens zwei Nummern zu klein war. Heute hatte sie ein anthrazitfarbenes Kostüm gewählt, was der Hersteller wahrscheinlich mit Größe 42 ausgezeichnet hatte. Die Jacke spannte über dem Busen und konnte nur mit einem Knopf geschlossen werden und der Rock warf deutlich Falten über dem Bauch. Noch deutlicher wurde Banu die ungünstige Wahl der Staatsanwältin, als sie hinter ihr her zum Sektionsraum ging. Der Hintern von Frau Dr. von Liehnen zeichnete sich sehr deutlich unter dem dünnen Stoff ab. Wie eine Apfelsine in einer Mandarinenschale, dachte Banu.

Dr. Seligmann und Professor Reinhold würden die Obduktion an dem Toten durchführen.

Banu schaute auf ihre Uhr. Es war 8.30 Uhr. Am späten Vormittag würden wahrscheinlich die Ergebnisse aus der Forensik eintreffen. Dann konnten sie sicher sein.

Wie jede Obduktion begann auch diese mit der Leichenschau. »147 Stichwunden bei nur wenig Blutverlust, nicht tief. Sie waren mit Sicherheit nicht die Todesursache!« Thies Seligmann zeigte mit der Hand auf Brust und Bauch des

Toten. Dann begann er, über die weiteren äußeren Merkmale der Leiche zu sprechen.

Banus Gedanken schweiften ab, denn über die sichtbaren Merkmale am Toten hatten sie bereits am Fundort der Leiche gesprochen. Alles, was sie interessierte, war die Todesursache. Sie konnte die Ergebnisse der äußeren Leichenbesichtigung später in dem Protokoll nachlesen, das Professor Reinhold nach der Obduktion anhand seiner Sprachnotizen anfertigen würde.

Banu überlegte, ob sie ein schlechtes Gewissen haben sollte, da sie den Kollegen gestern um 19 Uhr Feierabend gegeben hatte, obwohl sie einen neuen Mordfall auf dem Schreibtisch hatten. Aber das Team hatte bei der »Elbtoten« in den letzten Wochen so viele Überstunden gemacht und es war so herzlich wenig dabei herausgekommen, dass alle mal einen freien Abend brauchten. Nur Banu war noch länger geblieben. Sie hatte versucht, einen roten Faden in diesem Fall zu finden. Nicht von der Hand zu weisen war natürlich die Spur, die ins rechte Milieu führte. Vielleicht war der alte Mann Jude gewesen? Das musste morgen gleich überprüft werden.

Zwar war Tim, ihr Ehemann, nicht begeistert gewesen, als sie angerufen hatte, um ihm mitzuteilen, dass sie noch länger arbeiten musste. Die Ironie in seinen Worten troff förmlich durch den Telefonhörer, als er ihr sagte, dass er das super fände. Er hätte nämlich so großen Hunger und würde sich freuen, die beiden Rumpsteaks, die Herzoginnenkartoffeln und den Salat alleine zu essen. Bei Banus unregelmäßigen Arbeitszeiten hatte zumindest sie bisher nie ihrer beider Entscheidung bereut, dass Tim seinen Job als Chemielaborant an den Nagel gehängt hatte, als das erste Kind kam. Seitdem war er für Heim und Kind verantwortlich.

So würden sie sich vielleicht nie einen Mercedes oder einen Karibikurlaub leisten können, aber für einen Citroën und einmal im Jahr zwei Wochen Dänemark reichte es. Ob Tim allerdings mit dieser Entscheidung noch immer so glücklich war? In den letzten Monaten hatte sie Zweifel daran. Leider hatte sie bisher auch noch nicht den richtigen Zeitpunkt erwischt, um mit ihm einmal ausführlich darüber zu sprechen.

Das Knacken der Knochen, als der Brustkorb des Toten geöffnet wurde, riss Banu aus ihren Gedanken. Nun kam der für sie interessante Teil: die Organentnahme.

»Aha«, sagte Thies Seligmann und betrachtete das Herz, das er in der Hand hielt. »Jede Menge nekrotisches Gewebe. Da brauche ich gar nicht mehr nach der Stenose in den Herzkranzgefäßen zu suchen.«

»Ja?«, fragte Frau Dr. von Liehnen ungeduldig.

»Der Mann hatte auf jeden Fall einen Herzinfarkt. Und wenn wir nichts anderes mehr finden, war dies auch sicher die Todesursache, nicht die Stichwunden. Wie ich bereits erwähnte, haben viele von ihnen das Integument ...« Bei diesen Worten drehte Dr. Seligmann sich demonstrativ zu der Staatsanwältin um. »Ich meine die Haut, Frau Dr. von Liehnen, kaum verletzt. Ob der Tod eintrat, während man ihm die Wunden zufügte oder danach, kann ich nicht sagen.«

Banu warf einen Blick auf den geöffneten Leichnam und den aufgesägten Schädel. Früher hatte sie nach einem solchen Anblick nächtelang Albträume gehabt, aber irgendwie gewöhnte man sich doch an alles.

Auch Frau Dr. von Liehnen schien der Anblick nicht zu berühren. Die Organe wurden jetzt gewogen, Aussehen und Zustand protokolliert und Gewebeproben entnommen. Die beiden Ärzte arbeiteten routiniert und akribisch.

Dann wandte sich Thies Seligmann an die Staatsanwältin. »Nachdem wir jetzt auch alles andere gesehen haben, bleibe ich dabei, dass der alte Herr einen Herzinfarkt hatte und daran gestorben ist. Die Verletzungen wurden ihm mit einem spitzen Gegenstand, wahrscheinlich einem Skalpell oder einem Teppichmesser, zugefügt. Und das wird er wohl kaum selbst getan haben. Die Schmerzen, die Aufregung und die Angst, die er durch diese Folter erlitten hat, könnten aber durchaus … also waren wahrscheinlich der Auslöser für den Infarkt. Er wurde mit Chloroform betäubt. Die Blutwerte sind zwar diesbezüglich unauffällig, aber das will nichts heißen, denn Chloroform ist im Nachhinein schwer nachzuweisen. Die Verätzungen am Mund weisen aber darauf hin.«

»Also ermitteln wir in einem Mordfall«, stellte Frau Dr. von Liehnen fest. »Ich möchte Ihren Bericht möglichst zeitnah auf meinem Schreibtisch haben, Herr Dr. Seligmann. Und Sie, Frau Kurtoğlu, halten mich bitte über die Ermittlungen auf dem Laufenden.«

Banu verkniff sich das Salutieren und nickte der Staatsanwältin zum Abschied nur kurz zu. Mit den neuen Informationen machte sie sich auf den Weg ins Präsidium.

Agnes Ellrath saß kerzengerade auf dem Stuhl gegenüber von Stellas Schreibtisch. Die Nachricht, die vor einer halben Stunde von den Kriminaltechnikern gekommen war, dass der Tote tatsächlich ihr Verlobter war, nahm sie hin, ohne eine Gefühlsregung zu zeigen. Auch die Hand von Hedi Carstens, die diese ihr zur Beruhigung auf die Schulter gelegt hatte, schüttelte sie ab. »Mir geht es gut. Ich hatte sowieso keine Hoffnung mehr, dass es ein anderer gewesen sein könnte. Wann kann ich ihn begraben?«

»Herr Manteuffel wird noch heute zur Bestattung freigegeben«, antwortete Stella.

Frau Ellrath nickte. »Er möchte gern auf dem Heidefriedhof bestattet werden. Das hat er immer wieder erwähnt.« Nun akzeptierte sie Hedi Carstens' Hand.

»Trotz Ihrer Trauer müssen wir Ihnen jetzt einige Fragen stellen, denn wie ich Ihnen ja bereits gestern schon sagte, ist Herr Manteuffel durch Fremdeinwirkung gestorben.«

»Sie meinen, er wurde ermordet«, sagte Frau Ellrath. »Aber wer hätte das tun sollen? Er hatte keine Feinde.«

Stella antwortete: »Genau das müssen wir herausfinden und deshalb sind Sie heute hier. Frau Carstens, bitte nehmen Sie noch einen Moment nebenan Platz. Herr Müller und ich werden zunächst Frau Ellrath befragen und dann Sie.« Widerstrebend ließ Hedi Carstens die Hand ihrer Freundin los.

Glücklicherweise hatte Frau Ellrath heute ein großes Mitteilungsbedürfnis und gab auf alle Fragen bereitwillig Auskunft. Herr Manteuffel und sie hatten sich vor einem Jahr in der Seniorenresidenz kennengelernt und relativ zeitnah beschlossen zu heiraten.

Sie hatten einige Freunde in der »Residenz Waldfrieden«. Am engsten waren sie mit Hedi Carstens, Maria Montgomery und dem Ehepaar Lundt befreundet. Am Abend vor Hennings Verschwinden wollten sie sich nach dem Abendbrot treffen, um noch ein Gesellschaftsspiel zu spielen. Da Frau Ellrath aber heftige Kopfschmerzen gehabt hatte, wollte sie sich lieber hinlegen. Sie war sofort in einen tiefen und traumlosen Schlaf gesunken. Als sie am nächsten Vormittag aufgewacht war, war Hennings Bettseite verwaist gewesen und sie war, nachdem sie in der Residenz nach ihm gefragt hatte, gemeinsam mit Hedi Carstens und

Maria Montgomery, zur Polizei gefahren und hatte die Vermisstenanzeige aufgegeben.

»Aufgrund der Verletzungen Ihres Verlobten muss ich Ihnen jetzt noch eine wichtige Frage stellen. Wurde Herr Manteuffel jemals von Rechtsradikalen bedroht? War er vielleicht Jude?«

Frau Ellrath blickte Stella überrascht an. »Sie meinen Nazis? Soweit ich weiß, nicht. Aber es gibt doch auch gar keine Nazis mehr! Und schon gar nicht in unserer Gegend.«

Ob der Naivität von Frau Ellrath musste Stella den Kopf schütteln.

»Ich weiß gar nicht, ob Henning religiös war. Aber in der Kirche war er nie.« Sie schlug die Augen nieder. »Wir wollten auch nicht kirchlich heiraten. Weil wir beide schon mal verheiratet waren, dachten wir, das schickt sich nicht.«

»Vielen Dank, Frau Ellrath. Ich weiß, das ist alles nicht leicht für Sie. Bitte halten Sie sich bereit, falls wir noch weitere Fragen haben.«

Als die beiden alten Damen das Präsidium verlassen hatten, setzten sich Stella und Gunnar in den Besprechungsraum und warteten, bis ihre beiden Kollegen eingetroffen waren, um das, was sie von Frau Carstens und Frau Ellrath erfahren hatten, nicht zweimal sagen zu müssen. Nach kurzer Zeit betrat Armin, der seine morgendliche Arbeitszeit bisher am PC verbracht hatte, den Raum und brachte eine Thermoskanne mit Kaffee und eine Dose Kekse mit. Stella öffnete die Dose und holte einen Spekulatius heraus. »Es weihnachtet sehr«, sagte sie.

»Die sind doch ewig haltbar. Die Tüten, die im letzten Jahr nicht verkauft worden sind, kriegen jetzt ein neues Etikett und landen ab September wieder in den Regalen.«

Armin biss herzhaft in einen wahrscheinlich steinharten Lebkuchen. »Köstlich!«

In diesem Moment ging die Tür auf und eine gut gelaunte Banu kam herein. »Ein wohl durch Folter herbeigeführter Herzinfarkt! Das ist die Todesursache. Nun bin ich gespannt, was ihr herausgefunden habt.«

Gunnar berichtete von den Vernehmungen der beiden Damen. Ihre Aussagen deckten sich in allen Punkten: Herr Manteuffel, Frau Montgomery und das Ehepaar Lundt hatten bis circa 22 Uhr Karten gespielt. Dann waren erst die Lundts und dann Herr Manteuffel in ihre Wohnungen gegangen. Frau Carstens und Frau Montgomery hatten noch einen kleinen Absacker getrunken.

»Ich dachte dabei an ein Likörchen, aber der Absacker bestand aus einem Single Malt Whisky«, sagte Gunnar.

»Okay. Was hast du, Armin?«

»Zunächst einmal existiert im Hamburger Süden durchaus eine rechte Szene. Es gibt in Harburg einen ganz bestimmten Treffpunkt. Und zwar einen Kiosk mit kleinem Schankraum namens ›Notdurst‹. Der wird von einem Typen betrieben, der wegen Totschlags zu acht Jahren Haft verurteilt wurde. Und jetzt wird es interessant: Er hat einen alten Mann auf offener Straße erschlagen, nur weil dieser Adolf Hitler beleidigt hat.«

Banu runzelte die Stirn. »Das müssen wir auf jeden Fall unter die Lupe nehmen. Und was haben die Kollegen von der Spurensicherung zu bieten?«

»Die Spurensicherung hat rein gar nichts gefunden. Ist aber auch kein Wunder, da es 24 Stunden am Stück geregnet hat. Es gibt weder Fußabdrücke noch Schleifspuren noch Spuren, die auf einen Kampf hindeuten könnten. Aber die Kleidung ist definitiv von ihm.«

»Und doch ist er tot und auch irgendwie zum Falkenberg gekommen«, warf Gunnar ein.

Banu legte den Stift zur Seite, mit dem sie eifrig das Flipchart beschrieben hatte. »Ich möchte mir jetzt mal ein Bild von der Seniorenunterkunft machen. Ich schlage vor, Gunnar und ich fahren hin. Stella und Armin besuchen dieses Nazicafé.«

Agnes Ellrath hatte sich auf den Balkon gesetzt und genehmigte sich ein Gläschen Sherry. Der Sommer schien langsam zur Besinnung zu kommen. Das Thermometer zeigte 22 Grad und nur kleine Schäfchenwolken zogen über den ansonsten strahlend blauen Himmel.

»Prost, Henning!«, sagte Agnes und hielt ihr Glas in die Luft. Besser hätte es für sie gar nicht kommen können. Natürlich tat ihr der Alte auch leid und es war über die Maßen schockierend, dass hier offensichtlich jemand rumlief und Senioren folterte. Aber so viele Jahre hätte er nun auch wieder nicht mehr gehabt. Agnes schenkte das Glas wieder voll.

Für sie war es eine geradezu beleidigend einfache Aufgabe gewesen, ihn für sich einzunehmen. Als sie vor einem Jahr in die Seniorenresidenz eingezogen war, war er ihr sofort aufgefallen, denn er machte den Eindruck, als wäre er auf der Suche nach irgendetwas und als hätte er mehr Geld, als er in seinem Leben noch ausgeben könnte. Es war ein Leichtes gewesen, seine Aufmerksamkeit zu erlangen, denn Agnes war trotz ihrer 75 Jahre noch immer eine schöne Frau. Sie hatte es so eingerichtet, dass sie bei den Mahlzeiten an seinem Tisch saß und bei denselben angeleiteten Aktivitäten mitmachte wie er. Sei es das wöchentlich stattfindende Gedächtnistraining, das Chorsingen oder die

Ausfahrten an die Ostsee oder in die Lüneburger Heide. Stets waren Henning und Agnes mit von der Partie und saßen im Bus wie zufällig nebeneinander. Natürlich war Henning sehr kultiviert. Er war ein großer Opernfreund und begeisterte sich vor allem für Wagner. Und er ging gern ins Museum.

Eines Abends nach dem Abendbrot fragte er Agnes, ob sie Lust auf einen Spaziergang hätte. Agnes sagte da natürlich nicht Nein, denn sie hoffte, dass sich ihr Einsatz bezahlt machen würde. Leider hatte ihr verstorbener Mann ihr nicht so viel hinterlassen, dass sie die nächsten Jahre ihrem Stand angemessen in dieser Residenz leben konnte. Henning Manteuffel sah aber so aus, als könnte er sie auch noch über mehrere Jahre hinweg finanzieren.

Bei dem abendlichen Spaziergang durch die herbstliche Heide zum Falkenberg nahm er ihre Hand in seine und sie gingen ein ganzes Stück stumm nebeneinanderher. Kurz nachdem sie den Gipfel erklommen und sie ein paar Bemerkungen über die schöne Aussicht gemacht hatte, gestand er ihr seine Liebe. Noch im selben Monat machte er ihr einen Heiratsantrag und sie beschlossen, zusammen in eine größere Wohnung in der Seniorenresidenz zu ziehen.

Das war eine echte Punktlandung gewesen, denn sehr lange hätte das Geld von ihrem verstorbenen Mann nicht mehr gereicht. Ganz auf der sicheren Seite war Agnes aber erst, als im März der Notar gekommen war und Henning sein Testament zu ihren Gunsten geändert hatte.

Agnes genehmigte sich das dritte Glas Sherry.

Erschreckend war nur, dass Henning offensichtlich auch noch Erwartungen sexueller Natur an sie hatte. Agnes selbst hatte schon sehr lange keinen Sex mehr gehabt, denn Heinrich war schon mehrere Jahre vor seinem Tod nicht mehr dazu in der Lage gewesen. Worüber sie nicht sonderlich traurig war.

Wenn sie sich jedoch in der neuen gemeinsamen Wohnung auszog, um ihr Nachthemd anzuziehen, und Henning ihr dabei zusah, merkte sie, wie sehr ihn das erregte. Manchmal in der Nacht fing er auch an, sie zu streicheln. Dann schob sie jedoch seine Hand weg und vertröstete ihn auf die Hochzeitsnacht. Sie sagte dann, sie wäre altmodisch und wollte sich diesen ganz besonderen Moment aufsparen. Insgeheim ekelte sie sich jedoch vor dem Gedanken, sein welkes Fleisch zu berühren und ihn in sich zu spüren.

»Prost, Henning!«, sagte Agnes und hob das vierte Glas Sherry Richtung Himmel. So wie es nun gekommen war, war es für sie definitiv die beste Lösung. Agnes stand auf und holte eine neue Flasche.

Gunnar und Banu fanden eine ziemlich angetrunkene Frau Ellrath vor, die nach längerem Suchen das Portemonnaie von Henning Manteuffel gefunden hatte und es ihnen aushändigen wollte. »Ich glaube, Sie hatten nach seinen persönlichen Sachen gefragt?«, nuschelte sie.

Maria Montgomery, ebenfalls eine gute Freundin von Agnes Ellrath, tätschelte ihr die Hand und seufzte: »Manchmal muss man seinen Kummer mit Alkohol lindern.« Dann sagte sie: »Wenn Sie entschuldigen würden. Ich bringe die arme Agnes jetzt ins Bett. Danach stehe ich Ihnen für Ihre Fragen zur Verfügung«, und schlug Gunnar und Banu die Wohnungstür vor der Nase zu.

Das Ehepaar Lundt hatte es sich auf der Terrasse vor dem Restaurant im Schatten einer Kastanie gemütlich gemacht. »Entschuldigen Sie. Ich bin noch immer ganz schockiert von der schrecklichen Nachricht!«, sagte Irma Lundt leise.

»Wie war denn Ihre Beziehung zu dem Verstorbenen?«, fragte Banu.

Wilfried Lundt räusperte sich. »Wir sind ungefähr zur gleichen Zeit hier eingezogen. Das war vor sechs Jahren. Henning war uns von Anfang an sympathisch. Wir haben uns immer gegenseitig Bücher ausgeliehen und danach darüber gesprochen. Später haben auch Maria und Hedi an diesen Gesprächen teilgenommen, denn es sind beide echte Leseratten. Auch Agnes war ein- oder zweimal dabei. Aber wohl nur aus Liebe zu Henning. Sie war keine begeisterte Leserin.«

»Henning nannte diese Zusammentreffen immer ›unseren Literaturzirkel‹. Das klang in meinen Ohren so vornehm. Aber das war er auch«, fügte Irma Lundt hinzu.

»Was für eine Art Arzt war Herr Dr. Manteuffel?«, fragte Gunnar.

»Er war Psychiater und hatte jahrelang seine eigene Praxis irgendwo Richtung Hannover. Als seine Frau gestorben war, hat er sein Haus verkauft und ist hierhergezogen.«

Banu hakte nach: »Wissen Sie, warum er sich ausgerechnet diesen Alterswohnsitz ausgesucht hat?«

»Ja, das ist etwas rätselhaft«, antwortete Wilfried Lundt. »Er sagte, er würde hier jemandem nahe sein, den er sein Leben lang verehrt hätte.«

»Aber wer das war, hat er nicht verraten«, ergänzte Irma Lundt.

Nach dem Gespräch schlug Banu gedankenverloren den Weg zum Falkenberg, dem Fundort der Leiche und vermutlich auch dem Tatort, ein. Sie dachte über das Gesagte nach. Wer könnte die Person sein, die Henning Manteuffel verehrt hatte? Lag sie vielleicht auf dem hiesigen Friedhof, auf dem er selbst bald seine letzte Ruhe finden würde?

Laut Frau Ellrath hatte er sich ja auch explizit genau den Heidefriedhof als seine letzte Ruhestätte ausgesucht. Um der geheimnisvollen Person dort nah zu sein? Banu nahm sich vor, Frau Ellrath zu fragen, ob ihr Verlobter häufig auf dem Friedhof gewesen war.

Bereits nach einem 15-minütigen Spaziergang in gemäßigtem Tempo stand Banu zu Füßen des Falkenbergs. Jetzt, bei Sonnenlicht, hatte die Gegend eine ganz andere Wirkung auf sie als gestern im Dauerregen. Bereits von Weitem konnte sie die Reste des rot-weißen Absperrbandes der Spurensicherung erkennen. »Umweltsauerei, das hier hängen zu lassen«, murmelte Banu und machte sich daran, das Plastik aus den Bäumen zu entfernen. Banu tastete den Boden an der Stelle ab, wo die Kleidung des Ermordeten gelegen hatte. Manchmal fand man doch noch einen kleinen Hinweis unter Blättern oder im Gras. Aber hier war nichts.

Sie richtete ihren Oberkörper wieder auf und blickte über das Areal. Irgendwo hier musste der Täter oder die Täterin mit ihrem Opfer durchgekommen sein. Oder der alte Mann alleine, falls er den Täter erst am Falkenberg getroffen hatte. Aber dadurch, dass 25 Kinder über die Wege gelaufen waren und es mindestens 24 Stunden am Stück geregnet hatte, waren keine verwertbaren Spuren mehr zu erkennen. Frustriert trat Banu den Rückweg an.

Sie nahm jedoch einen kleinen Umweg. Denn einige lang verschüttete Erinnerungen begannen wieder an die Oberfläche ihres Gedächtnisses zu kommen. Als Innenstadt-Hamburgerin waren die südlichsten Stadtteile für sie kaum existent und die Überquerung der Süderelbe kam schon fast einer Fahrt gen Süddeutschland gleich. Eine Erinnerung hatte sie aber doch an Neugraben. Als Banu mit ihren

Eltern und ihrer Schwester aus der Türkei gekommen war, hatten sie zunächst in der neu gebauten Hochhaussiedlung in Kirchdorf-Süd in Wilhelmsburg gewohnt. Ihr Vater bekam relativ schnell einen Job in einer dort ansässigen Farbenfabrik. Dennoch war das Geld immer knapp. Um ihren Kindern eine Abwechslung von den tristen Mauern der Hochhäuser zu bieten, unternahmen die Kurtoğlus an den Wochenenden viele Ausflüge, die jedoch nicht viel kosten durften. Sehr beliebt war in den 70er-Jahren die Fahrt zum Trimm-dich-Pfad am Rande des Falkenbergs. Hatice und sie turnten den ganzen Tag an den einfachen Geräten aus Holz herum und waren abends so müde, dass sie meist schon im Zug zurück nach Wilhelmsburg eingeschlafen waren. Banu erinnerte sich daran, dass selbst ihre Mutter Spaß daran hatte, über die einfachen Hürden zu springen, was mit dem langen Mantel, den sie sommers wie winters trug, nicht so einfach gewesen war. Andere Leute, die den Trimm-dich-Pfad benutzten, hatten sie immer neugierig angeguckt, denn Migranten in diesem Teil Hamburgs waren damals noch selten gewesen. Und eine Kopftuch tragende Hürdenläuferin hatten sie mit Sicherheit noch nie gesehen. Banu lächelte ein wenig wehmütig. So ausgelassen wie damals hatte sie ihre Mutter danach nur noch selten erlebt. Banu hatte jahrelang nicht mehr an die Sonntage in der Fischbeker Heide gedacht.

Obwohl diese Erlebnisse schon 35 Jahre her waren, konnte Banu sich noch an den Weg zum Trimm-dich-Pfad erinnern und fand auf Anhieb die mittlerweile stark verfaulten Holzelemente, die einmal die Geräte gewesen waren. Anscheinend war der Pfad vernachlässigt worden, als auch im Süden Hamburgs die ersten Fitnessstudios wie Pilze aus dem Boden geschossen waren.

Kaum in der Heidelandschaft auszumachen waren die wie Treppenstufen angelegten Holzbohlen, auf denen Hatice und sie den Hügel rauf- und runtergelaufen waren. Banu setzte sich auf eine der unteren Holzstufen und malte die Zahl 147 in den Sand. Hatte der Täter nur wahllos auf den alten Mann eingestochen? Oder hatte die Anzahl der Wunden etwas zu bedeuten?

Die Trinkhalle »Notdurst« befand sich in einer Seitengasse in der Nähe des Harburger Rathauses. Der Kiosk hatte ein Schild im Fenster auf dem »Geschlossen« stand. Aber die Tür war offen und führte von dem Verkaufsraum in ein Zimmer, das Sitzgelegenheiten aufwies und in dem man die Getränke konsumieren konnte, die man im Kiosk gekauft hatte.

Die Einrichtung bestand aus Stahlrohrstühlen und runden Metalltischen. Das flackernde Licht der Neonleuchten an der Decke machte das Interieur nicht gerade gemütlicher. Von den etwa fünf Tischen im Raum waren zwei besetzt. Um zu einem kleinen Tresen mit einer Bierzapfanlage zu gelangen, mussten Armin und Stella sich an dem Pitbullterrier einer jungen Frau vorbeidrängeln.

Stella musste wohl ein ängstliches Gesicht gemacht haben, denn die Frau grinste sie frech an und sagte: »Nun machen Sie sich mal nicht gleich ins Hemd. Die hat den Wesenstest bestanden.«

Stella wollte erwidern, dass die Besitzerin auch einen Wesenstest machen sollte und nicht nur ihr Hund, aber musterte die Frau nur stumm. Sie hatte ihr blondes langes Haar, das an den Seiten und im Nacken ausrasiert war, zu einem Pferdeschwanz gebunden. Stella blickte auf ihr Tattoo, das ein Stück Stacheldrahtzaun darstellte und einmal um ihren Hals verlief. Die Frau hatte ein Sweatshirt mit dem Logo einer bekannten deutschen Band an, die häufig in den Schlagzeilen war, da sie die meisten ihrer Fans am rechten Rand der Gesellschaft fand.

Stella murmelte, während sie fast über die ausgestreckten Beine der blonden Frau stolperte. »Ist doch komisch, dass die Nazis immer das Klischee erfüllen, das man von ihnen hat.«

»Na, wenn das mal keine Bullen sind«, bemerkte der Mann an der Theke. »Das erkennt man auf 500 Meter.«

»Und wie wir wissen, haben Sie ja auch schon einige Bekanntschaft mit der Polizei gemacht. Sie sind doch Andreas Wiesner?«, fragte Armin, der den Mann auf Bildern im Internet gesehen hatte.

Der Mann stellte das Bierglas ab, aus dem er gerade getrunken hatte, und zeigte auf die Barhocker vor ihm. »Ihr dürft euch ruhig setzen. Bevor ich etwas sage, will ich aber die Ausweise sehen.« Nachdem er einen flüchtigen Blick auf die Plastikkarten geworfen hatte, sah er von Stella zu Armin und wieder zurück. »Sie gucken ja so ernst! Das sieht nicht nach einem Ladendiebstahl aus. Wie kann ich Ihnen weiterhelfen?« Er lächelte Stella anzüglich an. »Blonden deutschen Mädels helfe ich besonders gern.«

Armin hielt ihm ein Foto von Henning Manteuffel hin. »Kennen Sie diesen Mann?«

Andreas Wiesner schüttelte den Kopf. »Nee, so alte Knacker kommen normalerweise hier nicht rein.«

»Ich habe auch nicht gefragt, ob dieser Mann hier war, sondern ob Sie ihn kennen.« Armins Ton wurde schärfer.

»Hab den Opa nie gesehen.«

»Dieser Opa ist ermordet worden.«

Andreas Wiesner zuckte mit den Schultern. »Scheißegal,

der hätte doch sowieso nicht mehr lange gelebt. Die Opas und Omas werden heutzutage eh viel zu alt und wir finanzieren sie mit unseren Steuern.«

»Dann schließe ich daraus, dass Sie früh sterben wollen«, gab Stella zurück.

Andreas Wiesner antwortete nicht, sondern betrachtete einige Sekunden stumm die Bierpfütze auf dem Tresen. Dann fragte er: »Und was wollt ihr jetzt von mir?«

»Hier, in Ihrer netten kleinen Kneipe, treffen sich doch Ihre Freunde mit der braunen Gesinnung, oder?« Armin wurde langsam ungeduldig.

»Ja«, erwiderte der glatzköpfige Mann, »und jeden Freitag singen wir hier erst zusammen das Horst-Wessel-Lied und dann gehen wir los und killen Rentner.«

»Ich kann Sie auch aufs Präsidium mitnehmen und Sie können dort unsere Fragen beantworten, wenn Ihnen das lieber ist. Wo waren Sie am letzten Sonntagabend zwischen 20 und 24 Uhr?«

»Er war die ganze Zeit mit mir zusammen.« Die Hundebesitzerin war aufgestanden und trat nun hinter den Tresen. Während sie sprach, steckte sie eine Hand unter das Thor-Steinar-Shirt des Wirts und begann, ihm den Rücken zu streicheln. Ihre andere Hand verschwand im Bund seiner Jeans.

»Nicht jetzt, du Schlampe.« Andreas Wiesners Stimme klang heiser. Die Angesprochene zog ihre Hände zurück und tat so, als würde sie schmollen.

»Aber sie hat recht. Ich war bei ihr zu Hause und habe es ihr die ganze Zeit besorgt.«

»Gibt es dafür noch weitere Zeugen?«, fragte Stella.

»Nein.« Der Kioskbesitzer lachte. »Vielleicht findest du es ja toll, wenn dir beim Ficken jemand zuguckt, Blondie.

Aber ich stehe da nicht so drauf. Wieso fragt ihr das überhaupt alles?«

»Der alte Mann lag tot am Falkenberg in Neugraben. Wir haben Grund zu der Annahme, dass die Tat einen rechtsradikalen Hintergrund haben könnte.«

»Ich war es jedenfalls nicht. Ich habe einmal jemanden gekillt und mache es nicht noch mal. Nicht weil der Arsch es nicht verdient hätte, sondern weil ich keinen Bock habe, noch mal im Knast zu landen. So toll war es da nämlich nicht. Vor allem nicht, wenn einem in der Dusche mal die Seife runterfällt und man sich danach bücken muss.« Andreas Wiesner bewegte seine Hüften anzüglich vor und zurück. »Aber die haben alle auf die Fresse gekriegt.« Bedauernd schüttelte er den Kopf. »Mit eurem Fall kann ich euch leider nicht helfen.«

Armin wollte gerade gehen, drehte sich jedoch noch einmal herum und sagte: »Ich glaube, dann komme ich mal auf einem Freitag vorbei und bringe noch ein paar Kollegen vom Verfassungsschutz mit. Denen können Sie Ihr Lied gern einmal vorsingen.«

»Glaubst du ihm?«, fragte Stella, als sie bereits im Auto saßen.

Armin erwiderte: »Er ist zwar widerlich, primitiv und dumm, aber ich glaube, er hat die Wahrheit gesagt. Dennoch müssen wir die Nazi-Spur weiter verfolgen. Eigentlich ist dies bisher die einzig brauchbare.«

»Wer ist das denn?«, fragte Armin. Er und sein Kollege hatten den Inhalt von Herrn Manteuffels Portemonnaie vor sich ausgebreitet. Er zeigte auf das Porträtfoto einer ernst dreinblickenden jungen Frau Anfang 20. Es war schwarzweiß und schien recht alt zu sein. Armin drehte das Foto um. Auf der Rückseite stand in alter deutscher Schrift der Name »Josefine« geschrieben. Stella zuckte mit den Achseln, griff dann aber zum Telefon und tippte die Nummer von Frau Ellrath ein.

»Mal sehen, ob die gute Agnes schon wieder nüchtern ist«, grinste sie.

Anscheinend, denn sie meldete sich bereits nach dem ersten Klingeln. Nach einem kurzen Gespräch kam Stella zurück in den Besprechungsraum.

»Josefine war seine erste große Liebe. Er hat sie im Krieg kennengelernt und sie ist unmittelbar danach, also ziemlich jung, verstorben. Frau Ellrath fand es zwar etwas merkwürdig, dass er immer ein Foto von ihr dabeihatte, aber keins von seiner Ehefrau, die er in den 50er-Jahren geheiratet hatte, hat ihn aber nie danach gefragt.«

»Ob sie die Person ist, die er sein Leben lang verehrt hat?«, dachte Banu laut.

»Ich frage mal bei der Friedhofsverwaltung nach, ob auf dem Heidefriedhof eine Josefine liegt«, erbot sich Armin, dem Banu bereits von ihren Gedanken, die ihr bei ihrem Spaziergang gekommen waren, erzählt hatte.

»Danke, Armin. Das kannst du dir gleich für morgen vornehmen.« Banu sah auf ihre Armbanduhr. »Heute haben die sowieso schon Feierabend. Außerdem soll die Staatsanwältin morgen bei dem Notar von Herrn Manteuffel anrufen. Ich möchte wissen, wem er sein Vermögen hinterlassen hat.«

Am Whiteboard hingen fünf gelbe und eine blaue Moderationskarte. Auf jeder der Karten stand ein Name mit den entsprechenden Anmerkungen darunter: Agnes Ellrath, Hedi Carstens (die heute Nachmittag bei der Fußpflege war und deshalb nicht erneut befragt werden konnte),

Maria Montgomery und das Ehepaar Lundt. Auf der blauen Karte stand der Name Andreas Wiesner. »Wer hätte ein Motiv gehabt, Henning Manteuffel zu töten?«, fragte Banu in die Runde der müden Gesichter ihrer Kollegen.

»Falls Agnes Ellrath die Alleinerbin ist, möglicherweise sie«, sagte Gunnar. »Sie tut zwar, als wäre ihr Mann Millionär gewesen, aber es könnte natürlich auch ganz anders sein. Wir müssen unbedingt ihr Bankkonto checken.«

»Etwas anderes fällt mir auch nicht ein«, seufzte Stella. »Ein Eifersuchtsdrama unter 80-Jährigen scheint mir etwas weit hergeholt.«

»Ganz so alt sind die meisten gar nicht. Frau Carstens ist sogar erst 65 Jahre alt.«

»Warum geht man in diesem Alter schon in ein Seniorenheim?« Banu gähnte verstohlen.

»Sie hat mir heute Morgen erzählt, dass sie ihren Mann bis zu seinem Tod gepflegt und danach festgestellt hat, dass sie eigentlich gar keine Freunde oder Bekannte hat. Ihr Mann und sie haben sehr zurückgezogen gelebt. Nach seinem Tod dachte sie, dass sie noch mal von vorne anfangen und andere Leute kennenlernen wollte, und fand, dass ein Seniorenheim, also in diesem Fall ja eher eine betreute Seniorenwohnanlage, hierfür der richtige Ort sei.«

»Das Hakenkreuz auf dem Rücken deutet nun wirklich ganz stark auf einen rechtsradikalen Hintergrund hin. Ich glaube zwar, dass Andreas Wiesner nicht der Mörder ist. Das wäre schon ein sehr großer Zufall, aber vielleicht weiß er trotzdem etwas. Ich lade ihn doch noch mal vor«, sagte Armin.

Banu griff in ihre graue Wildledertasche und zog eine Mappe heraus. »Dies sind die Aufzeichnungen über Henning Manteuffel aus der Seniorenresidenz. Seine frühere

Adresse ist hier verzeichnet. Außerdem gibt es Angaben darüber, ob er an Allergien gelitten hat, ob er irgendwelche chronischen Krankheiten hatte und so weiter.« Sie legte die Mappe vor Gunnar auf den Tisch. »Auch seine Vergangenheit ist natürlich ein Ansatzpunkt. Er war Psychiater in der Nähe von Hannover, einem Ort namens Laatzen. Wir müssen checken, ob es vielleicht Patienten gab, die ihm nicht wohlgesonnen waren.«

»So wie bei Hannibal Lecter?«, fragte Gunnar.

Stella unterdrückte ein Gähnen. »Er muss seine Patienten ja nicht gleich aufgegessen haben, aber Banu hat recht. Ein Psychiater begegnet einer Menge komischer Menschen.«

»Da die Chefin mir die Mappe vor die Nase gelegt hat, bedeutet es wohl, dass ich derjenige bin, der für diese verantwortungsvolle Aufgabe ausersehen wurde.« Gunnar blickte in die Runde. »Dann fahre ich also morgen nach Laatzen.«

»Ich weiß nicht, wie es euch geht, aber mir raucht der Kopf. Wir haben einige Ansätze gefunden, an denen wir morgen weiterarbeiten können. Mein Mann bringt mich um, wenn ich heute wieder eine Nachtschicht einschiebe.« Banu legte den Edding, mit dem sie gerade »Motive« auf das Flipchart geschrieben hatte, beiseite.

Gunnar stieß Stella an, die grübelnd auf ihrer Unterlippe kaute. »Apropos Mann! Hast du mir nicht erzählt, dass du heute Abend ein Date hast?«

Stella schlug sich mit der flachen Hand gegen die Stirn und warf einen erschrockenen Blick auf die Wanduhr. »Shit! Ich muss in zehn Minuten im Restaurant in Harburg sein.« Sie nahm ihre Handtasche von der Stuhllehne und verließ im Laufschritt den Raum.

»Ich drücke dir die Daumen«, rief Gunnar ihr hinterher.

Stella fluchte leise vor sich hin, als sie ihr Auto aufschloss.

Um noch mal zwischendurch nach Hause zu fahren, war es jetzt zu spät. Sie klappte die Sonnenblende herunter und warf einen Blick in den Spiegel. »Na ja, geht so«, murmelte sie. Glücklicherweise hatte Stella immer einen Lippenstift und Wimperntusche im Handschuhfach. Ihre Kleidung war natürlich auch nicht das, was sie normalerweise zu einem Restaurantbesuch inklusive Date anziehen würde. Immerhin war ihre Jeans nicht dreckig. Die Schuhe allerdings hätten einen Spritzer Schuhcreme vertragen. Aber schließlich guckte ein Mann einer Frau ja bestenfalls als Erstes ins Gesicht und nicht sofort auf die Schuhe. Stella machte die obersten drei Knöpfe ihrer Bluse auf. Falls der erste Blick von Viktor doch woanders hingehen sollte als in ihre blauen Augen. Wobei sie momentan gar nicht in Stimmung war, sich an einen anderen Ort zu begeben als ihr Sofa. Aber Bounty gab sich so viel Mühe. Zumindest musste sie gute Miene machen!

Und um den Kater musste sich ja auch noch jemand kümmern. Bevor sie losfuhr, rief Stella schnell noch bei ihrer Nachbarin Sina an, die einen Schlüssel für ihre Wohnung besaß und Caveman schon oft versorgt hatte. Es ging ja nur darum, ihm sein Abendessen hinzustellen.

In der Lämmertwiete, einer kleinen, sehr urigen Gasse mit schiefen Fachwerkhäusern mitten in Harburg, war um diese Zeit immer etwas los. Aber Stella hatte Glück, als genau vor ihr ein grüner Mazda aus einer Parklücke fuhr. Insofern war sie doch nur eine halbe Stunde zu spät beim »La Dolce Vita«. Glücklicherweise kannte Bounty Stellas Angewohnheit, nicht immer pünktlich zu erscheinen. Und so winkte sie ihr fröhlich von einem der Tische in der kleinen, typisch italienischen Osteria zu.

Der Mann, der mit Bounty und ihrem derzeitigen Freund – »Pit oder Piet?« – an einem Tisch saß, sah auf den ersten Blick interessant aus. Er schien allerdings etwas älter. Aber das musste ja nicht unbedingt nachteilig sein. Die Nase war ein wenig zu lang und die Augen standen einen Tick zu dicht zusammen. Sein dunkelbraunes welliges Haar war von einigen grauen Strähnen durchzogen. Als er sie anblickte, nahm sie als Erstes die vielen Lachfältchen um seinen Mund und an den Augen wahr. Er hatte eine gesunde Gesichtsfarbe, so als würde er sich viel draußen aufhalten. Viktor war auf eine sehr rustikale Art attraktiv. Eher Barbour als Armani. Aber trotzdem weit entfernt von »Bauer sucht Frau«.

Und Manieren schien er auch zu haben. Als Stella an den Tisch trat, stand er auf und rückte ihr den Stuhl zurecht. Dabei nahm sie wohlwollend zur Kenntnis, dass er mindestens zehn Zentimeter größer war als sie.

»Darf ich vorstellen? Das ist Viktor.«

Stella war immer wieder erstaunt über den schier unglaublichen Vorrat an Single-Männern, die Bounty aus dem Hut zaubern konnte. Bounty arbeitete in einer renommierten Physiotherapie-Praxis in Altona, in der auch häufig Leistungssportler behandelt wurden. Auch Pit – oder doch Piet? – hatte sie dort kennengelernt. Stella hoffte, dass Viktor sich nicht als Sportler entpuppen würde. Der letzte hatte ihr fürs Erste gereicht.

Bis das Essen kam, betätigte sich Stellas Freundin fast als Alleinunterhalterin. Ihr Freund steuerte ab und zu ein zustimmendes oder ablehnendes Geräusch bei.

Stella fand es immer schwierig, mit jemandem, den sie gar nicht kannte, ein Gespräch anzufangen, auch wenn sie sich von Viktor sofort auf eine bestimmte Weise angezogen fühlte. Erst beim zweiten Glas Chianti nahm sie Fahrt auf.

»Was hat Bounty denn an Ihnen bearbeitet?«, fragte sie ihren Tischnachbarn ungeniert, während Bounty gerade Pause machte, da sie sich ein Stück Saltimbocca in den Mund schob.

Viktor antwortete mit einem gewinnenden Lächeln. »Sie hatte meinen Fuß in der Mangel. Ich war beim Hundespaziergang umgeknickt und hatte mir den Knöchel gebrochen. Dank Bounty ist er jetzt aber wie neu.«

»Ich habe eine Katze. Da kann so etwas nicht passieren. Ich kann mir den Fuß höchstens dabei brechen, wenn ich ihr hinterherlaufe, um sie einzufangen, wenn wir einmal im Jahr zum Impfen müssen.«

»Ich hoffe, Sie sind keiner der Menschen, die Katzen lieben und Hunde hassen.«

Stella schüttelte den Kopf. »Und Sie? Hassen Sie Katzen?«

»Nein«, sagte Viktor. »Es sei denn, sie zeigen ihre Krallen.« Er blinzelte Stella zu. Diese wiederum war sich sehr bewusst, dass, indem sie ihre Schultern zurücknahm, ein Stück von ihrem schwarzen Spitzen-BH in ihrem Ausschnitt sichtbar wurde. Viktor war wirklich verdammt attraktiv. Anscheinend hatte sie in diesem Moment Pheromone in seine Richtung ausgesandt, denn er legte unter dem Tisch eine Hand auf ihren Oberschenkel und blickte ihr direkt in die Augen.

»Lass uns doch noch in die Cocktailbar gehen«, schlug Bounty vor, die so konzentriert dabei gewesen war, den Salbei aus dem Schnitzel zu pulen, dass ihr das Gespräch zwischen Stella und Viktor komplett entgangen zu sein schien.

»Ohne mich«, sagte Stella und fing ihrerseits an, Viktors Oberschenkel ganz leicht mit den Fingerspitzen zu streicheln. »Ich bin richtig kaputt. Unser aktueller Fall ist so anstrengend.«

Auch Viktor lehnte Bountys Vorschlag ab. »Ich habe morgen schon um 8 Uhr einen ganz pingeligen Kunden. Da muss ich topfit sein. Ich gehe lieber ins Bett.«

»Okay! Wie ihr meint.« Bounty zuckte enttäuscht mit den Schultern und verlangte die Rechnung. In Gedanken hatte sie Viktor bereits wieder von der Liste der aussichtsreichen Kandidaten gestrichen.

Viktor und Stella standen gleichzeitig auf und Viktor drückte Bounty einen Hunderteuroschein in die Hand. »Bezahl bitte für uns mit.«

Im Rausgehen hörte Stella noch ihre Freundin sagen: »Die haben es aber eilig.« Und der Statist an ihrer Seite grunzte zustimmend.

Kaum hatten sie das Restaurant verlassen, flüsterte Viktor ihr zu: »Zu dir oder zu mir?«

»Wo wohnst du denn?«, fragte Stella.

»In Ottensen.«

»Dann gehen wir zu mir. Ich wohne hier in der Nähe.«

Im Fahrstuhl begann Viktor bereits, ihr unter dem Pullover den BH aufzumachen. Sie schafften kaum noch, angezogen in ihre Wohnung zu kommen. Nur gut, dass Stella bei einer Drogerie in weiser Voraussicht noch eine Packung Kondome gekauft hatte.

31. JULI 1933

Liebes Tagebuch,

nun bin ich bereits über ein halbes Jahr im Waisenhaus. Vor einigen Tagen bin ich 14 Jahre alt geworden. Meine Mutter hat mir zwei Briefe geschickt und mir in beiden geschrieben, dass sie mich bald abholen wird. Bitte, Mama, komm, ich warte doch!

Eigentlich sind die Tage hier alle gleich. Morgens: Bibel und Unterricht mit Herrn Klüwer, mittags: Kartoffeln und knorpeliges Fleisch, nachmittags: Bibel und Handarbeit. Abends bin ich oft so müde, dass ich gar nichts mehr ins Tagebuch schreiben kann, obwohl ich es mir immer vornehme. Aber heute ist etwas passiert, was ich reinschreiben muss.

Ich habe zwei gute Freundinnen hier im Heim gefunden. Die eine ist Rosa, neben der ich auch mittags beim Essen sitze. Sie ist ein Jahr älter als ich und hat eine große Zahnlücke zwischen den Vorderzähnen. Rosa kann gut rechnen und hat, wenn sie lächelt, zwei Grübchen in den Wangen. Sonst ist sie aber eher unscheinbar.

Ganz anders ist Hilde. Mit ihren 15 Jahren ist sie schon sehr groß. Sie hat langes blondes Haar und ganz helle blaue Augen. Wenn sie lächelt, kann man sehen, dass sie ganz gerade Vorderzähne hat. Hilde ist schon fast eine Frau. Sie hat ziemlich große Brüste und hat Rosa und mir auch schon erzählt, dass sie bereits geblutet hat. Wir beide haben uns vor Ekel geschüttelt, aber Hilde schien sehr stolz darüber zu sein. Sie könne jetzt ein Kind bekommen, hat sie gesagt. Ein Kind zu haben, ist ja schön und gut, aber die ekligen Dinge, die man vorher mit einem Mann dafür machen muss. Nein, das werde ich niemals tun. Vielleicht bringt ja doch der Storch die Kinder, wie meine Großmutter es immer erzählt hat. Aber die älteren Mädchen hier sagen, dass es anders ist.

Heute hatten Hilde und einige andere von den Älteren gefragt, ob sie in die Stadt gehen dürfen. Ich hätte auch Lust gehabt mitzukommen, aber ich hatte meine Näharbeit noch nicht fertig. Frau Weber hat es erst nicht erlaubt, aber als Frau Lehnert gesagt hat, dass sie noch Garn braucht, hat sie dann doch Ja gesagt. Aber sie hat Frau Diehl, eine der Erzieherinnen, mitgeschickt.

Als Hilde am späten Nachmittag wiederkam, hat sie ganz viel gekichert. Sie erzählte, dass jetzt überall Bilder vom neuen Reichskanzler Adolf Hitler hängen würden. Hilde sagte, dass sie ihn nicht so gut aussehend finden würde. Er wäre schon so alt und hätte einen so durchdringenden Blick und ein komisches Bärtchen. Er würde irgendwie unheimlich aussehen.

Dann hat sie Rosa und mir zugeflüstert, wir sollten noch mal kurz in den Garten kommen, wenn es dunkel ist. Sie wolle uns etwas zeigen.

Als wir auf die Terrasse traten, winkten Hilde, Lisa, Clara und Antonie uns aus dem kleinen Wäldchen hinten im Garten zu. Sie nahmen uns das Versprechen ab, nichts darüber zu sagen, was gleich passieren würde. Dann zog Hilde eine Schachtel Zigaretten und ein Päckchen Streichhölzer aus der Tasche. Liebes Tagebuch, mein Herz klopfte bis zum Hals. Hilde zündete eine Zigarette an, indem sie das Streichholz an die Seite hielt, wo der Tabak rausguckte, und kräftig am Filter sog. Ich glaube nicht, dass sie das zum ersten Mal gemacht hat. Als der Tabak richtig glühte, gab sie die Zigarette an Antonie, die neben ihr stand. Als Rosa an der Reihe war und nur zaghaft am Filter nuckelte, stieß Clara ihr mit dem Ellenbogen in die Rippen und sagte, sie solle ganz kräftig daran ziehen. Als sie das tat, fing sie aber furchtbar an zu husten. »Schscht!«, machte Hilde. Aber da war es schon zu spät. Ich hörte nur einen Stock knacken, da hatte Frau Diehl Rosa auch schon an einem Ohr gepackt. Rosa fing sofort an zu heulen.

Da trat aber Hilde vor und sagte Frau Diehl, dass sie die Zigaretten heute in der Stadt einem jungen Mann geklaut hat und sowieso sie an allem schuld war. Frau Diehl sagte, das hätte sie sich ja denken können und Hilde wisse ja, was jetzt passieren würde. Da nickte Hilde und starrte auf ihre Schuhe. Alle anderen bis auf Hilde wurden auf ihr Zimmer geschickt.

Hier liegen wir nun und müssen so tun, als ob wir schlafen.

Dabei mache ich mir richtig große Sorgen um Hilde und bin ihr dankbar, dass sie alle Schuld auf sich genommen hat.

Was würde meine Mutter denken, wenn sie hören würde, dass ihre Tochter Zigaretten raucht?

Aber Hilde würde jetzt dafür büßen. Ich war schon häufig an der Tür von der kleinen Kammer vorbeigegangen, in die böse Mädchen eingesperrt werden und für drei Tage nichts zu essen bekommen. Ob Hilde jetzt in diesem Moment wohl bereits darin sitzt?

25. FEBRUAR 1934

Liebes Tagebuch,

wenn ich an den gestrigen Tag denke, zittern mir immer noch die Knie!

Der Tag begann wie alle anderen auch. Wir sind um fünf Uhr morgens aufgestanden, haben zusammen gebetet und dann Frühstück gegessen.

Herr Klüwer hat uns am Anfang des Rechenunterrichts gleich die Klassenarbeiten ausgeteilt. Ich habe leider nur eine Vier! Aber Schreiben und Lesen kann ich auch besser. Wir haben jetzt auch ein neues Fach. Es heißt Rassenkunde. Dort lernen wir alles über unsere deutsche Rasse und auch, warum wir den anderen überlegen sind. Vor allem den Juden. In Rassenkunde melde ich mich viel und Herr Klüwer lobt mich dafür.

Nach dem Unterricht haben Clara und ich unseren Tisch für das Mittagessen gedeckt. Leider ist Clara dabei ein Teller runtergefallen und zerbrochen. Ich habe ihr angeboten, einen Handfeger und Kehrblech zu holen. Als ich die Tür zur Besenkammer aufmachte, traute ich meinen Augen nicht. Herr Klüwer stand in der Ecke des kleinen Zimmers und presste Hilde mit seinem Körper gegen die Wand. Mit der rechten Hand hatte er ihren Zopf gepackt und zog damit ihren Kopf nach hinten. Die linke Hand hatte Herr Klüwer unter Hildes Bluse geschoben und streichelte ihren Busen. Hilde liefen dicke Tränen die Wange runter. Seinen

Mund hatte Herr Klüwer fest auf Hildes Lippen gedrückt. Er atmete schwer. Ich stand wie gelähmt in der Tür und als Herr Klüwer mich bemerkte, erstarrte er. Dann ließ er Hilde los, als hätte er sich an ihr verbrannt, und rief, dass Hilde ihn verführt hätte. Er müsse dringend mit Frau Weber sprechen. Hilde sei die Verderbtheit in Person! Dann steckte er sich sein Hemd in die Hose. Als er fertig war, verließ er hoch erhobenen Hauptes die Besenkammer. Nur sein roter Kopf zeigte, dass er sich gerade angestrengt hatte. Hilde ließ er weinend in der Ecke stehen. Ich ging zu ihr hin und streichelte ihr Haar. Mir kam es so vor, als hätten wir eine lange Zeit so da gestanden. Dann standen auf einmal Frau Weber und Herr Klüwer in der Tür.

Frau Weber schrie laut, was Hilde gemacht habe.

Ich schüttelte wild den Kopf und sagte, dass es nicht so gewesen wäre, wie Herr Klüwer sagt. Ich hätte gesehen, wie Hilde geweint und Herr Klüwer sie am Zopf gezogen hätte. Herr Klüwer ist dann sehr zornig geworden und hat gesagt, dass ich mich verguckt habe. Hilde hätte ihm schon im Unterricht schöne Augen gemacht und ihn dann in die Besenkammer gelockt. Sie hätte ihn so lange überall angefasst und gereizt, bis er es nicht mehr aushalten konnte. Er musste sie züchtigen, damit sie mit ihren Anzüglichkeiten aufhörte.

Dann sagte Frau Weber mit einem Blick auf Hilde, dass sie sich das jetzt schon lange genug angeguckt hat, und machte auf dem Absatz kehrt. Ich drückte Hilde richtig lange und hatte ein ganz schlechtes Gefühl. Wenige Minuten danach kam Frau Diehl und hat Hilde aus der Besenkammer rausgeschleift. Sie sagte, dass Hilde sich nun eindeutig zu viel erlaubt hätte und mit dem Vorfall in der Kammer nicht davonkommen würde. Hilde heulte jetzt laut. Ich wurde zum Mittagessen geschickt. Hildes Platz blieb leer.

Am Nachmittag konnte ich aus dem Fenster sehen, wie ein großer Wagen auf dem Platz vor dem Heim hielt und ein Mann in einem weißen Kittel ausstieg. Er sah aus wie ein Doktor.

Bei der Handarbeit konnte ich mich nicht konzentrieren und deshalb wollte ich in den Waschraum gehen und einen Schluck Wasser trinken. Dabei kam ich an dem Büro von Frau Weber vorbei und hörte Stimmen durch die Tür. Als ich die Stimme von Hilde erkannte, blieb ich stehen. Ich hörte, wie sie laut weinend sagte, dass Herr Klüwer ihr nach dem Unterricht nachgegangen sei und sie dann in die Besenkammer gezerrt hätte. Als sie »Nein« gerufen hätte, hätte er ihr den Mund zugehalten. Frau Weber nannte Hilde eine Schlampe, aus deren Mund nur Lügen kommen würden. Sie und Frau Diehl hätten Hilde schon so lange beobachtet.

Dann hörte ich eine mir völlig unbekannte Männerstimme. Nach all dem, was er nun gehört hätte, sagte der Mann, sei Hilde psychisch krank. Sie würde nun in eine Einrichtung kommen, in der nur psychisch kranke Menschen leben würden. Damit sie ihre Verderbtheit nicht weitergeben könne, würde er sie zur Sterilisation vorschlagen.

Da nahm ich allen Mut zusammen und klopfte an die Tür. Hilde hatte mir bei den Zigaretten geholfen. Nun wollte ich ihr helfen. Der Mann mit dem weißen Kittel, Frau Weber und Frau Diehl saßen auf Stühlen im Büro. Hilde stand am Fenster und zitterte. Alles, was ich rausbringen konnte, war jedoch wieder, dass Hilde geweint und Herr Klüwer sie am Zopf gezogen hat. Hilde hätte nicht gewollt, dass Herr Klüwer sie anfasst!

Frau Weber zog mich am Arm und sagte, dass ich aufhören solle zu lügen, sonst würde ich für drei Tage in die Kammer kommen. Ich sah zu Hilde und die schüttelte mit dem Kopf.

In dieser Nacht lagen wir alle drei ganz eng umschlungen in einem Bett: Rosa, Hilde und ich. Sie würden Hilde am nächsten Morgen früh abholen. Ich fragte Hilde, was denn eine Sterilisation sei. Sie meinte, dass man danach keine Kinder mehr bekommen könne. Und das würde sie schade finden, denn sie hätte so gern Kinder gehabt.

Wir konnten die ganze Nacht nicht schlafen. Gegen 5 Uhr kamen dann zwei Frauen, hakten Hilde links und rechts ein und nahmen sie mit. Im Weggehen lächelte sie mir und Rosa zu. Herr Klüwer erschien heute wie immer gut gelaunt und pünktlich zum Unterricht.

DRITTES KAPITEL

Als Dr. Henning Manteuffel begraben wurde, schwang der spät erwachte Frühsommer sich zu Höchstleistungen auf. Die Sonne schien von einem wolkenlosen Himmel und die Trauergäste schwitzten in ihrer schwarzen Kleidung. Die Andacht in der kleinen Kapelle des Heidefriedhofs war sehr persönlich gewesen, obwohl niemand der Anwesenden den Verstorbenen länger als sechs Jahre gekannt hatte.

Frau Ellrath hatte sich gewünscht, am offenen Sarg Abschied von ihrem Verlobten nehmen zu können, der ihr so unerwartet entrissen wurde.

Banu fand, dass der Bestatter gute Arbeit geleistet hatte. Nichts am Antlitz von Henning Manteuffel erinnerte sie an das wächserne Gesicht des Toten bei der Obduktion. Er sah jetzt frisch und irgendwie lebendig aus. So als könne er sich gleich aus dem Sarg erheben und wieder seinen Platz unter den Lebenden einnehmen.

Banu selber hielt nichts davon, die Toten aufzubahren. Man sollte sie doch so in Erinnerung behalten, wie sie waren, als sie noch gelebt hatten.

Und obwohl die Leiche im Sarg so rosige Gesichtszüge hatte, wusste sie nicht, ob der Ausdruck den des lebendigen Henning Manteuffel traf.

Unter Tränen und am Arm von Hedi Carstens ging Agnes Ellrath auf den Sarg zu und legte der Leiche ein Foto auf die Brust, das sie beide zusammen vor der »Villa

Sonne« zeigte. Sie lächelten in die Kamera und prosteten dem Fotografen mit Champagnerkelchen zu. »Das ist ihr Verlobungsfoto«, flüsterte Irma Lundt Banu ins Ohr.

Anscheinend war Herr Manteuffel sehr gut auf seine Beerdigung vorbereitet gewesen. Er hatte genau festgelegt, welches Lied beim Eintritt in die Kapelle gespielt werden sollte (»Nun ruhen alle Wälder«) und welches Lied am Ende der Trauerfeier (»Am Brunnen vor dem Tore«). Außerdem hatte er einen Bibeltext aus dem Alten Testament herausgesucht (»Alles hat seine Zeit«) und noch ein anderes altes Gedicht, bei dessen letzter Zeile (»Wie zwei Herzen sich verlassen«) ein leises Schluchzen von Agnes Ellrath zu vernehmen war.

»Irgendwie unheimlich«, flüsterte Stella. »Als hätte er gewusst, dass er bald sterben würde.«

Banu gab zurück: »Na ja, der Mann war Mitte 80. Er wollte eben nichts dem Zufall überlassen.« Sie wusste, dass auch ihre Eltern, die noch deutlich jünger waren, für den Fall der Fälle bereits alles festgelegt hatten.

Der Pastor kannte nur wenige Fakten aus dem Leben des Verstorbenen, besaß aber die Gabe, daraus eine schöne Rede zu machen. Er ging darauf ein, dass Henning Manteuffel gerade angefangen hatte, Medizin zu studieren, als der Zweite Weltkrieg zu Ende ging, und dass er seine erste große Liebe kurz nach dem Krieg gleich verloren hatte. Seine Eltern und seine Geschwister starben im Krieg, als Hamburg in der schrecklichen Nacht vom 24. auf den 25. Juli 1943 ausgebombt wurde. Nach dem Studium verbrachte er ein paar Jahre in Südamerika, da in einer dort neu gegründeten Klinik sein Spezialgebiet sehr gefragt war. Seine Ehefrau war in den 80er-Jahren an Krebs erkrankt und verstorben. Sie hatten keine Kinder zusammen.

Der Pastor sprach davon, wie fähig und geachtet Henning Manteuffel auf dem Gebiet der Psychologie gewesen war und wie vielen Menschen er geholfen hatte. Und natürlich, dass er noch im Herbst seines Lebens eine Frau gefunden hatte, die das letzte Stück seines Weges an seiner Seite gehen wollte.

Nach dem letzten Gebet erhoben sich die Trauernden und der mittlerweile geschlossene Sarg wurde aus der Friedhofskapelle getragen.

Banu musterte den kleinen Trauerzug an Menschen, die zur Beerdigung gekommen waren. Allen voran und hoch erhobenen Hauptes ging Agnes Ellrath in einem gut geschnittenen schwarzen Etuikleid und einem Hut mit kurzem schwarzem Schleier auf dem Kopf, ganz die trauernde Witwe aus gutem Hause. Sie wurde links von Hedi Carstens und rechts von Maria Montgomery flankiert. Dahinter schritten in angemessenem Abstand die Lundts. Auch die »Residenz Waldfrieden« hatte nicht nur ein riesiges Blumengebinde, sondern auch einen Vertreter geschickt, der an der Trauerfeier teilnahm.

Als sie das ausgehobene Grab erreichten, stand dort noch ein weiterer junger Mann, der nicht in der Kapelle gewesen war. Die hohen Wangenknochen und die feinen Züge seines Gesichts gaben ihm etwas Feminines und etwas Maskulines zugleich. Tiefschwarze Augenbrauen in einem eher blassen Gesicht und die auffällig roten Lippen unterstrichen diesen Eindruck. Das schwarze halblange Haar hatte er hinter die Ohren gestrichen. Im Gegensatz zu allen anderen trug er keine Trauerkleidung, sondern ein rotes Hemd mit wildem Paisleymuster und eine verwaschene Jeans. Der junge Mann ging auf Frau Ellrath zu und wünschte ihr Beileid, dann grüßte er die anderen Teilnehmer mit einem Nicken.

Banu bemerkte jedoch, dass er nicht an das offene Grab trat, um noch ein paar Worte an den Verstorbenen zu richten oder eine Blume auf den Sarg zu werfen. Sie nahm sich vor, gleich nach der Trauerfeier herauszufinden, um wen es sich handelte.

Nur sehr mühsam öffnete Janne ihre Augen und blinzelte in die Sonne, die durch das Dachfenster fiel. Seit die Abiturprüfungen vorbei waren, ging eine Feier in die nächste über.

Der Unterricht fand nur noch sporadisch statt und keiner nahm es übel, wenn man ihm fernblieb. Da ihre Eltern arbeiteten, hatten sie auch den Überblick verloren, wann Janne zur Schule ging und wann nicht. Janne hatte ein ganz passables Abitur gemacht und würde sich für das Wintersemester bei der Uni einschreiben. Diese Situation stellte ihre Eltern zufrieden, sodass sie sie einigermaßen in Ruhe ließen. Nur was Bryan anging, kannten sie nach wie vor keinen Spaß!

Janne tastete auf dem Nachttisch nach ihrer Brille und bemerkte dann, dass sie gestern Nacht wohl vergessen hatte, ihre Kontaktlinsen rauszunehmen. Sie blickte wie durch einen Schleier, jegliche Konturen schienen verschwommen.

Im Badezimmer zog sie sich die gummiartige Masse von den Augäpfeln und trank gierig einen Schluck Wasser. Mit dem zweiten Schluck warf sie eine Kopfschmerztablette ein. Der billige Rotwein war schon schlimm genug gewesen. Aber dass sie dann noch den Tequila darauf hatte trinken müssen … Zumindest hatte sie sich auf dem Rückweg an ihrem Fahrrad festhalten können.

Auf der untersten Treppenstufe hatte sich Tuffy, die Perserkatze, breitgemacht und angelte nach Jannes Fuß, sodass sie einen großen Schritt machen musste. »Mistvieh!«, knurrte Janne und trat nach dem Tier, das fauchend davonlief.

Glücklicherweise war noch eine Pfütze Kaffee in der Thermoskanne. Janne sah auf die Uhr. Es war bereits nach elf. Zur Schule zu gehen lohnte sich jetzt nun wirklich nicht mehr. Als sie ihre Kaffeetasse auf dem Esstisch abstellen wollte, fiel ihr die Schlagzeile des Wochenblatts ins Auge: »Toter am Falkenberg gefunden – Polizei bittet um Ihre Mitarbeit«. Janne pfiff durch die Zähne. In diesem Kaff passierte also tatsächlich auch mal etwas. Ein bisschen gruselte sie sich auch, da sie vor kurzer Zeit ganz in der Nähe des Falkenbergs gewesen war. Sie nahm die Zeitung in die Hand und fing an zu lesen.

»Gebührender Anstand, schön und gut. Aber wir haben hier einen Mordfall zu lösen«, schimpfte Banu. In 14 Tagen würde Thorsten Fock wieder das Zepter schwingen und sie hatten im Fall Henning Manteuffel bisher noch keine Spur bis auf die vage Theorie, dass Neonazis etwas damit zu tun haben könnten.

Auch Gunnars Recherchen in Laatzen hatten nichts ergeben. Henning Manteuffel hatte sich dort in den 70er-Jahren eine Praxis eingerichtet, die auf Eheberatung spezialisiert gewesen war. Er hatte sie geführt, bis er weit über 70 Jahre alt gewesen war und dann seine Patientenakten an seinen Nachfolger, einen Dr. Wehrmann, weitergegeben hatte. Kurze Zeit später hatte er sein Haus verkauft und war in die »Residenz Waldfrieden« gezogen. Glücklicherweise hatte Dr. Wehrmann die alten Akten aufbewahrt und Gunnar hatte sich sehr zu seinem Leidwesen zwei Tage lang durch die Aufzeichnungen gearbeitet, um am Ende feststellen zu müssen, dass es nicht auch nur den kleinsten Anhaltspunkt gab, einer der früheren Patienten hätte etwas mit dem Mord zu tun. Henning Manteuffels frühere Nachbarn beschrieben ihn als gebildeten, freundlichen und kinderlieben Menschen.

Banu seufzte schwer.

»Trotzdem musst du sie noch in Ruhe ihren Butterkuchen essen lassen.« Stella saß im Foyer der »Villa Sonne« und sah belustigt zu, wie Banu auf und ab lief.

Nach der Beerdigung waren die Trauergäste in ein Café gegangen, um dem Verstorbenen bei Häppchen und sicherlich dem einen oder anderen alkoholischen Getränk zu gedenken. »Hoffentlich ist Frau Ellrath dann nicht gleich wieder blau«, bemerkte Banu, die selber keinen Alkohol trank und auch kein Verständnis für Leute hatte, die nicht einschätzen konnten, bei wie viel Alkohol besser Schluss war.

Stella zuckte die Achseln. Zwar waren die beiden sehr gespannt darauf, wer der junge Mann war, der so plötzlich am Grab aufgetaucht und dann leider auch schnell wieder verschwunden war. Und zwar so schnell, dass Stella, die am Anfang des Trauerzugs die Grabstelle verließ, es nicht bemerkt hatte. Andererseits war es trotz Mordermittlung pietätlos, gleich im Anschluss an die Beisetzung mit Fragen über die Trauergäste herzufallen.

Banu hingegen hatte beim Verlassen des Friedhofs ein ganz bestimmtes Grab gesucht. Armins Nachforschungen hatten ergeben, dass es insgesamt drei Josefines gab, die auf dem Heidefriedhof beigesetzt wurden. Bei zwei von ihnen passten allerdings weder das Geburts- noch das Sterbedatum. Josefine Gardner allerdings war 1929 geboren und 1946 gestorben. Banu ging vor dem Stein in die Hocke und pulte das nur lose angewachsene Moos von dem verwitterten Granit. Die Inschrift war sehr schlicht. Es gab nur Name, Daten und den Zusatz »Unvergessen«.

»Bist du ein Schlüssel zu des Rätsels Lösung?«, fragte Banu leise.

Das Geräusch von Autoreifen auf Kies ließ Banu ihre Wanderung auf den Echtholzdielen unterbrechen. Sie würden sich zunächst noch einmal mit Hedi Carstens, die dem Anschein nach dem angehenden Ehepaar am nächsten stand, unterhalten und auch Frau Ellrath zu dem unbekannten Trauergast befragen.

»Sie sind ja noch hier.« Agnes Ellraths Stimme drückte Verwunderung, aber auch eine Spur Verärgerung aus. Banu begleitete sie zum Fahrstuhl.

Stella und Banu folgten Frau Carstens die Treppenstufen hinauf. Diese zögerte jedoch, als sie die Tür zu ihrem Zimmer aufschloss. »Es ist bei mir nicht ganz so großzügig wie bei Agnes«, entschuldigte sie sich.

Die Kommissarinnen zeigten sich unbeeindruckt von der kleinen Kammer mit angrenzendem winzigem Badezimmer, die wahrscheinlich dennoch eine Menge Miete kostete.

»Mein Mann hat mir leider nicht allzu viel Geld hinterlassen. Glücklicherweise habe ich selber ganz gut verdient. Sonst könnte ich es mir nicht leisten, hier zu wohnen.«

Aus der Befragung im Präsidium hatten sie erfahren, dass Hedi Carstens Sonderpädagogin in einer Schule für Körperbehinderte gewesen war, allerdings mit 62 Jahren zunächst ein Sabbatjahr genommen und dann in Frühpension gegangen war, um ihren Mann bis zu seinem Tod zu Hause zu pflegen.

Während Frau Carstens im Badezimmer verschwand, besahen Stella und Banu sich die gerahmten Fotografien, die an der Wand hingen. Viele der Fotos zeigten Hedi mit einem Mann. Auf einigen wenigen war eine ältere Frau zu sehen.

»Mein Mann Wieland und meine Mutter«, erklärte Hedi. »Wir sind immer gern gereist. Er war ja auch Lehrer und da hatten wir viel Zeit zusammen. Wir waren sogar auf den Galapagosinseln.« Sie zeigte auf ein Foto, auf dem sie eine kleine Schildkröte in die Kamera hielt. »Oder hier in Indien. Wir haben eine Station für verwaiste Tigerbabys besucht.« Dieses Foto ähnelte dem von den Galapagosinseln sehr, nur dass Hedi hier einen kleinen Tiger im Arm hielt und mit einem kobaltblauen indischen Sari bekleidet war.

Nun kam Stella auf den eigentlichen Zweck ihres Besuchs. »Bei der Beisetzung ist eben ein junger Mann am Grab aufgetaucht. Wer war das?«

»Ach, das war nur Jan. Er hat immer Interviews mit Henning und den anderen älteren Bewohnern gemacht. Das nennt sich ›Zeitzeugenprojekt‹. Ich war ja noch nicht geboren, als Krieg war, aber hier in der Residenz machen viele der Bewohner bei dem Projekt mit.«

»Was bedeutet das genau?«

»Die jungen Leute, die die Gespräche führen, sind Abiturienten aus der Privaten Reformschule in Harburg. Sie stellen den Zeitzeugen Fragen zum Krieg und machen daraus ein Buch und richten auch eine Datenbank ein. Damit diese Zeit nicht in Vergessenheit gerät.« Hedi Carstens seufzte. »Es sind ja nicht mehr viele Menschen übrig, die davon berichten können. Aber diese sollen dann auch untereinander über den Computer in Kontakt treten können.« Hedi Carstens legte zweifelnd den Kopf schief. »Falls diese alten Leute überhaupt in der Lage sind, einen Computer zu bedienen.«

Banu notierte sich den vollständigen Namen des Schülers, der sich offensichtlich nur von Henning Manteuffel verabschieden wollte.

Beim Einsteigen in den glücklicherweise voll klimatisierten Dienstwagen vibrierte Stellas Handy in der Tasche ihres dünnen Blazers.

»Heute Abend Sex?«, stand auf dem Display. Viktor hatte die Nacht mit ihr anscheinend gut gefallen. Und obwohl auch sie den Sex genossen hatte, zögerte sie. Sie ärgerte sich über seine Arroganz, die er in der betreffenden Nacht ihr gegenüber gezeigt hatte. Nachdem sie übereinander hergefallen und langsam wieder bei Sinnen gewesen waren, hatte Stella, offenherzig wie sie nun einmal war, gesagt: »Das war jetzt auch mal wieder nötig. Ich hatte mindestens ein halbes Jahr keinen Sex mehr.« Und das war schon maßlos untertrieben gewesen, denn ihr letzter Liebhaber war ihr Ehemann gewesen und sie lebten seit einem Jahr getrennt. Aber zu sagen, dass sie ein Jahr lang keinen Sex gehabt hatte, klang irgendwie abschreckend. Da hätte sie sich auch gleich das Wort »Ladenhüter« auf die Stirn stempeln können.

Viktor hatte allerdings nur mit den Schultern gezuckt und gesagt: »Das hat man gemerkt. Bei mir ist es nicht ganz so lange her. Ich glaube, es war vor einer Woche.«

Als sie ihn ungläubig ansah, kam der Kommentar: »Für mich ist Sex wie Sport. Man sollte es mindestens einmal die Woche machen, sonst rostet man ein. Das Problem ist nur, dass die Frauen am Anfang immer so tun, als würde ihnen der Sex reichen, dann aber doch mit Beziehungsgelaber anfangen. Ich hoffe, du bist nicht auch so eine.«

Nach dieser Äußerung hatte Stella angefangen, sich anzuziehen, die Packung mit den Kondomen demonstrativ in eine Schublade der Schlafzimmerkommode gelegt und diese mit einem lauten Knall geschlossen. Ziemlich schnell danach war Viktor dann auch verschwunden.

Sie starrte wieder auf die Nachricht. Wollte sie tatsächlich nur Sex oder war sie auch »so eine«? Falls dem nämlich so war, würde wieder ein Mann ihr das Herz brechen. Sie beschloss, die Antwort auf später zu verschieben.

Andreas Wiesner zog sich die Einmalhandschuhe aus und legte den Klebestift weg, mit dem er gerade die Briefmarke aufgeklebt hatte. Er wollte auf keinen Fall Spuren hinterlassen. Im Fernsehen hatte er gesehen, wie man anonyme Hinweise verschickte, wenn man auch anonym bleiben wollte. Nicht dass die Bullen seine DNA oder Fingerabdrücke auf dem Briefumschlag fänden. Es war ganz schön riskant, was er hier tat. Aber Rache war süß …

Er ging zum Kühlschrank und nahm sich ein Bier. Sein drittes heute. Er fing an zu grinsen, als er sich das Gesicht von Boris vorstellte, wenn er sah, dass die Bullen bei ihm klingelten. Selber schuld! Boris hätte ihm damals mit seinem Geld und seinem schlauen Anwalt helfen können, aber stattdessen hatte er sich seine Freundin gekrallt, während er im Gefängnis saß. Boris war schon lange auf Ellen scharf gewesen. Warum sollte er seinem alten Kumpel also helfen? Vielleicht hatte Boris den Alten ja auch tatsächlich gekillt. Zuzutrauen wäre ihm und seiner verrückten Wehrsportgruppe das. Vielleicht würde er, Andreas, also sogar zur Aufklärung des Mordfalls beitragen. Andreas Wiesner setzte das Bier an und trank es in einem Zug aus. Dann rülpste er laut.

Anna, seine Neue, wachte bei dem Geräusch auf und drehte sich auf den Rücken. Dadurch, dass sie in der letzten Zeit auch nachts immer im »Notdurst« mit ihm rumhing, schlief sie meist bis Mittag.

Gerda, ihre Pitbullhündin, lag neben dem Bett und sah ihn mit ihren braunen Augen an. Eigentlich würde er sich jetzt gern wieder zu Anna legen und dort weitermachen, wo sie gestern Nacht aufgehört hatten.

Anna schien denselben Gedanken zu haben, denn sie zog die Decke runter bis zum Bauchnabel. »Kommst du noch mal ins Bett?«, flüsterte sie.

»Nein, ich habe etwas zu erledigen. Ich muss zur Post«, antwortete Andreas.

»Kannst du dann mit Gerda Gassi gehen?« Noch bevor er sich die Hundeleine gegriffen hatte, hatte Anna sich auf die Seite gedreht und war wieder eingeschlafen.

Die Private Reformschule Harburg lag auf einem parkartigen Grundstück im Harburger Stadtteil Heimfeld. Es schien eine Ganztagsschule zu sein, denn obwohl es schon recht spät am Nachmittag war, herrschte reges Treiben auf dem Hof.

Da die Schule aus mehreren kleinen Gebäuden bestand und es von Schülern, die ihre Fahrräder schoben, nur so wimmelte, hatte Banu den Eindruck, sich auf dem Campus einer ehrwürdigen amerikanischen Universität zu befinden. Stella und sie fragten sich zum Büro der Schulleiterin durch.

»Haben Sie einen Termin bei Frau Lenuweit?« Kaum hatten die beiden Polizistinnen an die Tür der Schulleiterin geklopft, schoss aus dem Nebenraum mit dem Schild »Schulbüro« eine mollige grauhaarige Frau heraus und musterte sie von oben bis unten. Banu und Stella zogen gleichzeitig ihre Ausweise aus der Tasche und wurden gebeten, auf der roten Bank im Flur Platz zu nehmen. Stella zog belustigt die Mundwinkel hoch. »Schade, dass wir keine solche Vorzimmerdame haben. Vielleicht würde der Moderationskoffer dann nicht so oft auf unerklärliche Weise verschwinden und bei der Bereitschaft 2 wiederauftauchen.«

»Tja, bei uns als staatlicher Institution wird natürlich gespart. Das Schulbüro in der Schule von Can und Merve ist am späten Nachmittag nicht mehr besetzt. Aber dies hier ist eine Privatschule. Die Eltern zahlen eine ganze Menge dafür, dass ihre Gören hier dummes Zeug lernen. Was ich im Übrigen nicht gerade anthroposophisch finde. Da ist dann auch rund um die Uhr eine Vorzimmerdame drin.«

Stella wusste, was Banu von Reformpädagogik hielt. Sie selbst stand dem Gedanken, dass Kinder nicht immer alles im Sitzen lernen mussten und es vor allem wichtig war, dass sie zum selbstständigen Denken angeregt wurden, eher aufgeschlossen gegenüber. Ihr siebenjähriger Neffe Tom war in einer Montessorischule eingeschult worden. Vieles, was dort lief, gefiel Stella. Und in der jahrgangsübergreifenden Lerngruppe fühlte Tom sich wohl. Sie hatte schon vieles über die Private Reformschule gelesen und wusste, dass das Prinzip, Kinder unterschiedlicher Klassenstufen gemeinsam zu unterrichten, hier auch bis zur Oberstufe umgesetzt wurde.

Als sie gerade aufstehen wollte, um sich die Auszeichnungen der Schule, die gerahmt an den Wänden hingen, anzusehen, ging die Tür auf und Frau Lenuweit winkte sie herein.

Sie war eine große Frau, Stella schätzte sie auf ungefähr 1,80 Meter, die durch ihre kerzengerade Haltung und ihre reduzierte Mimik viel natürliche Autorität ausstrahlte. Wahrscheinlich musste man das auch, wenn man eine so große Schule führte.

Frau Lenuweit wies auf eine Sitzgruppe, bestehend aus fünf Stühlen und einem runden Tisch, die gegenüber ihrem

Schreibtisch stand. »Bitte nehmen Sie Platz. Sie sind von der Polizei?«

Banu nickte und fragte nach Jan Domingo und dem Zeitzeugenprojekt. Die Schulleiterin ließ sich einige Sekunden Zeit, bevor sie antwortete. »Jan Domingo ist einer unserer besten Schüler. Er ist Schülersprecher und hat sein Einserabitur bereits in der Tasche. Er hat das Zeitzeugenprojekt selbst ins Leben gerufen. Wie Sie ja wissen, sind wir hier sehr interessiert daran, dass unsere Schüler sich selbstständig Aufgaben suchen und an ihnen arbeiten. Jan ist ein Paradebeispiel dafür und wir sind sehr stolz darauf, es geschafft zu haben, dass er bei uns zu so einer Persönlichkeit gereift ist.«

»Das klingt ja ganz schön selbstbewusst«, meinte Banu.

Frau Lenuweit lächelte sie an. Dabei bewegte sie kaum die Mundwinkel. »Das können wir auch sein. In einer ganz normalen Schule wäre Jan nie zu dem geworden, was er ist. Durch unsere Art von Unterricht konnten wir seine Denkräume öffnen und erweitern.«

Stella hoffte, dass Banu jetzt nicht eine pädagogische Diskussion vom Zaun brach, die sie nur verlieren konnte. Tatsächlich war die Private Reformschule immer unter den Top Ten der Schulen mit dem besten Abiturdurchschnitt in Hamburg. Dafür gaben die Eltern, die ihre Kinder hier einschulten, viel Geld aus. Aber Stella wusste, dass es auch Stipendien für Kinder gab, deren Eltern sich eine Beschulung hier nicht leisten konnten. Deshalb war die Schülerschaft auch durchaus gemischt und bestand nicht nur aus der High Society Hamburgs.

»Falls Sie mit ihm sprechen möchten, er müsste im Naturwissenschaftlichen Trakt sein. Gerade arbeiten die Abiturienten an einem Gewässerprojekt in Kooperation mit einer

Partnerschule in Chicago. Und im Gegensatz zu anderen Gymnasien läuft Schule bei uns auch im Abiturjahrgang bis zu den Sommerferien.«

Stella bewunderte die Übersicht, die die Schulleiterin über die einzelnen Lerngruppen hatte. Frau Lenuweit nickte ihnen zu und entließ sie hiermit.

Jan Domingo legte gerade einen Objektträger mit einer Wasserprobe unter das Mikroskop, als zwei Frauen den NaWi-Raum betraten. Er hatte sie bereits bei der Beisetzung von Henning Manteuffel gesehen und vermutete, dass sie die Polizistinnen waren, die an dem Mordfall arbeiteten.

Die eine war groß, blond und attraktiv. Er schätzte sie auf Anfang 30. Die andere war äußerst klein und zierlich und hatte offensichtlich einen Migrationshintergrund. Er vermutete, dass sie türkische oder kurdische Wurzeln hatte. Sie schien um einiges älter als ihre Kollegin. Natürlich hatte Jan bereits damit gerechnet, dass sie hier auftauchen würden, also war er vorbereitet. Er hatte einen deutlichen Vorsprung und wollte diesen auch behalten.

»Sie waren heute Morgen bei der Beisetzung von Henning Manteuffel. Wir haben bereits von Ihrem Projekt gehört. Erzählen Sie uns doch ein bisschen darüber.« Die Blondine positionierte sich ihm gegenüber und sah ihm direkt in die Augen.

Jan hatte in seiner Freizeit bereits einige Rhetorikkurse besucht und erwiderte ihren Blick. »Henning Manteuffel und ich haben viele Stunden gemeinsam verbracht. Er hat mir von seinen Kriegserlebnissen erzählt und ich habe alles verschriftlicht. Er war ein sehr interessanter Mensch.«

Nun meldete sich die dunkelhaarige Polizistin, die sich

als Banu Kurtoğlu vorgestellt hatte, zu Wort: »Inwiefern? Was war an ihm interessanter als an anderen?«

Jan merkte, dass er jetzt aufpassen musste. »Er stammte ursprünglich aus einer sozialdemokratischen Familie. Weder Vater noch Mutter waren überzeugt von den Idealen der Nazis. Eine Zeit lang hatte er sogar überlegt, in den Widerstand zu gehen. Andererseits wollte er auch unbedingt studieren und beweisen, dass auch jemand, der aus einer Arbeiterfamilie kam, einen akademischen Abschluss machen konnte. Er hatte immer das Ziel, Arzt zu werden und anderen zu helfen. Er sagte einmal, dass er dafür mehr Chancen als lebendiger Mitläufer denn als toter Widerstandskämpfer hatte. Da war er sehr ehrlich.«

»Aber es ist dann ja alles sowieso ganz anders gekommen«, hakte die Türkin nach.

»Genau. Er wollte nach dem Studium an der Front arbeiten. Aber tatsächlich war der Krieg vorbei, bevor er überhaupt anfing zu studieren. Er verwarf seinen ursprünglichen Plan, Chirurg zu werden, und wurde stattdessen Psychiater. Aber das wissen Sie sicherlich alles schon.«

Die blonde Kommissarin nickte. »Was wissen Sie über eine Frau namens Josefine?«

»Herr Manteuffel hat viel von ihr gesprochen und mir auch ein Foto von ihr gezeigt. Er hat sie noch während seiner Schulzeit kennengelernt. Liebe auf den ersten Blick, sagte er. Sie wollten heiraten. Aber sie war schwer depressiv und starb, kurz nachdem der Krieg vorbei war.« Jan war sehr zufrieden mit der Wirkung seiner Worte. 1:0 für ihn. Frau Kurtoğlu blinzelte überrascht und die Blonde bekam fast Schnappatmung.

»Ich glaube, dass er sich vor allem wegen ihr entschlossen hat, Psychiater zu werden, um solche Krankheiten wie Depressionen heilen zu können.«

Wenige Sekunden später hatte die Türkin sich wieder gefangen und fragte: »Wissen Sie, wo Josefine begraben ist?«

»Leider kann ich Ihnen dazu nichts sagen. Herr Manteuffel hat es mir nicht verraten. Aber er hing sehr an ihr. Auch nach all den Jahren. Natürlich liebte er auch Agnes Ellrath. Aber die Liebe zu Josefine war, glaube ich, irgendwie tiefer. Frau Ellrath schien mir immer eher wie ein Schmuckstück zu sein, mit dem er seine alten Tage noch verzieren wollte.«

Die Blondine nickte. Dann fragte sie: »Wissen Sie, ob Herr Manteuffel von Neonazis bedroht wurde?« Und dann, als wollte sie seine Reaktion testen: »Er hatte ein eingeritztes Hakenkreuz auf dem Rücken, als er gefunden wurde.«

Jan wusste, dass dieses Detail der Presse bisher vorenthalten wurde. Bis in die Seniorenresidenz war es allerdings bereits durchgesickert. Und so hatte er davon erfahren. Er ließ sich jedoch nichts anmerken und sagte: »Herr Manteuffel war ein netter alter Herr. Er hatte kaum Kontakt zur Außenwelt. Er wurde nicht bedroht und hatte mit Nazis nichts zu tun. Soviel ich weiß. Vielleicht ist das Hakenkreuz ja auch ein Ablenkungsmanöver.«

Frau Kurtoğlu runzelte die Stirn. »Das herauszufinden, lassen Sie mal unsere Sorge sein. Wo waren Sie am letzten Sonntagabend?«

Jan merkte, dass dies ein Schuss ins Blaue war. Die beiden Kommissarinnen hatten anscheinend bisher kaum Anhaltspunkte.

»Ich war zu Hause und habe gelesen. Und um auch gleich Ihre nächste Frage zu beantworten: Ich war in meinem Zimmer im ersten Stock, allein, und meine Eltern haben unten ferngesehen. Ist jetzt nicht gerade das Top-Alibi, denn ich hätte aus dem Fenster auf das Garagendach springen können und meine Eltern hätten es wahrscheinlich nicht gemerkt. Aber warum hätte ich ihn denn umbringen sollen? Wir waren so etwas wie Freunde.« Er sah der Blonden fragend in die Augen und sie hielt seinem Blick einige Sekunden stand, bis sie sich abwandte. Er freute sich, dass er durch seine souveräne Art Eindruck machte.

»Falls Sie mich ernsthaft verdächtigen, sagen Sie es. Meine Eltern haben einen guten Anwalt.«

Frau Kurtoğlu schüttelte den Kopf. »Es liegt nichts gegen Sie vor. Bitte halten Sie sich aber dennoch bereit, falls weitere Fragen auftauchen sollten. Könnten Sie uns Ihre Aufzeichnungen zu Herrn Manteuffels Vergangenheit zur Verfügung stellen?«

Jan zuckte mit den Achseln. »Falls Sie wirklich scharf darauf sind, das alles zu lesen. Es sind einige Seiten zusammengekommen. Ich schicke sie Ihnen am besten per Mail. Könnte ich dann bitte Ihre Karte haben?« Er lächelte sie von oben herab an. »Oder haben Sie gar keine?«

Seine Art schien Banu Kurtoğlu zu ärgern, denn sie richtete sich zu ihren schätzungsweise vollen 1,65 Metern auf, kramte kurz in ihrem Portemonnaie und drückte ihm ihre Visitenkarte in die Hand. »Bitte heute noch!«, sagte sie, bereits im Gehen begriffen.

Die Blondine griff sich ihre Tasche, die sie auf einem der Drehhocker abgestellt hatte, und wandte sich etwas freundlicher an ihn: »Danke für Ihre Hilfe.« Obwohl sie flache Schuhe trug, war sie fast mit ihm auf Augenhöhe. Jan nickte ihr zum Abschied zu und atmete auf. Obwohl er kein Darstellendes Spiel gewählt hatte, schienen seine Schauspielkünste doch zu reichen, um zwei Polizistinnen etwas vorzumachen. Mal sehen, ob sie ihn noch so lange in Ruhe ließen, dass er seine Aufgabe beenden konnte.

Dann stellte er den Objekttisch des Mikroskops auf die passende Höhe und mit der richtigen Vergrößerung scharf. Nach kurzer Zeit hatte er in der Gewässerprobe einige interessante Einzeller identifiziert. Er war gespannt, ob es vergleichbare Lebewesen auch im Chicago River gab.

Stella lag noch lange nach Mitternacht wach und konnte nicht einschlafen, obwohl sie eigentlich todmüde war. Die komplette Mordbereitschaft 5 hatte noch einige Stunden damit verbracht, die Aufzeichnungen von Jan Domingo durchzulesen, aber bis auf einige interessante Kommentare, vor allem über Josefine und ihre tückische Krankheit, hatten sie nichts gefunden, was sie in ihren Ermittlungen weitergebracht hätte.

Dann waren sie die Fakten durchgegangen, die bisher vorlagen. Am vielversprechendsten schien tatsächlich das Motiv von Frau Ellrath zu sein. Wie Nachforschungen bei ihrer Bank ergeben hatten, war ihr Konto nahezu leer. Ohne das Geld von Henning Manteuffel hätte sie innerhalb des nächsten halben Jahres die »Seniorenresidenz Waldfrieden« verlassen müssen. Da sie allerdings auch an der Seite von Henning Manteuffel hätte in Saus und Braus weiterleben können, hätte sie ihn nicht umbringen müssen, um an sein Geld zu kommen. Stella fehlte zudem die Fantasie, sich vorzustellen, wie die zierliche 75-jährige Agnes Ellrath, die sie bisher nur auf Pumps gesehen hatte, einen Mann überwältigte, um ihn dann im strömenden Regen am Fuß des Falkenbergs zu foltern und ihm zu guter Letzt mit einem Messer ein Hakenkreuz in den Rücken zu ritzen. Das ginge nur mit Komplizen. Aber wer sollte das gewesen sein?

Als ihr endlich die Augenlider zugefallen waren, schreckte sie aus dem Halbschlaf auf, weil sie ganz vergessen hatte, auf Viktors Nachricht zu antworten. Egal, wahrscheinlich hatte er sich schon eine andere aufgerissen. Obwohl sie sich über sich selbst ärgerte, stand sie noch mal auf und kramte in ihrer Handtasche nach ihrem Handy. Bei dem Gespräch mit Jan Domingo hatte sie es leise gestellt und danach keine Anrufe oder Nachrichten mehr gecheckt. Tatsächlich waren drei weitere SMS von Viktor eingegangen.

»???«, lautete die erste.

»Hat es dir gestern nicht gefallen?«, die zweite, die zusätzlich mit einem nachdenklichen Smiley versehen war, und dann: »Wollen wir morgen essen gehen?«

Stella lächelte und schrieb zurück: »Meinetwegen. Aber nur, wenn du nicht mit irgendwelchem Beziehungsgelaber anfängst.« Dann drückte sie auf »senden« und schlief, sehr mit sich zufrieden, endlich ein.

14. MÄRZ 1934

Liebes Tagebuch,

heute haben wir meine liebe Mutter zu Grabe getragen. Noch während ich hier sitze, weine ich und kann gar nicht genau erkennen, was ich eigentlich schreibe.

Vor einer Woche sagte Frau Weber mir, dass ich Besuch hätte, und führte mich in ihr Büro. Da saß Tante Ella. Sie sah sehr traurig aus. Sie erklärte mir, dass Mama nun im Himmel wäre und es ihr dort viel besser ginge als hier. Mama sei sehr krank gewesen. Das Fieber wäre nicht mehr zurückgegangen und gestern Nacht sei sie friedlich eingeschlafen. Da Mama immer ein wenig Geld zurückgelegt hatte, wird sie sogar einen kleinen Grabstein bekommen und neben meinem Vater die letzte Ruhe finden. Dann griff Tante Ella in ihre Tasche und zog einen kleinen Gegenstand heraus. Es war die Kette, die Mama immer so geliebt hat: ein silbernes Kreuz mit einem Besatz aus Mondstein und einem blauen funkelnden Stein in der Mitte. Sie hatte sie zu ihrem 30. Geburtstag von meinem Vater bekommen. Tante Ella sagte, dass Mama gewollt hatte, dass ich sie bekomme. Das wäre ihr sehnlicher Wunsch gewesen. Als Tante Ella mir die Kette um den Hals legte, fing ich an zu weinen. Nun würde meine Mutter mich nie holen kommen. Und ich würde so lange in diesem Heim bleiben, bis ich als Hausmädchen oder Näherin in einen Haushalt vermittelt würde. Das kann noch sehr lange dauern. Da packte mich aber ganz schnell das schlechte Gewissen, denn ich sollte nicht zuerst an mich denken, sondern an die arme Mama und die Schmerzen, die sie erlitten haben muss.

Und heute war nun die Beerdigung. Tante Ella hatte für mich ein abgetragenes schwarzes Kleid geliehen, das mir viel zu kurz war. Auch die schwarzen Spangenschuhe passten nicht so recht. Es regnete und schneite abwechselnd, als wir am offenen Grab standen.

Ich sah meine beiden kleinen Brüder neben zwei fremden Menschen stehen. Hans und Peter haben mich gar nicht erkannt. Sie sind ja auch erst vier Jahre alt und waren noch ganz klein, als ich unser Haus verlassen musste. Tante Ella hat mir erzählt, dass die beiden gar nicht ins Waisenhaus müssen. Es haben sich zwei ganz entfernte Verwandte gefunden, die selber keine Kinder kriegen können und die sie gleich bei sich aufgenommen haben. Ich freue mich für Hans und Peter, bin aber auch ein wenig traurig, dass mich niemand haben will. Ich hätte so gern wieder eine Familie. Nachdem der Sarg von Mama in die Grube gelassen wurde, warfen wir noch eine Schaufel Erde hinein. Ich sagte leise ein Gebet auf und fasste an das Kreuz, das ich ab jetzt nie wieder ablegen werde.

Danach brachte Tante Ella mich wieder zurück ins Heim. Weil ich so traurig war, musste ich heute Nachmittag keine Handarbeiten machen. Dafür sagte Frau Weber, ich sollte möglichst viel in der Bibel lesen und beten, damit es Mama im Himmel gut ginge. Also betete ich für meine Mutter. Ich bezog aber auch wie an jedem Tag Hilde in meine Gebete ein. Ich wünsche mir, dass Hilde nicht leiden muss. Ich habe leider nicht behalten, wie die Sache heißt, die mit Hilde gemacht werden soll, aber ich fände es traurig, wenn ein so lieber und fröhlicher Mensch wie sie keine Kinder kriegen könnte.

13. OKTOBER 1934

Liebes Tagebuch,

ich habe heute etwas erfahren, was mir große Angst macht. Und dabei hat der Tag mit einer aufregenden Neuigkeit angefangen.

Als ich morgens aufwachte, hatte ich ganz viel Blut in meiner Unterhose und auf dem Laken war auch etwas. Ich wusste natürlich schon, was das bedeutet, denn ich unterhalte mich mit meinen Freundinnen ganz oft darüber, was passiert, wenn man zur Frau wird. Ich hatte heute Nacht auch starke Bauchschmerzen.

Ich habe Rosa das Laken gezeigt und sie hat gleich Frau Diehl geholt. Ich habe mich etwas geschämt, denn das Blut, das aus einer Frau unten herauskommt, ist ja giftig. Deshalb dürfen Mann und Frau auch nicht zusammenkommen, wenn die Frau unten blutet.

Frau Diehl hat gesagt, ich solle das Bett neu beziehen, und hat mich zu Frau Weber geschickt.

Ich dachte, dass Frau Weber bestimmt mit mir darüber sprechen wollte, was das bedeutet, wenn eine Frau anfängt zu bluten.

Insgeheim freute ich mich darüber, dass ich schon so viel darüber weiß. Vor einem halben Jahr ging es bei Rosa los. Sie wurde auch zu Frau Weber geschickt und hat mir und Clara danach kichernd berichtet, was Frau Weber ihr alles erzählt hat. Ich wurde allerdings schon beim Zuhören ganz rot, denn es ging vor allem darum, was Männer und Frauen machen, wenn sie nackt sind, und wie die Kinder entstehen. Und ich musste wieder an Hilde denken.

Aber Frau Weber interessierte sich wohl gar nicht dafür, was in der Nacht mit mir geschehen war. Sie stand am Fenster und guckte sehr lange auf die Straße, als ich in ihr Zimmer trat. Dann drehte sie sich zu mir um und ihr Gesicht sah sehr ernst aus.

Sie hielt ein bedrucktes Papier in die Luft. Ich konnte nur die Überschrift lesen. Es stand »Reichsgesetzblatt« darauf. Dann fragte sie mich, ob ich schon mal etwas vom »Gesetz zur Verhütung erbkranken Nachwuchses« gehört habe.

Ich sagte »Nein« und da sagte sie mir, dass Menschen wie ich, die eine Erbkrankheit hätten, keine Kinder bekommen dürften, da sie ihre Krankheit sonst an sie weitergeben. Und das deutsche Volk solle ja stark sein und gesund.

Ich wusste zuerst gar nicht, was sie meinte, denn ich bin ja gar nicht krank. Aber Frau Weber sagte, dass meine Fallsucht eine Erbkrankheit ist. Ich hatte daran nicht mehr gedacht, da ich mit fünf Jahren zum letzten Mal einen Anfall gehabt hatte.

Frau Weber sagte mir, dass meine Kinder Krüppel würden und sie mich jetzt, da ich welche bekommen könnte, melden müsse. Ich würde sterilisiert werden und somit meinem Volk einen guten Dienst erweisen.

Ich fing an zu weinen und fiel sogar auf die Knie vor ihr, denn auf so ein Gespräch war ich nicht gefasst. Ich will doch Kinder bekommen wie alle anderen Frauen auch! Das ist doch die einzig wichtige Aufgabe einer Frau im Leben. Wir haben bei Herrn Klüwer gelernt, dass das deutsche Erbgut das allerbeste ist. Und meins soll das nun nicht sein? Aber ich will dem Führer doch Söhne schenken.

Frau Weber schob mich weg und sagte mir, dass sie verantwortlich für das deutsche Volk handeln und mich melden müsse. Ein Erbgesundheitsgericht müsse entscheiden, ob ich Kinder bekommen dürfe oder nicht. Frau Weber sagte, ich solle mir keine Hoffnungen machen. Fallsucht sei eine schwere Krankheit. So hatte ich Frau Weber noch nie gesehen. Ich habe jetzt solche Angst!

Ich lief zurück in den Schlafsaal und erzählte Rosa weinend von dem Gespräch mit Frau Weber. Natürlich weinte Rosa auch sofort und dann kamen auch Clara, Antonie und Anna dazu. Wir hielten uns alle an den Händen und die anderen schworen, mich zu verstecken, bevor ich abgeholt würde so wie Hilde. Antonie sagte, wir sollten schon mal anfangen, etwas von unserem Essen beiseitezuschaffen. Sie wüsste, wo der Schlüssel für das Gartenhaus hinge, das im Winter nie aufgeschlossen wird. Dort könnte ich mich verstecken, bis ich Gelegenheit hätte, zu fliehen.

Rosa wischte mir mit ihrem Ärmel die Tränen von der Wange und ich fühlte mich schon viel besser. Ich konnte sogar meine Aufgaben machen wie an jedem Tag auch. Frau Weber sah mich ein paar Mal ganz verwundert an, weil sie wohl dachte, ich würde den Tag heute krank im Bett verbringen.

Ich freue mich, dass ich solche Freundinnen wie Rosa, Clara und Antonie habe!

2. NOVEMBER 1934

Liebes Tagebuch,

ich verstecke mich seit zwei Tagen in dem kleinen Gartenhaus. Ich kann auch nur tagsüber etwas schreiben, denn ich traue mich nicht, Licht anzumachen, und der Schuppen hat nur ein kleines Fenster.

Frau Weber hat mir vor drei Tagen gesagt, dass das Erbgesundheitsgericht meine Sterilisation beschlossen hat und ich am Ende der Woche abgeholt werden soll. Ich war ganz gefasst, als sie mir das sagte.

Am gleichen Abend besorgte Antonie den Schlüssel und wir schlichen nachts zu dem Gartenhaus, wo meine Freundinnen mich dann zurückließen.

Im Morgengrauen und am späten Abend bringen sie mir Brot oder kaltes Fleisch, das sie bei den Mahlzeiten eingesteckt haben. Und auch Wasser. Ich habe aber bisher kaum etwas gegessen.

Sie erzählen mir auch davon, was im Heim wegen mir passiert ist. Frau Weber hat sogar die Polizei gerufen. Denn Frauen, die sich der Zwangssterilisation entziehen, werden von der Polizei gesucht. Das sagt Clara. Und die ist sehr klug!

Rosa, Antonie und Clara haben den Erzieherinnen erzählt, dass ich am Morgen einfach weg war. Und die haben es wohl geglaubt.

Mir ist aber gar nicht wohl bei der ganzen Sache, denn ich weiß nicht, was ich jetzt machen soll. Ich traue mich nicht recht, von hier wegzulaufen, denn die Polizei würde mich bestimmt sofort finden.

Andererseits kann ich hier nicht den ganzen Winter über leben. Schon jetzt im November friere ich sehr. Da ich tagsüber, wenn es hell ist, das Gartenhaus nicht verlassen kann, muss ich so lange warten, bis es dunkel ist, damit ich mich hinter dem Haus erleichtern kann. Ich gebe mir zwar Mühe, alles zurückzuhalten, aber einmal musste ich so dringend, dass ich in die Ecke des Schuppens gemacht habe. Dafür schäme ich mich. Ich hoffe, meine Mama im Himmel kann mich jetzt nicht sehen.

Ich bete sehr viel. Gott wird mich doch bestimmt beschützen und nicht zulassen, dass mir so was angetan wird. Denn ich weiß, dass ich gesunde Kinder bekommen würde.

Ich habe schon überlegt, einfach auszureißen und mir ein Kind machen zu lassen. Dann würden alle sehen, dass ich nicht krank bin.

Aber bis das Kind auf der Welt wäre, hätte mich die Polizei bestimmt schon lange gefunden.

Wenn es dunkel ist, fürchte ich mich besonders, denn in dem Schuppen sind auch Spinnen und sogar Mäuse. Ich habe gestern ihr Quieken gehört.

Meine Freundinnen sind aber so lieb zu mir. Clara hat mir heute Morgen erzählt, dass Marlene auch sterilisiert werden soll. Sie kann nicht rechnen und schreiben lernen, obwohl sie schon zwei Jahre älter ist als ich. Clara sagt, Frau Weber nennt die Krankheit, die Marlene hat, »angeborenen Schwachsinn«.

Vielleicht kann Marlene ja bei mir im Schuppen wohnen und wir fliehen dann gemeinsam. Aber Clara sagt, dass sie unmöglich genug Essen und Wasser für zwei besorgen könnten. Das würde zu sehr auffallen. Es ist wohl auch so, dass

Marlene einsieht, dass es besser für Deutschland ist, wenn sie keine Kinder bekommt. Es kann ja auch gut sein, dass Schwachsinn sich eher vererbt als Fallsucht.

VIERTES KAPITEL

Es war ein herrlicher Samstagmorgen. Ein leichter warmer Wind hatte die letzten Schleier des Morgennebels vertrieben und am Himmel war nichts zu sehen, was einem sonnigen Tag entgegenstand. Banu goss sich bereits den zweiten Becher Kaffee ein und blickte aus dem Fenster des Polizeigebäudes. Wie schade, dass sie diesen Tag, der sicherlich einer der wenigen Sommertage in Hamburg sein würde, bei der Arbeit verbringen musste.

Tim hatte ziemlich mürrisch reagiert, als sie ihm gestern mitgeteilt hatte, dass sie das Wochenende wahrscheinlich durcharbeiten musste. Sie hatte langsam das Gefühl, dass das Vertrösten auf bessere Zeiten ihm nicht mehr reichte. Wahrscheinlich würde er mit den Kindern heute in den Stadtpark zum Schwimmen gehen. Obwohl sich dort sicherlich halb Hamburg tummeln würde. Banu seufzte.

»Es ist eben nicht immer so einfach, wenn man die Welt retten muss!«, hatte sie beim Abschied zu Tim gesagt. Er hatte dabei nicht einmal mit einem Mundwinkel gezuckt und ihr auch nicht vom Fenster aus zugewunken, wie er es sonst immer tat.

Sie nahm ihren Kaffeebecher und ging ins Besprechungszimmer. Armin hatte aus dem Internet Informationen über Jan Domingo zusammengetragen. Er hatte bereits mehrere Auszeichnungen mit der von ihm gegründeten Schülerzeitung »Zwischen den Zeilen« bekommen. In einem

Interview hatte er ausführlich über seine Schulkarriere gesprochen. Tatsächlich hatte er bis zum Übergang auf die weiterführende Schule eine staatliche Schule besucht und galt dort als quasi unbeschulbar. Er hatte mehr Zeit des Unterrichts beim Schulleiter verbracht als im Klassenraum, da er dort permanent störte. Erst ein Intelligenztest hatte ans Licht gebracht, dass er mit einem IQ von 145 deutlich zur Gruppe der Hochbegabten gehörte. Seine Eltern hatten ihn daraufhin auf die Private Reformschule geschickt, wo er seinen Möglichkeiten entsprechend gefördert werden konnte. Banu musste widerstrebend zugeben, dass die Reformschule gute Arbeit geleistet hatte. Die Metamorphose war gelungen: von einem verhaltensauffälligen Querulanten zu einem selbstbewussten leistungsbereiten jungen Mann, um den sich die Unis wahrscheinlich reißen würden. Obwohl sein Auftreten wirklich sehr eloquent gewesen war, wurde sie das Gefühl nicht los, dass er ihnen etwas verschwiegen hatte.

Das gestrige Gespräch mit Agnes Ellrath war leider auch wenig aufschlussreich gewesen. Sie hatte immer wieder beteuert, dass sie Henning Manteuffel geliebt hatte und ihn nicht wegen seines Geldes hatte heiraten wollen. Bedauerlicherweise hatte sie aber in Gedenken an ihn wohl doch den einen oder anderen Schnaps getrunken und blinzelte ungläubig, als Banu ihr mitteilte, dass sie das Erbe erst erhalten würde, wenn der Mordfall aufgeklärt war.

Die Spur ins rechte Lager erschien Banu ebenfalls sehr wackelig. Es gab zwar eine kleine rechte Szene im Stadtteil, aber es bestand wohl keine Verbindung zum Mordopfer. Natürlich konnte noch immer in Erwägung gezogen werden, dass Henning Manteuffel, statt zu seiner Frau ins Bett zu gehen, in der Mordnacht bei strömendem Regen einen

Spaziergang zum Falkenberg gemacht hatte, wo zufällig eine Versammlung von Neonazis stattgefunden hatte, die ihn aus Spaß an der Freude gefoltert und getötet hatten.

Gerade, als Banu sich den dritten Becher Kaffee einschenken wollte, summte die Eingangstür und Tina vom Empfang kam herein. »Post für euch!«, flötete sie und warf einen Brief in den Eingangskorb.

Der Umschlag war schlicht und in einer krakeligen Schrift mit der Adresse des Polizeipräsidiums beschrieben. Obwohl bereits überall auf dem Briefumschlag Fingerabdrücke der Postmitarbeiter waren, zog Banu sich Latexhandschuhe über, legte einen Mundschutz an und öffnete ihn. Es war nur ein kleines Stück weißes Papier darin, mit dem Computer beschrieben, auf dem stand: »Boris Dannhauser weiß etwas über den Mord an Henning Manteuffel!« Banu war wie elektrisiert. Ein anonymer Hinweis! Sie wusste zwar aus Erfahrung, dass solche Hinweise nicht immer gleich die Aufklärung eines Falls bedeuteten, aber zumindest konnte sie nun einer weiteren Spur nachgehen. Und sie konnte sich einreden, dass es auf jeden Fall richtig gewesen war, am heutigen Samstag zur Arbeit zu gehen.

Sie fuhr ihren Computer hoch und gab den Namen Boris Dannhauser bei Google ein. Wenn sie Glück hatte, würde der Rechner vielleicht einen Facebook-Account oder sogar die Adresse ausspucken. Die Menschen waren heutzutage in mehreren sozialen Netzwerken aktiv, sodass es fast unmöglich war, im Internet nichts über sie zu finden. Was dann allerdings auf ihrem Bildschirm erschien, war fast noch interessanter. Für einen kurzen Moment überlegte Banu, die Kollegen vom Staatsschutz zu informieren.

Sie holte das Telefon aus der Ladestation, wählte aber stattdessen die Nummer von Armin. Sicherlich würde der Besuch bei Dannhauser helfen zu entscheiden, ob der Mord an Henning Manteuffel politisch motiviert war. Dann konnten sie den Fall immer noch abgeben.

Stella wurde um kurz nach zehn von der Titelmelodie der Serie »Akte X« geweckt. Sie fluchte laut, weil sie gestern, nachdem sie Viktor die Nachricht geschickt hatte, zu müde gewesen war, das Handy ins Wohnzimmer zu bringen. Oder es auszuschalten. Als sie sah, dass der Anruf von Mirko kam, bereute sie es noch mehr. Glücklicherweise war ihr Noch-Ehemann heute aber nicht zum Plaudern aufgelegt, sondern wollte sie nur an den Termin in zwei Wochen bei ihrem gemeinsamen Scheidungsanwalt erinnern. Da sie nur kurze Zeit verheiratet gewesen waren und keine Kinder hatten, würde die Scheidung wohl sehr schnell über die Bühne gehen.

Stella warf einen Blick auf das an der Balkontür befestigte Thermometer und seufzte. Falls sie sich an diesem Wochenende noch sportlich betätigen wollte, sollte sie am besten jetzt gleich damit beginnen, bevor es zu heiß wurde. Sie warf einen neidischen Blick auf Caveman, der, nachdem er fast schlafwandlerisch zum Futternapf getorkelt war, sich sofort wieder in der Sofaecke zusammengerollt hatte. Katze müsste man sein!

Stella holte einen Sportbustier und die kurze Laufhose aus dem Kleiderschrank und zog sich ihre Laufschuhe an. Sie hatte für heute die große Runde angepeilt, die durch die sogenannte »Toskana Hamburgs« führte, ein hügeliges Waldgebiet rund um den Ehestorfer Heuweg. Mit einem Schlenker durch die angrenzende Fischbeker Heide würde sie circa drei Stunden unterwegs sein. Und heute Abend winkte ja schon die nächste sportliche Betätigung mit Viktor, falls es, wie sie annahm, nicht beim Essen blieb.

Nachdem sie die Haustür hinter sich zugezogen hatte, verfiel sie in einen gemäßigten Trab. Auf der Heimfelder Straße brummte das Leben. Stella musste einen Zickzackkurs einschlagen, um den vielen Menschen auszuweichen, die mit Plastiktüten bepackt vom nahe gelegenen Lebensmitteldiscounter kamen. Heute war natürlich ideales Grillwetter und jeder Hamburger wusste, dass man die Feste feiern musste, wie sie fielen. Bereits jetzt meinte Stella, den Geruch von Holzkohle wahrzunehmen.

Sie war froh, als sie auf dem Kuhtrift endlich in Richtung Haake, einem ausgedehnten Waldgebiet, abbiegen konnte. Dankbar ließ sie das geschäftige Treiben hinter sich und konzentrierte sich auf den Rhythmus ihrer Schritte, die auf dem durchlässigen Waldboden abgefedert wurden. Sie lief heute ohne Pulsuhr. Es ging ihr nicht um Schnelligkeit, denn sie hatte sich erst im Herbst wieder einen Wettkampf vorgenommen, den Halbmarathon durchs Alte Land. Heute wollte sie einfach nur ihren Körper spüren und sich richtig auspowern. Im Wechsel zog sie das Tempo an und verlangsamte es dann wieder.

Obwohl Stella versuchte, möglichst nicht an die Arbeit zu denken, ging ihr der aktuelle Mordfall nicht aus dem Sinn. Immer wieder kam sie auf das gestrige Gespräch mit Jan Domingo zurück. Dieser zutiefst beeindruckende junge Mann hatte etwas von einem männlichen Schneewittchen: Haare schwarz wie Ebenholz, eine helle Haut wie Schnee und blutrote Lippen, irgendwie androgyn, wahrscheinlich für beiderlei Geschlecht anziehend. So ein gut aussehender Mann musste eigentlich von seinen Mitschülerinnen umschwärmt werden. Sie hatten sich gar nicht erkundigt, ob er eine Freundin hatte. Oder vielleicht einen Freund? Stella nahm sich vor, am Montag noch mal die Schulleiterin anzurufen und nachzufragen. Er war zwar in keiner Weise verdächtig, aber irgendetwas war mit ihm, das sie nicht näher benennen konnte. Es schadete sicher nicht, sich noch eingehender mit ihm zu befassen.

Ihr Handy vibrierte in der kleinen Gürteltasche, die sie umgeschnallt hatte, und sie nahm die kurze Pause dankbar an. Viktor schrieb, dass er einen Tisch für 20 Uhr bei dem kleinen Spanier bei ihm um die Ecke reserviert hatte. Stella freute sich auf den heutigen Abend. Es war schön, begehrt zu werden, auch wenn nur etwas Körperliches dahintersteckte. Dieses Gefühl hatte sie in ihrer kurzen Ehe nur zu oft vermisst. Mirko war ein Extremsportler, der bereits den New-York-City-Marathon gelaufen und beim Ironman auf Hawaii gestartet war. Sie hatten sich beim Hamburg-Marathon kennengelernt, wo Stella eine Freundin angefeuert hatte, die für dasselbe Firmenteam lief wie Mirko. Von ihr aus war es Liebe auf den ersten Blick gewesen. Mirko war der Typ »Nordisch by Nature«, blond und blauäugig, allerdings nicht besonders groß, aber natürlich wahnsinnig durchtrainiert.

Nach sechs Wochen zogen sie zusammen und sie kannten sich genau ein halbes Jahr, als er ihr einen Heiratsantrag machte. Da Stella zum ersten Mal in ihrem Leben so wahnsinnig verliebt war, schlug sie die Warnungen der einmal geschiedenen Bounty in den Wind und sagte, ohne zu zögern, »Ja«. Nach den Flitterwochen in Barcelona, wo Mirko beim Ironman mitlief, und einigen Wochen des Alltags als Eheleute fing Mirko auf einmal an, Stella nach seinen Wünschen formen zu wollen. Im wahrsten Sinne des Wortes! Er mäkelte rum, sie wäre zu dick und müsse unbedingt abnehmen, dann wäre sie auch im Sport erfolgreicher. Ihr wurde das Brot am Abend gestrichen und durch

Gemüse und mageres Fleisch ersetzt. Pasta gab es nur noch einmal die Woche und auf Alkohol sollte sie ganz verzichten. Und das Schlimmste war, dass sie alles mitmachte, was Mirko ihr riet. Bald hatte sie sich in Size Zero hineingehungert. Ihre Kollegen machten sich Sorgen über ihre schnelle Gewichtsabnahme.

Sie erinnerte sich an einen sündigen Abend mit zwei ihrer Freundinnen, an dem sie eine DVD geguckt und dabei Chips und Schokolade gegessen hatten. Dazu tranken sie eine Flasche Chianti. Bereits nach dem ersten Glas fing sich die Welt um Stella an zu drehen. Als ihre Freundinnen gegangen waren, musste sie sich übergeben und hing die ganze Nacht über dem Klo. Statt des erhofften Mitleids ihres Ehemannes fand sie am nächsten Tag ein Schloss vor dem Weinschrank. Die Schublade mit den Süßigkeiten hatte er komplett leer geräumt und alles in den Müll geworfen. Und das alles ohne einen Kommentar von ihm.

An diesem Tag begann sie, ernsthaft an ihrer Ehe zu zweifeln, und gewann nach und nach ihr Selbstvertrauen zurück. Bei der Arbeit fing sie wieder an, normal zu essen, und mied auch die »bösen« Kohlenhydrate nicht mehr. Abends spielte sie Mirko jedoch etwas vor und biss vor dem Fernseher genussvoll in eine Möhre. Das Resultat war, dass sie wieder an Gewicht zunahm. Mirko bemerkte das und wollte auf einmal nicht mehr mit ihr schlafen, obwohl ihr selbst Größe 36 noch zu groß war. Er schlief fortan auf dem Sofa im Wohnzimmer und sagte, er käme zurück ins Ehebett, wenn sie wieder abgenommen hätte.

Den Schlussstrich unter ihre Ehe zog Stella, als sie sich mit Mirko zum Essen verabredet hatte und er, als das Essen kam, eine Küchenwaage aus seiner Tasche zog, um das Gewicht ihres Steaks abzuwiegen.

Als sie Bounty das Scheitern ihrer Ehe eingestand, machte diese nicht ihr Habe-ich-dir-doch-gesagt-Gesicht, sondern nahm ihre Freundin einfach nur in den Arm. Stella ließ ihren Tränen freien Lauf und danach betranken sie sich. Eine Woche später war Mirko ausgezogen. Ihre Ehe hatte gerade einmal ein knappes Jahr gehalten.

Während sie in Gedanken noch mal ihr Ehe-Aus durchlebte, war Stella bereits einige Kilometer durch den Wald gelaufen. Nachdem sie ein Stück den Ehestorfer Heuweg hinuntergetrabt war, hielt sie sich wieder links, um erneut in den Wald einzutauchen. Im Gegensatz zur Haake, dem Waldgebiet, das sie eben verlassen hatte, war die »Toskana Hamburgs« jedoch bewohnt.

Sie bog in eine kleine asphaltierte Straße ein, die sich nach etwa 500 Metern zu einem sandigen, aber befahrbaren Waldweg verjüngte. Je weiter sie sich von den geteerten Straßen entfernte, desto prächtiger wurden die Villen entlang der Strecke und desto größer die Grundstücke. Die Häuser, die hier standen, waren zum Teil schon sehr alt. Nur zum Spaß hatte sie sich gemeinsam mit Mirko einmal die Homepage von einem Makler angesehen, der vor allem Immobilien in dieser Gegend anbot. Sie war fasziniert von den architektonisch originellen Häusern, von denen manche bereits über 100 Jahre alt waren. Besonders gefallen hatte ihr ein großer Bungalow im Bauhausstil mit original erhaltenem Schwimmbad aus den 30er-Jahren. Der Haken an der Sache war nur, dass man entweder ein Vermögen ausgeben musste, um ein solches Haus im Topzustand zu erwerben, oder dafür, es renovierungsbedürftig zu kaufen und dann wieder herzurichten. Für beides hätten Mirko und sie niemals genug Geld gehabt.

Nachdem sie sich eine kleine Anhöhe hinaufgekämpft

hatte und langsam eine leichte Ermüdung in ihren Waden spürte, kam sie zu einem sehr eindrucksvollen Grundstück, das rundherum von einer ungefähr zwei Meter hohen Mauer umgeben war. Gerade als sie auf Höhe des schmiedeeisernen Eingangstores war, überholte sie im Schritttempo ein Polizeiwagen und kam kurz vor ihr zum Stehen. Wäre Stella nicht schon durch das Laufen so kurzatmig gewesen, so würde sie jetzt vor Überraschung nach Luft schnappen, denn Banu und Armin entstiegen dem Auto. Ein paar Sekunden lang starrten alle drei sich ungläubig an, bevor Stella ihre Sprache wiederfand: »Da denkt man, man hat mal ein paar Stunden Ruhe vor euch, aber selbst im entlegensten Waldstück gibt es kein Entrinnen vor der Staatsgewalt.«

Banu musterte ihre Kollegin, die aussah wie eine verschwitzte Version der »Malibu-Barbie«, die eine ihrer Freundinnen in den 70er-Jahren besessen hatte. Stella hatte sehr kurze, pinkfarbene Laufshorts und ein geblümtes Sportbustier an, das knapp unter dem Busen endete. Die gut definierte und leicht gebräunte Bauchpartie war zu sehen. Ihre langen blonden Haare hatte sie zu einem Pferdeschwanz gebunden. Die Farben in ihrem Sportoberteil unterstrichen das Kornblumenblau ihrer Augen. Sie sah einfach hinreißend aus.

»Wir haben heute Morgen einen anonymen Hinweis bekommen, dass ein gewisser Boris Dannhauser etwas mit dem Mord an Henning Manteuffel zu tun hat. Eben dieser Herr Dannhauser war in den 80er-Jahren hier ziemlich bekannt, weil er eine Wehrsportgruppe namens ›Gödeke Michels‹ gegründet hat. Er wurde später wegen illegalen Waffenbesitzes zu vier Jahren Haftstrafe verurteilt. Und dieses hier«, Banu zeigte auf das von Mauern umgebene Grundstück, »ist sein Domizil. So weit die Kurzinfo.«

Stella nickte und lächelte dann. »Ich komme mit rein. Ihr habt mir jetzt sowieso meine Bestzeit versaut.« Sie griff in die Tasche ihrer knappen Shorts und zog ein Stück Plastik heraus. »Ich habe sogar meinen Polizeiausweis dabei. Den stecke ich immer reflexartig ein.«

Banu musterte sie zweifelnd. In diesem Aufzug würde Stella auf jeden Fall die Autorität der Hamburger Polizei untergraben. Aber Armin holte seinen Trenchcoat vom Rücksitz und drückte ihn Stella in die Hand. »Komm, Mädel, bedecke deine Blöße!«, scherzte er.

Zwar sah sie mit dem geschlossenen Mantel und den nackten Beinen immer noch seltsam aus, aber das nun offene Haar gab ihr einen etwas seriöseren Anschein.

Direkt nach dem ersten Klingeln setzte lautes Hundegebell ein. Aufgrund der verschiedenen Stimmlagen mussten es mindestens drei Hunde sein und sie klangen alle nicht wie Chihuahuas.

»Wer ist da?«, fragte eine Stimme aus der Sprechanlage. Banu sagte ihr Sprüchlein auf und ein Summer öffnete die schwere Eisenpforte.

Ein Weg aus weißem Kies führte die drei Polizisten über das mindestens 10.000 Quadratmeter große parkähnliche Grundstück hin zum Haus. Armin pfiff anerkennend durch die Zähne, als sie eine kleine Baumreihe hinter sich ließen und nun freien Blick auf den modernen Bau aus Glas und Holz hatten, der sich trotz seiner kantigen Architektur organisch in die Heidelandschaft einfügte.

In der offenen Eingangstür stand ein großer dunkelhaariger Mann, angezogen mit einem Hawaiihemd und einer Bermudashorts.

Und hier war »Malibu-Ken«, dachte Banu. Beim Näherkommen bemerkte sie aber, dass er doch deutlich älter aussah als die alterslose Plastikpuppe, obwohl er anscheinend versucht hatte, den Alterungsprozess mit Botox aufzuhalten. Der Mann hielt einen bulligen Rottweiler am Halsband und redete beruhigend auf ihn ein. Dann schickte er die Hunde mit einer Kopfbewegung ins Haus.

»Guten Morgen. Ich muss mich entschuldigen. Odin, Loki und Thor sind manchmal etwas übereifrig. Aber es sind ja schließlich auch Wachhunde und sollen mich beschützen. Womit kann ich Ihnen weiterhelfen?«

»Sind Sie Boris Dannhauser?«, fragte Banu zurück. Der Mann nickte und bat die Polizisten ins Haus. Der Marmorboden im Eingangsbereich unterstrich die kühle Wirkung, die das Haus auch bereits von außen auf Banu gehabt hatte. Boris Dannhauser führte sie in das riesige Wohnzimmer, in dem locker Banus ganze Wohnung hätte verschwinden können, und bat sie, auf der Sofalandschaft Platz zu nehmen. Von den Hunden war glücklicherweise nichts mehr zu sehen.

»Wir haben einen Hinweis bekommen, dass Sie uns etwas zu einem Mordfall sagen können, an dem wir gerade arbeiten. Der Tote ist ein Dr. Henning Manteuffel«, begann Armin das Gespräch.

Boris Dannhauser blickte die drei Polizisten nacheinander an und legte interessiert den Kopf schief. Bei näherer Betrachtung musste er mindestens 60 Jahre alt sein. »Den Namen habe ich nie gehört. Und ich habe seit mehr als 20 Jahren nichts mehr mit der Polizei zu tun.«

»Ja, über Ihre damalige Straftat haben wir uns natürlich auch informiert«, warf Banu ein. »Ihr Trupp hieß ›Gödeke Michels‹. Ein harmloser Name für Menschen, die meinen,

Andersdenkende mit Waffengewalt mundtot machen zu können.«

»Wir wollten uns und unser Land schützen, da wir nicht glaubten, dass die Polizei dies im Ernstfall schaffen würde. Gödeke Michels war einer der Hauptmänner der Vitalienbrüder, ebenbürtig mit Klaus Störtebeker. Er war ein nordischer Held und deshalb mehr als ein passender Namensgeber für unsere Gruppe.«

»Und deshalb haben Sie Ihre Jungs Gymnastik mit scharfen Waffen in der Fischbeker Heide machen lassen?«

Boris Dannhauser musterte Banu abschätzig. Wahrscheinlich hatte er keine Lust, sich ausgerechnet von einer Türkin sagen zu lassen, was Recht und was Unrecht war. »Leibesübungen gehören nun mal dazu, wenn man fit sein will, um sein Land zu beschützen. Aber müssen wir uns jetzt über die Vergangenheit unterhalten? Die Wehrsportgruppe gibt es nicht mehr und ich lebe hier als friedlicher Einsiedler im Wald. Obwohl ich noch immer der Meinung bin, dass unser Rechtsstaat nicht genug unternimmt, um uns vor«, wieder ein unverhohlener Blick auf Banu, »der Überfremdung zu schützen.«

Banu musste ihre Finger in das weiche Leder des Sofas krallen, um ruhig zu bleiben. Waren nicht die Barhocker auf der Yacht von Aristoteles Onassis mit dem Leder der Vorhaut von Walen bespannt gewesen? Vielleicht war das Sofa aus etwas Ähnlichem. Sie holte dreimal tief Luft, um darauf zu antworten. Stella war jedoch schneller.

»Und da auch die Überfrachtung der Gesellschaft mit Rentnern eine Bedrohung ist, haben Sie ein paar Ihrer alten Kumpels aktiviert und Henning Manteuffel umgebracht?«

Dannhauser schüttelte den Kopf. »Sie wollen mir doch wohl nichts unterstellen.«

Armin schaltete sich ein. »Wo waren Sie denn am letzten Sonntagabend?«

Dannhauser nahm eine Zigarette aus dem goldenen Etui, das auf einem sehr großen Glastisch lag, und zündete sie an. Dann inhalierte er langsam den ersten Zug. »Ich habe mit ein paar alten Freunden Doppelkopf gespielt. Wenn Sie das nachprüfen möchten, schreibe ich Ihnen gern die Namen und Telefonnummern auf.«

Banu nickte und fragte dann: »Wenn Sie rein gar nichts mit dem Tod von Herrn Manteuffel zu tun haben, haben Sie dann eine Ahnung, wer uns den Hinweis geschickt haben könnte?«

»Mich hassen viele Leute«, antwortete Dannhauser, zuckte mit den Schultern und zeigte auf die Haustür. »Sie finden wahrscheinlich alleine raus?«

»Das kann ich mir vorstellen«, sagte Banu, als die drei bereits wieder auf dem Weg zum Auto waren. »Er hat mit Sicherheit mehr Feinde als Freunde.«

Stella war inzwischen ziemlich durchgefroren. Bei Dannhauser war es nicht nur emotional sehr kühl, auch die Klimaanlage hatte unermüdlich gearbeitet. Jetzt zitterte sie unter Armins Mantel. »Wir werden seine Aussage natürlich prüfen, aber ich habe, ehrlich gesagt, keinen blassen Schimmer, wie er mit Henning Manteuffel zusammenhängen sollte.«

Banu schüttelte resigniert den Kopf. »Es gibt in diesem Fall keine wirklichen Spuren. Alles löst sich sofort irgendwie wieder in Luft auf.« Sie holte mit ihrem rechten Bein aus und trat halbherzig gegen den Reifen des Polizeiautos.

Armin murmelte etwas von Sachbeschädigung, öffnete ihr die Beifahrertür und schob sie sanft ins Innere des

Wagens. »Steig du auch ein, Stella. Wir fahren dich nach Hause. Sonst fehlst du Montag wegen Krankheit. Das hilft auch keinem.«

Erst nachdem das heiße Wasser ungefähr 25 Minuten auf Stella niedergeprasselt war, fühlte sie sich besser. Sie stellte die Dusche aus und angelte ein Frotteetuch vom Handtuchhalter.

Ein Blick auf die Uhr sagte ihr, dass sie noch zwei Stunden hatte, bevor sie in Ottensen sein musste. Vorsichtshalber packte sie ein kleines Kosmetiktäschchen mit den wichtigsten Sachen, die man für eine Übernachtung brauchte. Man wusste ja nie …

Mit dem Fuß schob sie den Kater von ihrem Kleiderschrank weg und entschied sich dann für ein türkisfarbenes Neckholderkleid, das ihr Dekolleté wunderbar zur Geltung brachte. Ein bisschen ärgerte sie sich über sich selbst, weil es ihr so wichtig war, wie sie heute Abend aussah. Sie guckte in den Spiegel und flüsterte: »Beim letzten Mal hat er dich gleich ins Bett gezerrt, obwohl du aussahst, als wolltest du zum Casting von ›Bauer sucht Frau‹. Also übertreibe es mal nicht.«

Caveman lag jetzt in seiner Sofaecke. Als Stella den Autoschlüssel aus dem übervollen Schlüsselkasten herauszuangeln versuchte und ihn fallen ließ, öffnete er ein Auge und gähnte sie herzhaft an. »Ciao, Dickerchen. Halt die Stellung!«, rief sie ihm zu.

Wider Erwarten fand Stella sofort einen Parkplatz in der Mottenburger Straße vor einem Fahrradladen mit dem dämlichen Namen »Klingeling«. Als sie ins Schaufenster blickte, musste sie bei dem Anblick der Preisschilder schlucken. Es war unglaublich, wie viel Geld für ein gebrauchtes Fahrrad aufgerufen wurde.

Zu dem spanischen Restaurant, in dem sie sich mit Viktor treffen wollte, waren es nur wenige Schritte. Auf der Tür prangte das Logo: ein Stier, der mit einer rot karierten Serviette um den massigen Hals vor einem Teller saß, auf dem ein anscheinend verzweifelter Torero die Hände rang. Das Restaurant hieß »El Torero Muerto« und Stella hoffte inständig, dass es nicht nur vegetarisches oder gar veganes Essen geben würde.

Neulich hatte sie an der Döner-Bude aus Versehen einen veganen Döner bekommen, da der Verkäufer ihre Bestellung falsch verstanden hatte. Was für eine Enttäuschung, als sie in das Fladenbrot mit dem styroporartigen Tofu biss.

Was sie jetzt gerade brauchte, war ein blutiges Steak und ein gutes Glas Rotwein.

Viktor saß bereits an einem kleinen Tisch im hinteren Teil des Raumes und winkte ihr zu. Er hatte eine Flasche Tempranillo vor sich stehen und schenkte Stella, ohne zu fragen, ein Glas davon ein.

»Ich kann das Kaninchen empfehlen. Allerdings ist da so viel Knoblauch drin, dass deine Kollegen selbst übermorgen noch vor dir flüchten werden.«

Stella beugte sich zu ihm herunter und küsste ihn links und rechts auf die Wange. Diese Begrüßung schien ihr am unverfänglichsten. Irgendwie war es schwierig, jemandem unbefangen zu begegnen, mit dem man sich bereits schwitzend im Bett gewälzt hatte, dessen Nachnamen man aber nicht mal kannte. Viktor schien jedoch Gedanken lesen zu können. »Darf ich mich vorstellen? Mein Name ist Viktor von Kampen.«

»Angenehm. Stella Brandes.«

Viktor lächelte sie breit an und da war sie wieder: die Anziehungskraft. Als würde sie von seinen dunkelbraunen Augen eingesogen. Eigentlich hätte sie jetzt auch schon fast wieder auf das Essen verzichten können.

Viktor hob sein Glas. »Lass uns auf Bounty anstoßen, Stella. Sie hat einen guten Job gemacht. Und auf Sex ohne Reue!« Die Gläser klirrten und die erste Flasche war ziemlich schnell leer. Stella trank ohne schlechtes Gewissen. Sie hatte von vornherein angenommen, dass sie heute nicht mehr mit dem Auto fahren würde.

Ihr Steak war richtig schön roh, beim Anschneiden strömte das Blut zu beiden Seiten heraus.

»Siehst du in deinem Job nicht genug Blut?«, fragte Viktor belustigt.

»Apropos Job«, sagte Stella, ohne seine Frage zu beantworten, »du weißt ganz genau, was ich mache, aber ich weiß nicht, was du arbeitest.«

»Mir gehört der Fahrradladen, von hier ungefähr 200 Meter Richtung Bahnhof.«

»Ach was«, Stella kicherte angeheitert, »dann musst du ein reicher Mann sein. Gesetzt den Fall, dass irgendjemand tatsächlich Fahrräder im Wert von mehreren tausend Euro kauft.«

»Du würdest dich wundern. Hier in Ottensen gibt es so viele akademische Vollblutökos, die selbst jeden Morgen zu ihrer 30 Kilometer entfernten Arbeitsstelle mit dem Rad fahren. Und in kaum einer anderen deutschen Stadt sitzt das Geld so locker wie in Hamburg.«

»Und ich dachte, die Hamburger wären alles geizige Pfeffersäcke.«

Viktor schüttelte langsam den Kopf. »So waren sie vielleicht zu Zeiten von Klaus Störtebeker!«

Stella runzelte die Stirn. Da war er wieder, dieser Name. Irgendwie tauchte er in letzter Zeit immer wieder auf. Henning Manteuffel war am Fuße des Berges gefunden worden, wo Klaus Störtebeker angeblich seinen Schatz vergraben hatte. Die Schulklasse, die die Leiche gefunden hatte, hatte danach gesucht. Die Wehrsportgruppe, die Boris Dannhauser in den 80er-Jahren gegründet hatte, trug den Namen »Gödeke Michels«. In der Nähe der »Residenz Waldfrieden« hießen die Straßen Störtebekerweg und Gödeke-Michels-Weg.

Stella wusste wenig über die Vitalienbrüder, aber sie nahm sich fest vor, nächste Woche mal Wikipedia zu bemühen, um ihre Wissenslücken zu stopfen. Als gebürtige Hanseatin musste man eigentlich über die Geschichte von Klaus Störtebeker Bescheid wissen.

Viktor hatte sich über den Tisch gelehnt und strich ihr mit den Fingern über die Stirn. »Denken macht alt!«, sagte er. Dann fragte er: »Nachtisch?«

»Ja, aber nicht hier«, hauchte Stella, die den Hauptmann der Likedeeler bereits wieder in einer Schublade ihres Hirns verschwinden lassen hatte. Viktor und Stella standen gleichzeitig auf und verließen Hand in Hand das »El Torero Muerto«.

16. NOVEMBER 1934

Liebes Tagebuch,

ich zittere vor Schmerzen am ganzen Körper und kann kaum schreiben.

Gerade bin ich aus der Betäubung aufgewacht und habe das Gefühl, dass mir jemand mit einem Messer in die Eingeweide schneidet. Ich bin sehr wackelig auf den Beinen und hatte Mühe aufzustehen, um dich, liebes Tagebuch, aus meinem Schrankfach zu holen.

Ich bin jetzt keine richtige Frau mehr. Was hat mein Leben noch für einen Sinn?

Nachdem ich zwei Wochen in dem Gartenhaus gelebt hatte, hat eine meiner früheren Zimmerkameradinnen mich verraten. Elisabeth ist Rosa hinterhergeschlichen, als sie mir etwas zu essen bringen wollte, und hat Frau Weber erzählt, wo ich mich verstecke. Mit Elisabeth habe ich mich nie gut verstanden. Sie hat mich immer ausgelacht, weil ich im Rechnen nicht so gut war. Aber das ist jetzt alles egal.

Nachdem Frau Weber mich gefunden hat, hat sie mich in die kleine Kammer gesperrt, wo die bösen Mädchen hinkommen. Ich habe laut geweint und geschrien. Frau Weber hat mir ins Gesicht geschlagen und mich an den Haaren hinter sich hergezogen. Ich habe mich gewehrt und sie ordentlich gekratzt.

Als sich die Kammer wieder öffnete, standen zwei Polizisten vor der Tür. Die haben mich mitgenommen. Rosa,

Antonie und Clara habe ich nicht mehr gesehen. Aber ich fürchte, sie haben schlimme Strafen bekommen.

Ich bin in einem Bus mit anderen Mädchen und Frauen von der Polizeistation abgeholt worden. Man hat uns in ein Krankenhaus gebracht. An das, was dann geschah, kann ich mich gar nicht mehr so gut erinnern, denn ich habe die ganze Zeit geweint.

Mich haben die Ärzte als Erste von der Gruppe operiert. Wahrscheinlich hatten sie Sorge, dass ich noch mal versuchen würde zu fliehen.

Ich habe nun auch so schlimme Kopfschmerzen und mein Mund ist trocken. Und ich merke, dass Blut aus mir rausläuft. Vielleicht sterbe ich jetzt und komme zu Mama. Das wäre nicht so schlimm.

25. JANUAR 1935

Liebes Tagebuch,

es ist nun schon zwei Monate her, seit die Ärzte mich sterilisiert haben.

Nach der Operation wurde ich ziemlich krank. Die Krankenschwester sagte, ich hätte den Eingriff fast nicht überlebt. Wahrscheinlich, weil ich noch sehr jung bin.

Ich habe hohes Fieber bekommen und es kam immer wieder Blut aus mir raus.

Frau Trenkmann, die Frau, die kurz nach der Operation in dem Bett neben mir lag, meinte, dass die Ärzte sich zu sehr beeilen müssten, da so viele Frauen dasselbe erfahren wie wir. Deshalb würden sie nicht so genau arbeiten und sogar pfuschen. Tatsächlich sind zwei Mädchen, die auf unserem Zimmer waren, an den Folgen des Eingriffs gestorben.

Amalie, ein Mädchen mit Bewusstseinsstörungen, war erst 13 Jahre alt. Sie wurde drei Wochen nach mir sterilisiert. Als sie in den Operationssaal gebracht wurde, wollte sie unbedingt ihren Bären aus Stoff, den sie Herrn Brumm nannte, mitnehmen. Aber die Krankenschwester nahm ihn weg, weil Keime daran gewesen sein könnten. Amalie weinte und schluchzte laut. Aber sie konnte ja sowieso nichts machen. Als sie dann nach der Operation fieberte, habe ich ihr Herrn Brumm immer wieder ins Bett gelegt, wenn sie ihn aus Versehen rausgeworfen hat. Nachdem sie gestorben war, hat die Schwester den Bären angesehen und in eine

Tüte gestopft. Sie sagte, er würde verbrannt werden, denn er wäre bestimmt mit den Keimen verseucht, die Amalie umgebracht hätten. Ich habe gefragt, warum der Bär nicht mit Amalie begraben wird. Da hat die Schwester mich ausgelacht und gemeint, ich würde doch wohl nicht glauben, dass irgendwer die Mädchen und Frauen, die hier sterben würden, beerdigen würde. Die würden alle auf einen Haufen gelegt und dann verbrannt.

Als ich das hörte, beschloss ich, doch noch nicht zu sterben. Die Vorstellung, verbrannt zu werden, gruselt mich.

Ich begann, meine Tabletten zu nehmen, die ich sonst immer unter meine Matratze gestopft hatte, und trank auch den bitteren Fiebersaft.

Vier Wochen nach der Operation konnte ich mit Hilfe aufstehen.

An Weihnachten bekamen wir alle ein Stück Hühnchen und einen Keks als Nachtisch. Ich musste an die vielen Weihnachtsfeste zu Hause mit Mama und Papa und später auch mit Hans und Peter denken. Als Papa noch lebte, hatten wir immer einen Weihnachtsbaum, der bis an die Decke unseres Wohnzimmers reichte. An Heiligabend wurde meine Großmutter abgeholt und auch Tante Ella kam zum Festtagsessen mit Gans und Rotkohl. Obwohl wir nie viel Geld hatten, bekamen alle ein oder zwei Geschenke. Für Weihnachten legte meine Mutter das ganze Jahr über Geld zur Seite.

Im Waisenhaus gab es an Weihnachten immer etwas mehr knorpeliges Fleisch als sonst, und Frau Weber las uns die Weihnachtsgeschichte vor. Einmal haben wir sogar ein Krippenspiel aufgeführt. Ich war einer der Hirten.

Aber in diesem Jahr wünschte mir keiner »Frohe Weihnachten«. Wir waren den Krankenschwestern hier egal. Und niemand von uns wusste, was aus uns werden würde. Würde man mich, nachdem ich wieder gesund war, ins Waisenhaus zurückbringen?

Nachtrag 19.30 Uhr: Eben hat mir der Arzt gesagt, dass ich in der nächsten Woche verlegt werden würde. Ich würde mit insgesamt 15 anderen psychisch kranken und erbkranken Frauen in die Heil- und Pflegeanstalt Schloss Brandau kommen. Als ich sagte, dass ich eigentlich gar nicht krank bin, sagte er, das hätte ich nicht zu entscheiden. Bei mir läge der Fall so, dass ich nicht nur krank wäre, sondern auch verderbt, da ich versucht hatte, mich der Sterilisation zu entziehen. Außerdem hätte ich der Leiterin des Waisenhauses bei meiner Inobhutnahme schwere Verletzungen zugefügt. Man müsse mich also stets unter Beobachtung halten.

FÜNFTES KAPITEL

Nina Domingo warf einen leicht wehmütigen Blick auf den mittlerweile verwelkten Strauß roter Baccararosen, den ihr Mann ihr zu ihrem 40. Geburtstag geschenkt hatte. Nun hatte sie – statistisch gesehen – die Hälfte ihres Lebens hinter sich. Ein merkwürdiges Gefühl.

Sie nahm die Vase von dem modernen schwarzen Esstisch und trug sie zur Biotonne. Auf dem Weg nach draußen fielen einige der vertrockneten Blätter auf den Boden. Sie würde sie später aufheben.

Dann sah sie auf die Küchenuhr und nahm den Toast aus dem Edelstahlbrotkasten. Obwohl ihr Sohn Jan bereits 18 Jahre alt war und kurz vor dem Abitur stand, schmierte sie ihm morgens noch immer Toast mit Erdnussbutter. Das war auf ihrem Mutter-Chip eingespeichert. Und eines der wenigen Dinge, die Jan von ihr annahm.

Wenn er in Hamburg studieren sollte, würde er sicherlich noch eine Zeit lang zu Hause wohnen, bevor er irgendwann ausziehen würde. Dann würde vielleicht eine andere Frau sein Frühstücksbrot schmieren. Auch wenn er noch kein Mädchen mit nach Hause gebracht hatte, aber das konnte ja schnell gehen. Sie merkte, dass ihr Tränen in die Augen traten.

Nina schalt sich selbst für diese albernen Gedanken, aber das Überschreiten der vierten Dekade in ihrem Leben und ihr momentan schwankender Hormonspiegel schienen sie melancholisch zu stimmen.

Jan würde Abitur mit Auszeichnung machen, möglicherweise würde sein Schnitt zu den zehn besten in Hamburg gehören. Doch so einfach war es mit dem Jungen, der ihr von dem Foto seiner Einschulung zulächelte, nie gewesen. Nina musste gestehen, dass ihr eigener Sohn ihr immer ein bisschen unheimlich gewesen war. Und das ging nicht nur ihr so! Manchmal hatte sie das Gefühl, dass er Dinge, die noch passieren würden, voraussehen konnte. Natürlich wusste sie, dass es so etwas eigentlich nicht gab. Und sie war sehr dankbar, als die Psychologin ihr später erklärte, dass Jans zutreffende Voraussagen keine Magie waren. Er war nur so intelligent, dass er kleinste Details aus der Vergangenheit merken und schnell erfassen konnte. Diese fügte er dann zusammen und gab auf deren Basis eine Prognose ab, was wahrscheinlich passieren würde. Meist lag er damit richtig!

Jan hatte nie Freunde. Der einzige Mensch, der ihn außer seinen Eltern vielleicht zu interessieren schien, war ihre damalige Nachbarin, die 82-jährige Else, gewesen. Bei ihr war er häufig zu Gast, und Nina war dankbar, dass sie jemanden hatte, bei dem sie Jan lassen konnte, wenn sie Besorgungen machen musste. Andererseits wäre es ihr lieber gewesen, wenn Else ihren Sohn anders unterhalten hätte, als ihm ständig diese unheimlichen Geschichten zu erzählen.

Else erzählte Jan liebend gern vom Zweiten Weltkrieg. Er kam dann meist mit roten Bäckchen und ganz aufgeregt von oben herunter und gab wieder, was Else ihm über die langen Nächte während der »Operation Gomorrha« – als Hamburg ausgebombt wurde – oder ihre Erlebnisse beim BDM berichtet hatte. Umso härter traf ihn Elses dann doch plötzlicher Tod. Sie war beim Überqueren der Eißendorfer Straße von dem Auto eines Rentners erfasst worden, der Bremse und Gas verwechselt hatte. Else war noch am Unfallort gestorben.

Jan hatte danach drei Wochen lang mit niemandem gesprochen. Fast zeitgleich mit diesem Erlebnis wurde er eingeschult. Sie musste daran denken, wie oft sie von der Schule angerufen wurde, weil sie Jan abholen musste. Er hatte massiv den Unterricht gestört, die Lerninhalte nicht aufnehmen können und seine Mitschüler geärgert. Nach kurzer Zeit verlangten seine Lehrer bereits, dass sie einem Intelligenztest zustimmte, da sie ihn für lernbehindert hielten. Nina konnte daraufhin nächtelang nicht schlafen. Hatte sie in der Schwangerschaft irgendetwas falsch gemacht? Zwar hatte sie nicht unbedingt mit 21 Jahren schon ein Kind haben wollen, aber sie hatte nie mit dem Gedanken gespielt, es abzutreiben. Und sie hatte während der Schwangerschaft keinen Alkohol und keine Zigaretten angerührt. Warum war Jan nicht wie die anderen Kinder?

Dann kam aber alles ganz anders. Ihr Jan war nicht dumm, sondern hochbegabt.

Nina legte das Messer beiseite und stellte sich auf den untersten Treppenabsatz. »Jan, du musst jetzt aufstehen! Sonst kommst du zu spät zur Schule.«

Sie nahm den Nudelauflauf, den sie am letzten Wochenende eingefroren hatte, aus dem Gefrierfach. Dann griff sie nach ihrem iPhone und rief die Wettervorhersage auf. Das schöne Wetter würde nur noch heute und morgen anhalten. Sie konnte also gleich noch eine Ladung Wäsche waschen und Jan bitten, diese nach der Schule draußen aufzuhängen.

Nina gähnte und strich sich über ihren mittlerweile stark gewölbten Bauch, in dem ein neuer Mensch heranwuchs. Hoffentlich ein unkomplizierterer als ihr Erstgeborener.

Erneut rief sie ins Treppenhaus. »Jan, nun beeil dich mal. Die fangen in der Schule zur Not auch ohne dich an!«

Sie überlegte, ob er gestern spät ins Bett gegangen war.

Zwar machte er bei keiner der momentan stattfindenden Abipartys mit, aber er war manchmal nächtelang wach und arbeitete an seiner Dokumentation über die Zeitzeugen. Er schien fast besessen davon.

Da kein Geräusch aus Jans Zimmer kam, wollte sie nach oben gehen und ihn antreiben. Mit ihrem dicken Bauch fiel ihr das Treppensteigen schwer und sie fing tatsächlich schon nach der zehnten Stufe an zu schwitzen. Als sie oben angekommen war, musste sie einen Moment verschnaufen. Sofort meldete sich Jans kleiner Bruder mit heftigen Tritten.

Die Tür zu Jans Zimmer stand offen. »So, mein Lieber. Ich habe mich jetzt extra hier hochgeschleppt. Dafür schuldest du mir was!« Nina erwartete, einen verschlafenen 18-Jährigen vorzufinden, aber alles, was sie sah, war ein leeres Bett.

Als der erste interessante Anruf des Tages bei der Mordbereitschaft 5 einging, staunte Stella gerade über die neue Kaffeemaschine. Gunnar, der stolze Käufer, stand grinsend wie ein Honigkuchenpferd daneben und klopfte mit einer Hand auf die Edelstahlabdeckung des Geräts. »Ich hatte am Samstag nichts vor und da dachte ich, ich erlöse uns mal von der mit Sicherheit krebserregenden Brühe, die wir morgens immer zu uns nehmen.«

»Dafür braucht man aber Kapseln«, warf Banu ein. »Das wird teuer!«

Stella wäre es lieber gewesen, wenn Gunnar den Werbebotschafter George Clooney gleich mitbestellt hätte.

Gunnar zeigte auf ein schwarzes Sparschwein mit der Aufschrift »Kaffeekasse«. »Deshalb habe ich in dem Laden nebenan gleich dieses Schwein gekauft. Jeder, der Kaffee trinkt, tut 50 Cent rein.«

»Kann ich auch eine Strichliste führen und am Ende des Monats bezahlen?«, fragte Banu. »Ich habe meistens kein Kleingeld dabei.«

Gunnar zuckte mit den Schultern. »Meinetwegen. Den Milchaufschäumer dazu habe ich übrigens nicht gekauft. Den würde hier sowieso keiner sauber machen.«

Stella wollte sich gerade danach erkundigen, wer von ihnen denn ausersehen war, für Kapsel-Nachschub zu sorgen, als Armin hinzutrat.

»Ich will euch ja nicht bei eurem interessanten Gespräch unterbrechen, aber eben hat die Private Reformschule Harburg angerufen. Jan Domingo ist nicht zum Unterricht erschienen. Und er war wohl heute Nacht auch nicht zu Hause.«

»Ich hatte schon am Freitag so ein merkwürdiges Gefühl. Irgendetwas ist da faul.« Banu nickte Stella zu. »Am besten, wir fahren alle vier in den Süden. Armin und ich fühlen noch mal der Schulleiterin auf den Zahn und befragen Jans Klassenkameraden. Gunnar und Stella machen einen Besuch bei Jans Eltern.«

Stella unterdrückte ein Gähnen. Am Wochenende war ihr Tag- und Nachtrhythmus ziemlich durcheinandergeraten. Die Nacht und der anschließende Sonntag mit Viktor waren sehr intensiv gewesen. Sie hatten das Bett nur verlassen, um Kaffee zu machen und um etwas zu essen zu holen. Irgendwann um 15 Uhr sagte Viktor, dass er mit seiner Cockerspaniel-Hündin Gassi gehen müsse. Diesen Zeitpunkt nutzte Stella, um dann auch nach Hause aufzubrechen. Schließlich wartete Caveman auf sie. Aber sie wunderte sich doch, an welchen Stellen der Mensch überall Muskelkater haben konnte …

»Wehe, du schmeißt mich raus!« Agnes Ellrath schlug Wilfried Lundt in gespielter Empörung sachte auf die Finger. Dieser ließ sich jedoch nicht beirren, setzte die Anzahl der gewürfelten Augen und schob betont langsam Agnes' Spielfigur vom Brett. »Mensch, ärgere dich nicht, Agnes!«

Agnes seufzte tief. »Na gut, darauf muss ich erst mal einen nehmen.« Sie goss sich einen Sherry aus der geschliffenen Glaskaraffe ein, die ein Erbstück aus der Familie ihres Mannes war.

Hedi Carstens beobachtete sie mit gerunzelter Stirn. Eigentlich nahm Agnes die Karaffe nur bei den Gesellschaftsspielabenden mit ihren Freunden mit in den Wintergarten. Aber seit Henning tot war, schien der Alkohol eine zunehmend große Rolle in Agnes' Leben zu spielen. Es war Hedi jedoch nicht ganz klar, ob tatsächlich Hennings Ableben schuld daran war oder die Unsicherheit, wann sie ihn beerben würde. Natürlich hatte es keiner so direkt gesagt, aber den Fragen der Kommissarinnen hatte Hedi entnommen, dass sie nicht ganz an die große Liebe zwischen Agnes und Henning glaubten. Hedi war das egal, aber sie fand, dass die beiden immer sehr glücklich zusammen ausgesehen hatten.

Auch Irma Lundt machte sich anscheinend ihre Gedanken und schüttelte entsetzt den Kopf. »Agnes, es ist doch erst 11 Uhr. Du kannst doch jetzt noch keinen Alkohol trinken.«

Agnes rollte ärgerlich mit den Augen. »Ich bin 75 Jahre alt. Ich brauche kein Kindermädchen mehr.«

Als Till, der Beschäftigungstherapeut, jedoch den Wintergarten betrat, ließ sie das Sherryglas schnell unter dem Tisch verschwinden.

»So, Ladys und Gentlemen, bereit zur Landpartie?«, fragte Till.

Agnes erhob sich mit leicht geröteten Wangen aus ihrem Korbsessel. Ihr würde der kleine Ausflug, den sie heute vorhatten, sicherlich guttun. Da das gute Wetter zumindest noch heute und morgen anhalten sollte, hatten die Beschäftigungstherapeuten der »Residenz Waldfrieden« den Vorschlag gemacht, eine Wanderung zum Kuhteich in die Fischbeker Heide zu machen. Picknickkörbe und Getränke (natürlich alkoholfrei!) sollten mithilfe von Bollerwagen transportiert werden.

»Komm, Maria, ich helfe dir.« Hedi hakte ihre Freundin unter, die orientierungslos umherblickte. Leider stand es auch mit Maria momentan nicht zum Besten. Die Demenz machte sich mehr und mehr bemerkbar. Und die Krankheit schritt schnell voran. Maria wurde zunehmend vergesslich und es gab Tage, an denen sie sie zunächst gar nicht mehr erkannte. Ihrer körperlichen Fitness hatte der Verfall ihres Geistes jedoch nichts anhaben können. Sie hielt sich nach wie vor kerzengerade und hatte einen kräftigen Griff. Die Sonne schien auf ihr kurz geschnittenes hellgraues Haar, als sie ihr Gesicht lächelnd Hedi zuwandte. Arm in Arm gingen die beiden Freundinnen in Richtung des Schuppens, in dem die Bollerwagen standen.

Da es in der »Residenz Waldfrieden« noch viele Senioren gab, die gut zu Fuß waren, hatte sich eine Gruppe von ungefähr 20 Personen zusammengefunden.

Till und Sabine, die ebenfalls zum Therapeuten-Team gehörte, füllten die Picknickkörbe mit den Lunchpaketen.

»Kann jemand bitte schon mal den Schuppen aufschließen? Ich muss noch eben die Getränke holen.« Till nahm einen Schlüssel von seinem Schlüsselbund. Hedi mit Maria im Schlepptau wollte den Schlüssel gerade in Empfang nehmen, aber Wilfried Lundt war schneller. »Wartet ihr hier mal lieber. Ich hole schon ein paar Bollerwagen raus.«

Wilfried Lundt winkte die wenigen Männer unter den Ausflüglern zu sich. »Ein wenig männliche Unterstützung kann ich allerdings gebrauchen.«

Irma schüttelte missbilligend den Kopf. »Als könnten wir Frauen keine Bollerwagen ziehen. Aber lass sie mal machen. Sie sind hier in der Unterzahl, dass sie sich ruhig mal wichtig fühlen dürfen.«

Wilfried kam nach kurzer Zeit mit gerunzelter Stirn aus dem kleinen Holzhaus und ging auf Till zu. In der Hand hielt er eine durchsichtige Plastiktüte, in der sich ein zusammengeknülltes weißes Tuch befand. »Das lag auf dem Boden neben einem der Bollerwagen. Ich habe die Tüte aufgemacht. Irgendwie riecht das komisch.«

Till nahm die Tüte und roch vorsichtig an der Öffnung. »So süßlich. Aber irgendwie unangenehm.«

Hedi bemerkte, dass Arndt Stollmann vortrat. Er hatte früher als Chemiker in einem Hamburger Unternehmen gearbeitet, das eines der größten Kupferproduzenten in Europa war. Nachdem er eine kurze Geruchsprobe genommen hatte, wandte er sich mit besorgter Miene an Wilfried und Till. »Das ist Chloroform«, sagte er so laut, dass selbst die schwerhörige Ilse vom Felde es gehört haben musste.

Banu strich sich eine Haarsträhne hinter die Ohren und holte ihre Kollegen noch einmal zusammen. »Okay, kleine Änderung. Die ›Residenz Waldfrieden‹ hat eben angerufen. Ein gewisser«, sie schaute auf die Notiz, die sie eben in aller Schnelle auf einen Zettel gekritzelt hatte, »Till Meyer. Angeblich wurde ein Lappen mit Chloroform in einem Schuppen gefunden. Armin und ich fahren also dorthin.

Wir nehmen ein paar Kollegen von der Spurensicherung mit. Stella, ihr übernehmt das Domingo-Komplettpaket.«

Gunnar griff nach dem Schlüssel für den Dienstwagen. »Ich fahre. Du siehst total übernächtigt aus. War wohl ein heißes Wochenende.« Stellas Elan reichte gerade noch dazu, Gunnar die Zunge rauszustrecken.

Die kleine unscheinbare Frau, die die Tür öffnete, hatte keinerlei Ähnlichkeit mit dem auffälligen jungen Mann, den Stella und Banu am Freitag kennengelernt hatten. Jan Domingo musste sehr nach seinem Vater kommen.

Auf dem Weg ins Wohnzimmer folgten Stella und Gunnar einer Spur von vertrockneten Rosenblättern, die sich über die Feinsteinfliesen im Flur bis zum champagnerfarbenen Marmor im kombinierten Ess- und Wohnbereich zog.

»Schön, dass Sie doch gekommen sind«, sagte Nina Domingo und ließ sich mit einem Seufzer auf das schwarze Ledersofa sinken. »Der Polizist, den ich am Telefon hatte, sagte mir, dass sie bei einem Jugendlichen wie Jan nach so kurzer Zeit noch keine Vermisstenanzeige aufnehmen würden. Er war überzeugt, dass Jan nur bei irgendeiner Party versumpft sei und bald wieder vor der Tür stehen würde.« Sie schüttelte den Kopf. »Aber Jan ist nicht so einer.«

Stella ergriff das Wort. »Wir kommen auch nicht von der zuständigen Polizeidienststelle, sondern …«, sie wollte das Wort »Mordkommission« vermeiden, »sozusagen aus der Zentrale. Wir untersuchen den Tod von Henning Manteuffel. Sagt Ihnen der Name etwas?«

»Nein! Wo ist die Verbindung zu meinem Sohn?«

Gunnar antwortete: »Jan hat Herrn Manteuffel im Rahmen des Zeitzeugenprojekts befragt. Es könnte sein, dass sein Verschwinden irgendwie mit dem Fall zusammenhängt.«

Frau Domingo verzog das Gesicht und legte ihre Hände auf den Bauch. Erst jetzt bemerkte Stella, dass sie schwanger war. Frau Domingo lächelte gequält. »Entschuldigen Sie, aber der Bursche hier drin ist ziemlich temperamentvoll.«

Stella winkte ab. »Kein Problem! Ist Ihr Mann auch da?«

»Leider konnte ich ihn noch nicht erreichen. Er arbeitet im Außendienst und hat manchmal keinen Handyempfang.« Besorgt blickte Frau Domingo Stella an. »Ich verstehe aber nicht, was Jan mit dem Tod von diesem Manteuffel zu tun haben soll.«

»Hat Jan sich gestern merkwürdig verhalten? War er anders als sonst?«, fragte Stella.

»Nein, er war wie immer. Er hat bis mittags geschlafen, wir haben gemeinsam gegessen und dann hat er einen langen Spaziergang mit dem Hund gemacht. Am Wochenende ist dies seine Aufgabe. Nach dem Abendbrot ist er gleich auf sein Zimmer gegangen und hat an seinem Projekt gearbeitet. Aber das ist keine Seltenheit. Er beschäftigt sich im Moment kaum mit etwas anderem.«

Stella fragte nach der Mordnacht und bekam dieselben Aussagen von Jans Mutter, die auch er gemacht hatte.

»Wo ist das Zimmer von Jan? Wir würden uns dort gerne einmal umsehen.«

Schwerfällig erhob Frau Domingo sich. »Die Treppe hoch und dann links. Ich bleibe hier unten. Das Treppensteigen bei der Hitze fällt mir schwer.«

Stella nickte knapp. Sie hatte sich noch nie mit dem Gedanken auseinandergesetzt, Kinder zu bekommen. Selbst als sie verheiratet gewesen war, kam das Thema zwischen ihr und Mirko nie auf. Mitleidig musterte sie die Frau, die ihr gegenüberstand. Durch ihre Leibesfülle war sie quasi zum Nichtstun verdammt. Komisch, dass

Stella das nicht schon vorhin an der Haustür aufgefallen war. Aber Nina Domingos vorteilhaft geschnittenes Sommerkleid verdeckte die Zeichen ihrer Schwangerschaft sehr erfolgreich.

Jans Zimmer war sehr ordentlich und fast klinisch sauber. Die einzigen Möbelstücke waren neben Bett und Kleiderschrank ein Schreibtisch und ein Bücherregal. Stella strich mit dem Finger über die Kante des Schreibtischstuhls. Weder Staub noch anderer Schmutz waren an dem Plastik ihres Einweghandschuhs zu sehen.

Gunnar pfiff durch die Zähne. »Guck es dir genau an, Stella. So kann ein Arbeitsplatz auch aussehen.«

Stella reagierte nicht auf die Bemerkung ihres Kollegen. »Aber es steht nichts auf dem Schreibtisch. Wahrscheinlich hat er mit einem Laptop gearbeitet und ihn mitgenommen.« In diesem Moment hörte Stella Frau Domingo irgendetwas rufen. Ihre Stimme klang verstört. Stella machte auf dem Absatz kehrt und eilte die Treppe hinunter. Jans Mutter saß auf der zweiten Treppenstufe und hatte ein weißes Stück Papier in der Hand.

»Ich wollte mal eben nach Post gucken und da habe ich im Briefkasten das hier gefunden.« Stella sah, dass sie nur mühsam die Tränen unterdrücken konnte. Sie nahm Frau Domingo den Brief aus der Hand und las laut vor: »Liebe Eltern, keine Angst! Es geschah nichts ohne Grund. Ich muss noch eine Aufgabe erfüllen. Zu gegebener Zeit sehen wir uns wieder. Euer Jan.«

Als Banu, Armin und drei Kollegen von der Spurensicherung bei der »Residenz Waldfrieden« ankamen, war bis auf einen jungen Mann, der sich als Till Meyer vorstellte, niemand zu sehen.

»Wir haben die Bewohner jetzt doch noch losgeschickt. Es war aber gar nicht so leicht, sie wieder zu beruhigen.« Till Meyer lächelte. »Natürlich zählen alle eins und eins zusammen und bringen den Fund irgendwie mit dem Tod von Henning Manteuffel in Verbindung. Jedenfalls die, die noch ganz klar im Kopf sind.«

Paul Gensch, einer der Spurensicherer, hatte inzwischen den Plastikbeutel mit dem verdächtigen Inhalt an sich genommen und nahm eine Geruchsprobe. »Kein Zweifel. Auf dem Lappen war Chloroform. Wir haben Glück, dass er in einer Plastiktüte war. Sonst hätte der Stoff sich schon lange verflüchtigt. Selbst jetzt kann man es nur noch schwach riechen. Wo wurde er gefunden?« Till Meyer führte die Polizisten in einen Holzschuppen, in dem zehn Bollerwagen standen.

»Die Gruppe ist jetzt mit Rucksäcken gestartet. Ich dachte, Sie wollen sich die Bollerwagen vielleicht genauer angucken. Neben dem hier lag er.« Er zeigte auf das Gefährt, an dessen Seite gut sichtbar eine kleine Eisenplakette mit der Nummer vier angebracht war. Paul Gensch ging um den Wagen herum. »Äußerlich ist nichts Ungewöhnliches zu sehen. Kein Blut, keine Kratzer oder Ähnliches. Ich veranlasse aber, dass er ins Labor gebracht wird. Vielleicht finde ich da noch etwas.«

»Wann wurden die Bollerwagen das letzte Mal benutzt?«, fragte Banu.

Till Meyer zuckte mit den Schultern. »Der letzte Ausflug ist schon ziemlich lange her. Das Wetter war ja so schlecht. Vor sechs Wochen vielleicht.«

Armin ging in die Hocke und besah sich die Räder des Bollerwagens. »Dieser hat im Gegensatz zu den anderen ziemlich viel Dreck an den Rädern. Es sieht aus, als hätte jemand ihn durch Matsch gezogen. Wer hat denn Zugang zu dem Schlüssel für den Schuppen?«

»Ein Schlüssel hängt immer verwahrt im Schlüsselkasten hinter dem Empfang«, sagte Till Meyer. Banu sah ihn hoffnungsvoll an. Es konnte ihn also nur jemand benutzt haben, der Zugang zu dem Schlüsselkasten hatte.

»Der Schlüsselkasten ist aber nicht verschlossen. Die Senioren dürfen sich den Schlüssel für den Schuppen jederzeit rausnehmen. Sie müssen nur vermerken, wenn sie einen Bollerwagen ausleihen.«

Banu rollte enttäuscht mit den Augen. »Könnten wir dann bitte mal einen Blick auf die Liste werfen, wer zuletzt einen Bollerwagen ausgeliehen hat?«

Till Meyer nickte und führte sie zum Haupthaus. Die Empfangsdame hörte sich ihr Anliegen an und gab ihnen ohne weitere Fragen die Mappe mit der Liste.

»Der letzte Eintrag ist tatsächlich vier Wochen her. Vermerkt ist ein gemeinsamer Ausflug zum Moisburger Stein, unterschrieben von Ihnen.« Banu nickte Till Meyer zu. Sie ging mit dem Finger die Einträge auf der Liste durch und stoppte bei einem bestimmten Namen. »Hier hat ein Jan Domingo im Namen von Henning Manteuffel einen Bollerwagen ausgeliehen.«

»Ja, Jan Domingo und sein Projektteam sind hier bekannt. Manchmal hat er seine Interviews auch außerhalb der Residenz durchgeführt. Er sagte dann: Freie Natur macht freie Gedanken.«

Banu sah Armin an. »Also wusste Jan, wo der Schlüssel aufbewahrt wurde, und hatte jederzeit Zugang dazu. Das ist sehr interessant.«

Die Tür des Schulleiterbüros war nur angelehnt und Stella hörte, wie Frau Lenuweit mit gedämpfter Stimme telefonierte. Sie klopfte kurz und Gunnar und sie traten ein. Frau

Lenuweit beendete ihr Gespräch mit dem Satz: »Wir werden alles tun, was wir können«, und legte den Hörer zurück auf die Ladestation. Dass sie ständig an ihrem Ring an der rechten Hand drehte, zeigte, wie nervös sie war. Sie hatte nichts mehr gemein mit der von sich überzeugten Frau, als die sie sich Banu und Stella am Freitag präsentiert hatte.

Fahrig fuhr Frau Lenuweit sich mit den Fingern durch ihr langes Haar. »Wir sind alle etwas in Sorge. Jan hat in diesem Schuljahr bisher nicht einen Tag gefehlt. Sie wollen bestimmt mit den Mitgliedern von Jans Projektteam reden. Ich mache eine Durchsage.« Frau Lenuweit ging zum Mikrofon, das an eine Lautsprecheranlage angeschlossen war. Aber Gunnar kam ihr zuvor und hielt die Hand über das Gerät. »Erst mal würden wir gern mit Ihnen reden. Kann Jan bei einer Freundin oder einem Freund sein?«

Frau Lenuweit schüttelte den Kopf. »Jan hat keine Freunde. Er findet keinen Zugang zu Gleichaltrigen. Oder er will keinen Zugang zu ihnen finden.«

Stella dachte wieder an das, was ihr neulich beim Joggen eingefallen war. »Jan ist äußerst attraktiv. Und zwar für Mädchen und wahrscheinlich auch für Jungs. Sie wissen, was ich meine?« Frau Lenuweit nickte. »Hat er selber kein Interesse an einer Beziehung?«

»Nein, das Interesse der anderen an ihm hat ihn eher belastet. Nehmen wir einmal Wencke. Die werden Sie gleich kennenlernen. Eine eher mittelmäßige Schülerin. Sie wollte nur in Jans Projektteam, weil sie dachte, er würde eine Beziehung mit ihr anfangen. Als er sie abblitzen ließ, wollte sie aus dem Projekt aussteigen. Aber er sagte ihr sehr sachlich, dass sie das nun nicht mehr könne, da er sonst dafür sorgen würde, dass sie eines der schlechtesten Abis in Hamburg machen würde.«

»Sehr sympathisch«, bemerkte Stella.

»Aber aus Jans Sicht verständlich. Wencke hatte einige wichtige Aufgaben im Projekt übernommen. Es hätte das Projekt geschwächt, wenn sie hingeschmissen hätte.«

»Wissen Sie, was er mit ›Es geschah nichts ohne Grund‹ gemeint haben könnte?«

»Nein, tut mir leid.« Frau Lenuweit blickte Stella verunsichert an. »Er verklausuliert seine Gedanken oft. Man kann ihm einfach nicht immer folgen.«

Gunnar machte eine Geste Richtung Mikrofon. »Dann holen Sie doch jetzt mal seine Mitarbeiter.«

Wencke, Priscilla, Lucie und Tore hatten auf den Stühlen im Schulleiterbüro Platz genommen. Stella bat Frau Lenuweit aus dem Büro. Es würde wahrscheinlich mehr Sinn ergeben, sich mit den Schülern ohne Schulleitung zu unterhalten. Es war ein buntes Völkchen, das bei Jans Projekt mitwirkte.

Wencke hatte dunkelpink angemalte Fingernägel mit aufgeklebten Schmucksteinchen und einen ebenso pinkfarben geschminkten Mund. Ihr langes Haar fiel in blonden Locken über die Schultern. Sie hatte blaue Hotpants und ein knappes Top an, offensichtlich ohne BH darunter. Wencke blickte Stella herausfordernd in die Augen.

Priscilla kauerte vornübergebeugt auf ihrem Stuhl. Sie war der Typ graue Maus. Mittelgroß, mittelschwer, mittelblond.

Lucie hatte ihr Handy in der Hand und starrte auf das Display. Sie hatte rabenschwarzes Haar, knallrote Fingernägel und einen extrabreiten Kajalstrich um die Augen. Sie erinnerte Stella an ihre ältere Schwester Susanne in den 80er-Jahren. Sie hatte damals nur schwarze Klamotten getragen, ihre schwarzen Haare hochtoupiert und drei

Monate lang ihr Taschengeld gespart, um sich bei Easy Rider die obligatorischen spitz zulaufenden Stiefeletten zu kaufen. Heute hatte Susanne einen leitenden Posten bei einer Bank in der Hamburger Innenstadt. Und ließ sich alle sechs Wochen ihren akkuraten dunkelblonden Pagenkopf nachschneiden.

Tore hatte ein offenes, freundliches Gesicht. Er lächelte Stella an und vermittelte als Einziger der Jugendlichen Kooperationsbereitschaft. Auf seinem schwarzen T-Shirt war ein neongrünes Skelett auf einem Surfbrett stehend abgebildet. Seine langen Haare hatte er mit einem blauen Band zurückgebunden.

Nachdem Gunnar die Situation geschildert hatte, meldete sich als Erste Wencke zu Wort. »Der Typ war verrückt. So eine Art Autist oder so etwas. Zuerst war er ganz begeistert, dass wir bei seiner Arbeit mitgemacht haben. Aber wehe, man war mal anderer Meinung als er. Das konnte er gar nicht vertragen.« Sie rollte mit den Augen.

»Mit berechtigter Kritik konnte er durchaus umgehen. Es hat ihm nur nicht gefallen, dass du ihm ständig deine Titten vor die Nase halten musstest. Das war ja schon fast Nötigung.« Lucie hatte sich von dem Anblick ihres Handys losgerissen und starrte Wencke an, die ihr beleidigt einen Vogel zeigte.

Nun mischte Tore sich ein. »Die Wahrheit ist, dass wir nur seine Handlanger waren. Er hat die Senioren ausgesucht und uns die Fragen vorgegeben. Wir haben kaum eigene Arbeit geleistet. Das Projekt ist schon einzigartig. Wir waren alle«, hier machte Tore eine Geste, die seine Mitschülerinnen einschloss, »geschmeichelt, dass er uns ausgesucht hat, um mit ihm zu arbeiten. Es hatten sich viele beworben.«

»Jan war also sehr beliebt?«, hakte Stella nach.

Tore erwiderte: »Beliebt ist das falsche Wort, eher gefürchtet. Er war vielen hier unheimlich. Aber wir wussten alle, dass sich die Mitarbeit positiv auf unsere Noten auswirken würde. Jan strahlt etwas aus, und wir wollten uns in seinem Glanz sonnen.«

»Hat Jan jemals etwas über seine Gespräche mit Henning Manteuffel gesagt? Über seine Vergangenheit? Oder, ob er eine bestimmte Beziehung zu ihm aufgebaut hatte? Ist mal der Name Josefine gefallen?«

Bisher war sie stumm gewesen, aber nun richtete sich Priscilla aus ihrer krummen Haltung auf und sagte: »Er hat gesagt, er kriegt den Alten ran. Er soll für seine Sünden büßen.«

Nachdenklich legte Banu den Edding zur Seite und rieb sich die schmerzenden Schläfen. Sie konnten es drehen und wenden, wie sie wollten, am Ende stand nun nur noch ein Name auf der Liste der Verdächtigen: Jan Domingo.

»Es spricht alles gegen ihn: sein plötzliches Verschwinden, sein zweifelhaftes Alibi während der Mordnacht und die Aussage seiner Mitschülerin.«

»Und nicht zuletzt der Brief mit diesen merkwürdigen Formulierungen. Das könnte schon fast ein Geständnis sein«, sagte Armin.

»Außerdem hatte er jederzeit einen Bollerwagen aus dem Schuppen holen können, da er wusste, wo der Schlüssel aufbewahrt wurde«, fügte Banu hinzu.

Banu nahm den schwarzen Stift wieder in die Hand und schrieb »Tathergang« auf das Flipchart. »Wahrscheinlich hat er den Bollerwagen schon irgendwann nachmittags am Tag der Tat aus dem Schuppen geholt und versteckt.« Sie schrieb »Versteck« auf das Papier und machte ein Fragezeichen dahinter.

Stella, die kaum noch ihre Augen aufhalten konnte, ergänzte: »Herr Manteuffel ist kurz nach 22 Uhr vom Wintergarten durch den Eingangsbereich gegangen. Dort muss Jan Domingo ihn überwältigt haben. Wahrscheinlich hat er ihn mit Chloroform betäubt und ihn zum Bollerwagen geschleppt.«

»Hätte er nicht einen Schlüssel für die Außentür haben müssen?«, warf Gunnar ein.

Banu schrieb in bewährter Manier das Wort »Schlüssel« auf das Flipchart und unterstrich es doppelt.

»Es ist nicht so schwierig, sich einen Schlüssel nachmachen zu lassen. Oder es hängt ein Schlüssel für die Außentüren im Schlüsselkasten. Er hätte den Schlüssel schon am Nachmittag mitnehmen können. Dann wäre zwar das Risiko da gewesen, dass jemand ihn vermisst hätte, aber das ist er dann wohl eingegangen. Wir müssen überprüfen, ob es zugängliche Schlüssel gibt. Ich kümmere mich morgen darum.«

Stella ergriff wieder das Wort. »Dann hat er Henning Manteuffel in den Bollerwagen gelegt und ist zum Falkenberg gefahren, wo er ihn gefoltert und somit getötet hat.«

»Und warum das Hakenkreuz?«, fragte Armin.

Gunnar zuckte die Schultern. »Vielleicht wollte er von sich ablenken!«

Stella schüttelte den Kopf. »Ich weiß nicht. Das scheint mir zu plump für jemanden wie Jan Domingo. Dass er etwas mit der Tat zu tun haben könnte, scheint im Moment möglich, aber mit dem Tathergang bin ich noch nicht zufrieden. Und irgendwie fehlt auch das Motiv. Es sind alles nur Indizien.«

»Es muss ja mit den Interviews zusammenhängen. Kann Jan irgendetwas so aufgebracht haben, dass er Henning Manteuffel aus Wut umgebracht hat?«, fragte Armin. Seine Kollegen zuckten müde mit den Schultern.

Stella stand auf. »So, ihr Lieben. Ich bin fix und fertig. Ich glaube, bevor wir hier munter weiter spekulieren, sollten wir jetzt lieber alle ins Bett gehen. Immerhin ist es bereits 22.30 Uhr.«

Banu nickte zustimmend. »Du hast recht, Stella. Viel wird uns heute Abend nicht mehr einfallen. Ich werde aber gleich noch eine Fahndung nach Jan Domingo herausgeben. Die Äußerungen in dem Brief und die Aussage seiner Mitschülerin sind ziemlich eindeutig und belastend.«

Als Stella aus ihrer Parklücke fuhr und auf die Otto-Wels-Straße einbog, konnte sie jedoch trotz extremer Müdigkeit das Grübeln nicht lassen. Natürlich war das Verschwinden von Jan verdächtig, vor allem in seine Formulierungen in dem Brief an seine Eltern konnte man eine ganze Menge hineininterpretieren. Aber im Grunde hatten sie nicht mehr gegen ihn in der Hand als Indizien. Jeder gute Anwalt würde sie auslachen.

Wie sich herausstellte, hatte Priscilla zwar gehört, wie Jan die verdächtigen Äußerungen über Henning Manteuffel gesagt hatte. Aber sie hatte nicht weiter nachgefragt. Es war also gar nicht klar, ob er damit überhaupt ihn gemeint hatte. Schließlich hatten Jan und sein Team noch eine ganze Reihe anderer Senioren befragt.

Den Schlüssel für den Schuppen hätte praktisch jeder aus dem Schlüsselkasten holen können.

Und als Gunnar die anderen Jugendlichen nach einem Alibi für die Mordnacht gefragt hatte, stellte sich heraus, dass nur Tore, der mit einigen Freunden auf einer der unzähligen Abi-Partys gewesen war, ein hieb- und stichfestes Alibi hatte.

Andererseits hatten sowohl Banu als auch Stella das Gefühl, dass Jan Domingo nicht ehrlich zu ihnen gewesen war. Stella war sich sicher, dass er eine wichtige Rolle in dem Mordfall spielte. Ob als Täter, Mitwisser oder Zeuge, würde man erst herausfinden, wenn man Jans Verbleib geklärt hatte.

14. APRIL 1935

Liebes Tagebuch,

ich habe mich mittlerweile auf Schloss Brandau eingelebt und viele neue Freunde gefunden. Es ist tatsächlich ein richtiges Herrenhaus mit einem großen Park.

Stell dir vor, auf Schloss Brandau leben Männer und Frauen zusammen. Natürlich in getrennten Schlafsälen. Aber tagsüber darf man sich sehen. Terese meint, da wir fast alle jetzt unfruchtbar sind, kann ja sowieso nichts mehr passieren. Da kann man uns dann auch zusammen einsperren.

Zuerst war ich sehr erschrocken darüber, dass ich hier mit so vielen richtig behinderten Menschen leben muss, aber ich bekomme die meisten von ihnen nur bei den Mahlzeiten zu sehen.

Ich habe lange keine Zeile mehr geschrieben, da ich erst mal etwas Neues erleben wollte, worüber ich schreiben kann. Aber die Tage gehen dahin und ich langweile mich sehr. Also schreibe ich heute doch mal etwas.

Der Tagesablauf ist immer derselbe und sehr eintönig. Wir werden um sechs Uhr morgens geweckt und essen in dem riesigen, kalten Saal gemeinsam Frühstück.

Dann müssen wir wieder auf unsere Zimmer, bis wir zu einem Arzt gerufen werden, der uns untersucht. Am Anfang war es mir peinlich, mich vor dem Arzt bis auf die Unterhose auszuziehen. Aber man gewöhnt sich daran. Ich merke ja auch, dass sie mich nicht als Frau ansehen, sondern eher als Gegenstand.

Um 12 Uhr gibt es Mittagessen. Meistens ist es eine sehr dünne Suppe mit ein wenig Fleisch- oder Gemüseeinlage.

An den Nachmittagen müssen diejenigen, die nicht allzu schwachsinnig sind, in der Wäscherei oder in der Küche mithelfen. Und um 17 Uhr gibt es Abendbrot. Um 20 Uhr ist Bettruhe.

Wir haben hier gar keinen Unterricht mehr.

Ich würde mich sehr langweilen, wenn ich nicht neue Freunde gefunden hätte. Und ich habe mir vorgenommen, da hier sonst nichts Aufregendes passiert, über das ich schreiben kann, beschreibe ich dir, liebes Tagebuch, jetzt mal meine Freunde.

Ich fange mit Friedrich an. Er ist bereits seit einem halben Jahr auf Schloss Brandau. Friedrich ist 16 Jahre alt und sehr groß. Ich würde sagen, dass er größer ist als mein Vater. Er hat blondes lockiges Haar und dunkelblaue Augen. Um die Nase herum hat er ganz viele Sommersprossen. Er sieht aus wie ein guter reinrassiger deutscher Junge. Aber er hat eine Bewusstseinsstörung mit angeborenem Schwachsinn. Er kann die Leute, mit denen er spricht, nicht dabei ansehen und stottert, wenn er mit einem redet. Friedrich ist der Sohn eines Obersturmbannführers. Als er auf die Welt kam, soll sein Vater sehr stolz auf ihn gewesen sein. Später stellte sich jedoch heraus, dass sein Sohn nicht richtig schreiben, lesen oder rechnen lernen konnte. Friedrich war auch nicht besonders sportlich. Als seine Mutter dann, nachdem sie drei Kinder tot geboren hatte, einen lebendigen Sohn bekam und später noch eine Tochter, fand sein Vater, er hätte genug Arbeit in seinen gestörten Erstgeborenen gesteckt. Anton, sein zweiter Sohn, sei ein würdiger Nachkomme. Es sei eine

Laune der Natur gewesen, dass seinem Samen so eine Kreatur wie Friedrich entsprungen sei. Sein eigener Vater veranlasste also die Einweisung Friedrichs in die Heil- und Pflegeanstalt Schloss Brandau, da er eine Erbkrankheit habe.

Klara ist 15 Jahre alt wie ich. Sie hat dunkelbraune Haare und braune Augen. An beiden Handgelenken hat sie lange Narben, weil sie versucht hat, sich das Leben zu nehmen. Sie ist häufig traurig und denkt an den Tod. Aber manchmal ist sie im Gegenteil auch übertrieben fröhlich. Dann erzählt sie Geschichten aus ihrem früheren Leben. Sie ist das achte Kind einer Bauersfamilie und hat viele lustige Dinge erlebt. Wenn sie zum Beispiel die Geschichte erzählt, wie sie das kleine Ferkel in ihrem Bett versteckt hat, lachen wir anderen Tränen.

Als ihre kleine Schwester gestorben ist, was ihre Schuld war, hat sie das erste Mal versucht, sich umzubringen. Sie hat sich eine Schlinge um den Hals gelegt, hat diese um einen Deckenbalken der Scheune gebunden und ist vom Dachboden gesprungen. Da sie das Seil nicht richtig festgemacht hatte, erhängte sie sich nicht, sondern brach sich nur ein Bein. Ihre Eltern meinten daraufhin, dass ihr Verhalten auf eine Erbkrankheit hindeuten würde, und meldeten sie zur Sterilisation und späteren Verwahrung an. Schließlich hätte sie ja auch ihre Schwester ermordet. Dabei hatte die zwölfjährige Klara nur nicht genug auf die Kleine aufgepasst. Sie war aus ihrem Kinderwagen geklettert und dann einen Hügel hinab auf einen Felsen gefallen. Bei dem Sturz hatte sie sich den Schädel aufgeschlagen. Klara hat uns erzählt, dass ihr Gehirn aus der Wunde herausgeguckt hat.

Albert hat eine zierliche Statur und ist, obwohl er bereits 17 Jahre alt ist, einen Kopf kleiner als ich. Wenn die Ärzte von ihm sprechen, bezeichnen sie ihn als stark zurückgeblie-

ben. Er ist vor einem halben Jahr zwangssterilisiert worden. Die Ärzte sagen aber, dass er, weil er so unterentwickelt ist, sowieso nie zum Mann geworden wäre. Albert ist am längsten von uns auf Schloss Brandau. Als wir noch nicht hier waren und er keine Freunde hatte, ist er häufig von den anderen geschlagen worden. Das traut sich aber jetzt keiner mehr, denn alle haben Respekt vor Friedrich.

Und zum Schluss will ich etwas über meine beste Freundin Terese erzählen. Terese ist 17 Jahre alt. Sie hat die Fallsucht, genau wie ich. Aber sie hat tatsächlich auch manchmal Anfälle. Dann fällt sie hin und zuckt am ganzen Körper. Häufig läuft ihr dann auch Schaum aus dem Mund. Ich habe es zwar noch nicht gesehen, aber die Schwestern sprechen darüber und geben Terese ein bestimmtes Medikament. Terese ist die einzige Frau, die ich kenne, die sagt, dass sie es schön findet, keine Kinder bekommen zu können. Dann muss man auf nichts achten, wenn man mit einem Mann zusammen ist, sagt sie. Und sie hat mir im Geheimen erzählt, dass sie es auch schon so richtig mit einem Mann gemacht hat. Solche Geschichten möchte ich aber gar nicht hören! Terese ist auch die einzige von uns Freunden, die sich traut zu sagen, dass Adolf Hitler eigentlich derjenige ist, der in eine Anstalt müsste. Sie ist so mutig, wenn sie das sagt. Ich bewundere sie dafür. Aber ich hoffe, dass es nie jemand anderes zu hören bekommt. Außerdem finde ich, dass sie etwas übertreibt. Natürlich muss der Führer dafür sorgen, dass das deutsche Volk rein und stark bleibt. Deshalb finde ich es richtig, dass solche Menschen wie Wilhelm, der nur lächelnd und sabbernd in seinem Rollstuhl sitzt, keinen Nachwuchs zeugen dürfen. Aber ich bin eine gesunde deutsche Frau. Trotzdem hat der Führer veranlasst, dass ich niemals Mutter werden darf. Ungerecht ist das schon!

14. SEPTEMBER 1938

Liebes Tagebuch,

ich habe dir nun ganz lange nicht mehr geschrieben, da ich nicht viel erlebt habe und auch gar nicht genau weiß, für wen ich eigentlich etwas niederschreiben soll.

Auf Schloss Brandau sind wir hier wie aus der Welt. Keiner interessiert sich für uns. Alle Tage verlaufen gleich.

Ich bin mittlerweile schon 19 Jahre alt. An meinem letzten Geburtstag hat es Terese irgendwie geschafft, einen Kuchen für mich aufzutreiben. Alle meine Freunde haben »Zum Geburtstag viel Glück« für mich gesungen.

Wahrscheinlich wäre ich jetzt schon Mutter, wenn sie mich nicht unfruchtbar gemacht hätten. Manchmal blute ich aber dennoch. Nicht regelmäßig, aber so alle zwei Monate. Vielleicht bin ich ja unheilbar krank und werde bald sterben. Es gab Tage, an denen ich dachte, dass der Tod vielleicht sogar eine Erlösung wäre, denn ich fühlte mich unnütz und glaubte, dass keiner mich vermissen würde.

Seit kurzer Zeit weiß ich aber, dass es jemanden gibt, der sich für mich interessiert.

Wenn ich mein Gesicht im Spiegel betrachte, kann ich nichts Besonderes daran entdecken. Aber Klara und Terese sagen, dass ich sehr schön bin. Wahrscheinlich meinen sie mein Haar, das tatsächlich recht ansehnlich ist. Ich habe es in den fast vier Jahren, die ich auf Schloss Brandau bin, nicht mehr geschnitten. Nur vorne ein bisschen, damit ich überhaupt etwas sehen kann. Es fällt mir in leichten rotbraunen Wellen über den Rücken. Manchmal flechte ich es zu einem Zopf. Meine Augen sind grasgrün mit braunen Sprenkeln darin. Irgendwie geben die Flecken den Augen etwas Neugieriges, Lebendiges. Obwohl ich mich meistens eher traurig und unnütz fühle.

Ich bin sehr schlank wie fast alle hier. Kein Wunder bei dem Essen. Im Gegensatz zu meinen langen Beinen ist der Oberkörper etwas kurz geraten. Wenn ich auf einem Stuhl sitze, sehe ich deshalb immer sehr klein aus. Die Leute, die mich nicht kennen, wundern sich immer, wenn ich aufstehe, denn ich bin fast 1,75 Meter groß.

Aber ich habe kaum Busen bekommen. Seit die Ärzte mich operiert haben, ist er fast nicht gewachsen. Terese sagt, das würde daran liegen, dass die Hormone weg wären.

Ich empfinde schon sehr lange etwas für Friedrich. Er ist so anders als die anderen Jungen hier. Wenn ich ihn sehe, habe ich immer den Drang, ihm seine Haare zu zerzausen und mit den Fingern jede einzelne seiner Sommersprossen nachzuzeichnen. Ich weiß nicht genau, wie lange das schon so geht!

Gestern waren wir dafür eingeteilt gewesen, im Gemüsegarten Unkraut zu jäten. Klara, Friedrich und ich hatten kleine Hacken bekommen und zogen diese durch die Erde, um möglichst viele von den störenden Pflanzen zu erwischen.

Nach einer Weile tat Klara der Rücken weh und sie ging ins Schloss, um zu fragen, ob sie sich hinlegen dürfe. Friedrich kniete ganz dicht hinter mir im Beet. Ich konnte seinen Atem in meinem Nacken spüren und mein Herz schlug so laut, dass ich dachte, er müsste es hören. Auf einmal hielt er mit seiner Arbeit inne und begann mir über den Rücken zu streicheln. Unter der dünnen Anstaltskleidung bekam ich eine Gänsehaut. Als ich mich zu ihm umdrehte, flüsterte er meinen Namen und zog mich ganz dicht an sich heran. Dann küssten wir uns. Ich habe vorher noch nie einen Jungen geküsst. Aber ich wusste, wie es geht. Es war so, als hätte ich nie etwas anderes gemacht.

Als wir Schritte hörten, fuhren wir schnell auseinander. Aber es war nur Klara, der es nicht gestattet wurde, sich auszuruhen. Gut, dass sie uns nicht gesehen hat. Wir wollen unser Glück mit niemandem teilen. Dieses Gefühl soll Friedrich und mir ganz alleine gehören!

SECHSTES KAPITEL

Stella stürzte sich mit Begeisterung auf den riesengroßen Schwarzwald-Becher, den die polnische Kellnerin des italienischen Eiscafés gerade mit Schwung vor ihr abgestellt hatte. Die Schattenmorellen schwammen im Kirschwasser und sie genoss die Konsistenz der leicht angefrorenen Sahne, die sich perfekt mit dem Schokoeis und der Raspelschokolade ergänzte. Da sie heute bisher so gut wie gar nichts gegessen hatte, merkte sie den Alkohol ziemlich schnell.

Ihr gegenüber stocherte Banu lustlos in ihrem Spaghettieis herum. Banu war Muslimin und an viele Grundsätze ihrer Religion hielt sie sich. Sie nahm keinen Alkohol zu sich, auch nicht in einem Eisbecher, und aß kein Schweinefleisch.

Da Stella ein absoluter Fan von Fruchtgummis in allen Variationen war, hatte sie immer eine Notration im Handschuhfach ihres Autos. Wenn sie Banu davon anbot, musste sie erst auf den Aufdruck »Ohne tierische Gelatine« zeigen, damit Banu sich etwas aus der Tüte nahm. Stella selber war das egal. Darum achtete sie beim Kauf auch nicht darauf, aber für Banu galt: kein Aufkleber, kein Fruchtgummi. Denn die Gelatine könnte von Schweinen kommen.

Banu hatte ihr einmal erzählt, dass vor allem ihre Mutter gewollt habe, dass sie ein Kopftuch trug, als sie in die Pubertät kam. Aber dieses offensichtliche Zeichen des Islam hatte Banu abgelehnt. Sie hatte sich immer gefragt, inwiefern ein Stück Stoff sie zur besseren oder gläubigeren Muslimin machte. Für Banu war das Kopftuch wie für viele andere muslimische und nicht-muslimische Frauen auch ein Symbol für die Unterdrückung der Frau. Und so musste Banus Mutter damit vorliebnehmen, dass nur Hatice, Banus kleine Schwester, mit zwölf Jahren anfing, ihre Haare zu bedecken. Sie trug immer die auffälligsten und modischsten Kopftücher, mal mit pinkfarbenen Pailletten besetzt, mal mit neonfarbenen Mustern.

»Die Fahndung läuft seit zwei Tagen. Irgendwann muss der Bengel doch mal gefunden werden.« Wie zur Untermalung ihrer miesen Stimmung stach Banu mit ihrer Kuchengabel auf die einsame Erdbeere ein, die auf dem sahnigen Gipfel des Spaghettieises thronte. Roter Fruchtsaft lief über die weiche weiße Masse und sah aus wie sehr dünnes Blut.

»Eine Sache musst du mir aber noch erklären, Banu. Warum hinterlässt uns ein Junge, der so schlau ist wie Jan, einen Brief, der ihn durch seine Formulierung quasi zum Hauptverdächtigen macht?«, fragte Stella und sog eine große Portion geschmolzenes Vanilleeises gemischt mit Kirschwasser mithilfe eines rot-weiß gestreiften Strohhalms ein.

Banu zuckte mit den Schultern. »Vielleicht ist er ja doch nicht so schlau, wie alle denken. Oder er hat Bereiche, in denen er besonders schlau ist, und andere, in denen er es nicht ist. Was weiß ich, wie solche Menschen ticken? Ich freue mich, dass meine Kinder so absolut normal sind.« Dann schaute sie zum vierten Mal hintereinander auf ihr Handy, um sich zu vergewissern, ob Gunnar oder Armin innerhalb der letzten zwei Minuten angerufen hatten.

Stella spann ihren Gedanken weiter. »Vielleicht wollte er uns auch besonders auf sich aufmerksam machen. Vielleicht hat er Informationen, die er zuerst selbst checken wollte, bevor er sie an uns weitergibt.«

»Aber dann hätte er doch einfach gar nichts in den Brief schreiben müssen, was ihn verdächtig macht«, sagte Banu und schob sich zumindest einen Bissen Sahne und Eis in den Mund, bevor sie den Teller von sich wegschob.

»Vielleicht will er auch einfach mit uns spielen«, fuhr Stella fort. »Laut seiner Mutter war sein Lieblingsspiel, als er noch klein war, ›Scotland Yard‹. Das hat er sowohl auf dem Spielbrett als auch mit realen Menschen in Hamburg-City gespielt. Und meistens gewonnen«, fügte sie hinzu.

»Jedenfalls werden wir es erst wissen, wenn wir ihn haben. Mal was anderes: Erinnere mich bitte daran, dass ich morgen Nachmittag nicht vergesse, um 14 Uhr zu gehen. Ich muss mit Can und seinen Kindergeburtstagsgästen ins Museum für Hamburgische Geschichte. Wir machen eine Rallye. Und ich schwöre: Diesmal reicht Tim sofort die Scheidung ein, wenn ich stattdessen arbeiten gehe.«

Der letzte Satz sollte zwar lustig klingen, aber Stella merkte sehr wohl, dass er ernst gemeint war. Es schien mit der Ehe ihrer Kollegin nicht zum Besten zu stehen.

Da Stella momentan keine Lust hatte, sich die Beziehungsprobleme anderer Leute anzuhören, da sie selbst mal keine hatte, orderte sie schnell die Rechnung und erstickte so das Gespräch im Keim.

Lucie war dankbar über den erlösenden Ton, den ihr Handy von sich gab. Sie hatte das Display seit zwei Tagen kaum aus den Augen gelassen und ihr Handy nur bei dem Gespräch mit den Polizisten auf lautlos gestellt.

»Ich komme irgendwann morgen früh zurück. Habe gefunden, was ich wollte. Love, Jan.«

Lucie war so erleichtert, dass ihr fast die Tränen kamen. Schnell verschwand sie hinter einer der neugotischen Säulen in der Schulkantine. Es ging ihm also gut. Morgen Abend würde er ihr bestimmt alles erzählen. Bis jetzt wusste sie nicht einmal, wo er eigentlich hingefahren war. Sie ahnte, dass sein Verschwinden mit dem Tod von Henning Manteuffel zu tun hatte, und sie war sauer, dass Priscilla sich bei der Polizei so wichtig gemacht hatte. Außerdem hatte sie natürlich Angst, dass die hübsche blonde Kommissarin und ihr junger Kollege Jan für den Täter hielten. Deshalb hatte sie ihre Klassenkameradin nach ihrem Auftritt im Schulleiterbüro zur Rede gestellt.

»Warum hast du den Bullen diesen Scheiß aufgetischt?«, hatte sie sie gefragt. »Jan hat kaum ein Wort mit dir gewechselt. Warum sollte er dir so etwas Wichtiges erzählen?«

Priscilla druckste herum. »Na ja, er hat es nicht direkt zu mir gesagt. Vor zwei Wochen oder so saß er mit seinem Laptop vor der Seniorenresidenz auf der Bank hinter dem großen Fliederbusch. Er dachte wohl, er wäre allein. Ich wollte ihm nur eine Cola bringen und habe dann gehört, dass er genau das zu sich selbst gesagt hat.«

»Also hast du ihn nur belauscht! Das würde als Beweis bei Gericht gar nicht gelten«, sagte Lucie erleichtert.

»Und wieso interessierst du dich überhaupt so dafür?«, fragte Wencke, die hinzugetreten war. »Jan ist ein absoluter Freak. Der steht wahrscheinlich auf Jungs oder auf Tiere oder Tote oder was weiß ich.« Sie musterte Lucie von oben bis unten. »Wobei, du siehst in deinen schwarzen Klamotten und mit deiner bleichen Haut ja auch fast aus, als wärst du tot. Insofern hast du ja vielleicht doch eine Chance, bei ihm zu landen.«

Lucie biss sich auf die Zunge, um nicht in die Welt hinauszuschreien, dass Jan und sie seit fast einem halben Jahr zusammen waren. Und in diesen sechs Monaten hatte sie eine Menge ertragen müssen. Denn die Annäherungsversuche von Wencke gegenüber Jan waren alles andere als dezent gewesen. Angewidert rief Lucie sich einige Szenen ins Gedächtnis, in denen Wencke sich im halb transparenten, engen T-Shirt, unter dem sich ihre Nippel so abzeichneten, als wären sie Heidelbeeren auf zwei Cupcakes, an ihren Jan heranschlich und dann wie völlig unabsichtlich mit ihren Brüsten seine Schultern streifte. Wenn sie ihrem Freund dann abends von ihrem Ekel erzählte, lachte er nur und sagte, da sollte sie doch drüberstehen und er würde nur auf den richtigen Zeitpunkt warten, um ihre Beziehung öffentlich zu machen. Aber bisher war nichts dergleichen passiert!

Mit seinem Verschwinden hatte Jan auch Lucie in Angst und Schrecken versetzt. Sie dachte an den Abend zurück, an dem Henning Manteuffel ermordet worden war. Denn Jan und sie hatten nicht die ganze Wahrheit gesagt.

Wahr an der Geschichte war, dass Jan zunächst allein auf seinem Zimmer gelesen hatte. Als er sich jedoch sicher war, dass seine Mutter wie immer vor dem Fernseher eingeschlafen war und sein Vater den Hund gerufen hatte, um die Abendrunde mit ihm zu drehen, war er wie so oft leise ins Souterrain gegangen und hatte Lucie durch ein Fenster ins Haus gelassen.

Dort befand sich eine kleine Einliegerwohnung, die meistens dann genutzt wurde, wenn die Eltern von Jans Mutter aus Süddeutschland zu Besuch kamen. Dass hier auch die wildesten Knutschereien zwischen ihrem Sohn und einer Gothic-Braut aus der Schule stattfanden, war Jans Eltern völlig unbekannt. Und das sollte auch vorerst so bleiben. Jan hatte Lucie immer wieder eingebläut, leise zu sein. Er wollte nicht, dass seine Mutter etwas mitbekam, war sie in ihrem hohen Alter doch noch mal schwanger geworden. Und Jan wollte nicht riskieren, bei seiner Mutter eine Frühgeburt auszulösen, weil sie sich darüber aufregte, dass er nun eine Freundin hatte.

An diesem Abend war Jan jedoch nicht so entspannt wie sonst gewesen. Sie hatten sich auf das große Hülsta-Bett gelegt und eng aneinandergeschmiegt. Jan hatte seine Hand unter ihr T-Shirt geschoben und ihre nackte Haut gestreichelt. Sie war gerade dabei, den Knopf seiner Jeans aufzumachen, als sein Handy klingelte. Kaum hatte er das Gespräch angenommen, sprang er aus dem Bett und verschwand mit dem Telefon im Badezimmer. Lucie ließ er auf dem Bett liegend zurück. Sie hatten zwar noch nie richtig miteinander geschlafen, aber ihre Berührungen gingen jedes Mal ein Stück weiter. Schon lange hatte Lucie Kondome in ihrer Handtasche, da sie von ihren Freundinnen wusste, dass die Jungs meist nicht an Verhütung dachten. Sie hatte gehofft, dass es diesen Abend vielleicht dazu kommen könnte.

Aber der Anruf veränderte ihr erwartetes Programm komplett. Nach kurzer Zeit kam Jan aus dem Badezimmer und sagte, dass er leider noch etwas zu erledigen hätte und sie nun gehen müsste. Es würde ihm sehr leidtun, da er sie so lieb hätte, aber es wäre etwas ganz Wichtiges. Da er sie zum Abschied leidenschaftlich küsste, war Lucie zwar enttäuscht, aber auch ein ganz klein wenig erleichtert, da sie eine gehörige Portion Angst vor dem ersten Mal hatte.

Um circa Mitternacht war sie wieder zu Hause gewesen und hatte sich allein in ihrem Bett vorgestellt, wie der Abend hätte verlaufen können.

Aber seit am letzten Montag die Nachricht von Jans Verschwinden gekommen war, hatte Lucie kaum noch geschlafen. Denn nachdem die Polizei in der Schule gewesen war, wusste sie, dass Henning Manteuffel irgendwann in dieser Nacht gestorben sein musste. Sie hatte Jan um 23 Uhr verlassen, er hätte vielleicht zur Tatzeit am Falkenberg sein können.

Agnes Ellrath fand, es wäre an der Zeit, Hennings Sachen durchzusehen und die Kleidung vom Roten Kreuz abholen zu lassen. Hedi Carstens und sie hatten sich zunächst den Kleiderschrank vorgenommen.

Hedi sah auf ihre Armbanduhr. Da Agnes jedes Kleidungsstück noch einmal betrachten und mit der Hand darüberfahren musste, dauerte die ganze Aktion deutlich länger als beabsichtigt. Gerade schmiegte Agnes ihre Wange an den Stoff eines beigefarbenen Sakkos. »Das hatte Henning an, als er mir seine Liebe gestanden hat«, seufzte Agnes. Dann legte sie es in den Umzugskarton und griff nach einem blauen Polohemd mit maritimem Muster. »Und das hat er getragen, als wir die große Hafenrundfahrt gemacht haben.«

»Agnes, ich verstehe ja, dass es dir schwerfällt, dich von seinen Sachen zu trennen, aber in einer halben Stunde kommt der Fahrer vom Roten Kreuz und wir haben noch den halben Kleiderschrank vor uns.«

Agnes setzte sich auf einen Stuhl und hielt sich den Kopf. »Ich weiß nicht, ob ich schon bereit zu allem bin, Hedi.«

»Wir haben das alles durchgesprochen, Agnes, und auch die Polizei hat gesagt, dass du seine Kleidung ruhig schon weggeben darfst, auch wenn die Umstände seines Todes noch nicht geklärt sind. Du kannst doch auch ein paar Dinge behalten, die du besonders an ihm geliebt hast. Vielleicht dieses Halstuch hier.« Hedi zeigte auf ein dunkelrot gemustertes Halstuch. Sie hatte Henning oft damit gesehen.

Mit einer theatralischen Geste riss Agnes es an sich und hielt es sich unter die Nase. »Ich kann sogar noch einen Hauch von seinem Aftershave riechen.«

Hedi schüttelte den Kopf. »So kommen wir nicht recht weiter. Suche dir doch drei bis vier Sachen raus, die du behalten möchtest, und dann gehst du schon mal ins Bad und packst Hennings Kosmetikartikel ein. Ich glaube, dann geht es schneller.«

Agnes lächelte ihre Freundin zustimmend an und griff sich eine blaue Krawatte, einen braunen Kaschmirschal, einen weichen dunkelgrauen Wollhut und ein großes weißes Stofftaschentuch mit Monogramm. Dann verschwand sie mit einem Karton im Badezimmer.

Hedi nahm einen Kleidungsstapel nach dem anderen aus dem Schrank und stopfte T-Shirts und Pullover ungerührt in den Umzugskarton. Sie hatte schon vier vollgepackt, als ihre Freundin aus dem Badezimmer kam. Agnes hielt einen glänzenden Gegenstand in der Hand.

»Guck mal, Hedi, hast du diesen Ring mal bei Henning gesehen? Ich kenne ihn überhaupt nicht. Er lag in Hennings Brillenetui.« Sie runzelte die Stirn. »Als hätte er ihn versteckt.«

Hedi nahm Agnes den Ring aus der Hand und hielt ihn unter die Nachttischlampe. Da es seit gestern wieder dauerregnete, war es draußen trüb und wolkenverhangen.

»Nein, bestimmt nicht. So ein großer Ring wäre mir aufgefallen.«

Der Goldschmied, der den Ring hergestellt hatte, hatte gute Arbeit geleistet. Ganz fein war das Muster auf der silbernen Platte eingeprägt. Es zeigte eine Säule, die den Himmel stützte. In den Ring war auch etwas eingraviert.

»Brandau 17.03.1943«, las Hedi vor. Sie gab Agnes den Ring zurück.

»Es könnte etwas Wichtiges sein«, sagte Agnes. »Vielleicht hat der Ring etwas mit dem Mord zu tun? Immerhin ist es doch komisch, dass Henning ihn nie getragen hat. Meinst du, ich soll ihn der Polizei übergeben? Bei der Durchsuchung wurde er ja offensichtlich übersehen.« Agnes sah Hedi zögerlich an. Hedi ahnte, dass sie mit ihrem Gewissen kämpfte, und überlegte: »Ich glaube nicht, dass er in dem Mordfall von Bedeutung ist. Er hat Henning aber bestimmt viel bedeutet, sonst hätte er ihn nicht versteckt. Ich würde ihn behalten. Die Polizei würde ihn dir bestimmt nicht zurückgeben.«

Dankbar sah Agnes ihre Freundin an und steckte den Ring in die Tasche ihres flaschengrünen Blazers.

Stella ließ sich auf ihr durchgesessenes Sofa fallen und streifte ihre Sneaker von den Füßen. Eigentlich hatte sie schon lange vor, sich in dem bekannten schwedischen Möbelhaus mal ein neues zu kaufen. Aber seit Caveman ihr Mitbewohner war und genüsslich seine Haare auf dem Bezug verteilte, war diese Vornahme auf ihrer Prioritätenliste wieder ziemlich weit nach unten gerutscht.

Eigentlich müsste sie sich gleich ihre Laufschuhe anziehen und noch eine Runde drehen. Zumindest zweimal um die Außenmühle, um wenigstens einen Bruchteil der Kalorien, die der Schwarzwald-Becher in sich gehabt hatte, wieder abzutrainieren. Aber eine unsichtbare Kraft drückte sie gegen die Kissen und hinderte sie am Aufstehen.

So ereignislos, wie der heutige Tag begonnen war, so war er auch zu Ende gegangen. Banu hatte sich daran festgebissen, dass Jan Domingo der Täter war. Stella hatte nach wie vor ihre Zweifel, genau wie Gunnar. Armin war heute den ganzen Tag kaum erreichbar gewesen. Er hatte einen Tag Homeoffice gemacht, um den Fall »Elbtote« erst einmal ergebnislos abzuschließen.

Jan Domingo war bislang nicht gefunden worden. Der Bollerwagen, bei dem der Lappen mit dem Chloroform gefunden wurde, wies keine weiteren Spuren auf. Außer natürlich Tausende Fingerabdrücke von den Menschen, die ihn seit seiner Herstellung gezogen hatten.

Gunnar hatte nochmals den Nachtportier befragt, der an dem Abend von Henning Manteuffels Tod Dienst gehabt hatte, und ihm ein Foto von Jan gezeigt. Der junge Mann gab jedoch an, ihn nie gesehen zu haben.

Ein Ereignis hatte es dann aber doch gegeben. Andreas Wiesner war vor seinem Kiosk zusammengeschlagen worden. Er lag bewusstlos im Krankenhaus. Banu äußerte als Erste, was alle vermuteten: Wahrscheinlich war der anonyme Hinweis, der Boris Dannhauser beschuldigte, von Andreas Wiesner gewesen, und der Beschuldigte hatte sich gerächt. Die Mordbereitschaft war für schwere Körperverletzung nicht zuständig, Gunnar teilte jedoch den Kollegen, die den Delikt übernommen hatten, ihre Vermutungen und Beobachtungen mit. Gerade als Stella nach der Fernbedienung angelte, um den »Tatort« einzuschalten, klingelte das Telefon. Das konnten nur ihre Mutter oder Bounty sein. Mit allen anderen verständigte sie sich fast ausschließlich über SMS.

Stella zögerte einen Moment, bevor sie das Telefon aus der Ladestation nahm. Ihre Mutter würde ihr nur Vorwürfe machen, weil sie sich so lange nicht gemeldet hatte. Darauf hatte Stella keine Lust.

Und Bounty hatte sie seit ihrem arrangierten Date im »La

Dolce Vita« nicht mehr gesprochen. Sie hatte ihr nur eine kurze Nachricht auf ihre Mailbox gesprochen, dass Bounty vorerst keine Single-Männer mehr anschleppen müsse, da sie momentan ein erfülltes Liebesleben habe.

Telefonate mit Bounty hatten die Angewohnheit leicht sehr ausufernd zu werden. Dann konnte sie den »Tatort« mit ihren Lieblingsermittlern Jan-Josef Liefers und Axel Prahl gleich vergessen. Bevor sie sich entscheiden konnte, sprang der Anrufbeantworter an. Es war Bounty. »Hi, Stella! Ich wollte nur sagen, ich habe wieder einen für dich. Genau dein Typ! Ruf mich an!«

Verblüfft starrte Stella auf den Anrufbeantworter. Sie hatte Bounty doch gesagt, dass sie nicht mehr auf der Suche nach einer Beziehung war! Verärgert nahm sie das Telefon und tippte die Nummer ihrer besten Freundin ein.

»Das ist ja wohl ein Missverständnis«, sagte sie, als Bounty sich meldete.

»Ach, Süße, nur nicht den Kopf hängen lassen. Mit Viktor lag ich vom Typ her doch schon mal richtig.«

»Wovon redest du eigentlich?«, wollte Stella wissen. Stille in der Leitung.

Dann eine kleinlaute Bounty: »Hat Viktor dir gar nichts gesagt?«

Genervt antwortete Stella: »Nein. Was soll er mir denn erzählt haben?«

»Dass er eine andere hat. Oh shit, tut mir leid. Das ist ja mal wieder typisch Mann, dass er dir nichts gesagt hat, aber ich habe ihn gestern mit einer anderen gesehen.«

Stella schluckte. Zwar hatten Viktor und sie keine Beziehung im engeren Sinne gehabt, sondern sich einfach körperlich so zueinander hingezogen gefühlt, dass der Sex für sie beide reichte. Sie hatte aber dennoch angenommen, dass er sich in der Zeit nur auf sie beschränkte und nicht zeitgleich andere traf.

»Und bist du dir sicher, dass sie zusammen sind?«, fragte Stella zögerlich.

»Ich will es mal so beschreiben: Sie saß auf seinem Schoß und er hatte ihre Zunge im Hals. Also, seine Schwester war es bestimmt nicht.«

Leise Zweifel nagten an Stellas Selbstbewusstsein, das sie seit ihrer Trennung von Mirko so mühsam wieder aufgebaut hatte. Anscheinend war ihm der Sex nicht gut genug oder nicht ausreichend gewesen. Aber sie hatte selber schuld. Viktor hatte sie nie im Glauben gelassen, dass sie die Einzige sein würde. Aber nachdem die Stunden mit ihm so intensiv und augenscheinlich für beide befriedigend gewesen waren, hatte sie gar nicht daran gedacht, dass es ihm anders erging.

»Hallo, Stella, bist du noch dran?«

»Ich weiß, dass du es gut meinst, Bounty, aber verschone mich momentan bitte mit der Männerwelt. In einem halben Jahr kannst du es ja noch mal versuchen.«

Nachdem die beiden Freundinnen noch einige Minuten über andere Dinge gesprochen hatten, beendete Stella das Gespräch und ging eine Flasche Rotwein holen. Nun war ihr auch klar, warum Viktor sich nicht mehr gemeldet hatte. Genau genommen war es zwar sie gewesen, die ihm auf seine Nachricht vom Dienstag eine Antwort schuldig geblieben war. Sie hatte über den Fall einfach vergessen, ihm zurückzuschreiben. Aber war das ein Grund, sich sofort eine andere Frau aufzureißen?

Stella schenkte sich großzügig Wein ins Glas. Eins war ihr klar: Sie wollte auf keinen Fall einen Mann, auch wenn sie nur eine Sex-Beziehung mit ihm einging, der gleichzeitig noch mit anderen Frauen schlief.

»Das war es dann also mit uns, Viktor!«, sagte sie, blickte fasziniert auf das tiefe satte Rot der Flüssigkeit in ihrem Glas und trank einen großen Schluck.

Kurz schoss ihr der Gedanke durch den Kopf, dass sie in der letzten Zeit dem Alkohol ein wenig zu häufig zugesprochen hatte. Aber das war ja nur eine momentane Phase der Orientierungslosigkeit.

Stella ging zum Kühlschrank und rückte den Magneten mit der Aufschrift »Morgen ändere ich mein Leben!« zurecht, der irgendwie in Schieflage geraten war.

Banu hängte ihre Handtasche über die Lehne des Sessels und ging auf die Suche nach ihrem Mann. Mehrere Flüche, die kurz hintereinander ausgestoßen wurden, brachten sie auf die richtige Spur und ließen vermuten, dass Tim sich im Schlafzimmer aufhielt.

Dort saß er auf dem Boden inmitten eines Bergs von zusammengeknülltem Geschenkpapier und versuchte gerade mittels einer Schere, das Band, das bereits um ein eingepacktes Geschenk gewickelt war, so zu bearbeiten, dass es sich kräuselte. »Ich schwöre dir, ich kaufe nie wieder etwas im 1-Euro-Shop! Dieses blöde Band reißt ständig. Es ist absolut nicht kräuselbar!« Frustriert legte er die Schere zur Seite.

»Komm, Schatz, ich helfe dir.« Banu ließ sich auf den Boden nieder und nahm sich eines der Geschenke, die für den morgigen Geburtstag ihres Sohnes Can bestimmt waren. Tim reichte ihr die Schere.

»Ich dachte, ich fange schon mal an. Man weiß ja nie, wann du so nach Hause kommst.«

Obwohl es wahrscheinlich gar nicht so gemeint war, empfand Banu diese Bemerkung als Seitenhieb. Sie schluckte eine entsprechende Antwort herunter, um keinen Streit vom Zaun zu brechen. Stattdessen fragte sie: »Wo sind denn die Kinder?«

»Merve ist bei Valentina und Can ist mit Oma zum Einkaufen gegangen. Die sind bestimmt noch eine Stunde weg. Ich habe Brigitte gesagt, sie soll eine SMS schicken, wenn sie ›Toys R Us‹ verlassen.«

Banu fand es sehr praktisch, dass Tims Mutter für ihr Alter doch recht technikaffin war und keine Berührungsängste mit modernen Kommunikationsgeräten hatte. Am letzten Weihnachten hatte sie ihrer Mutter ein Handy geschenkt und war schier daran verzweifelt, ihr die einfachsten Funktionen zu erklären, denn Gamze Kurtoğlu zeigte weder Interesse noch Verständnis für technische Geräte außerhalb der Küche und so hatte Banu es nach kurzer Zeit aufgegeben und das Handy zurückgeschickt.

»Dann lass uns das hier schnell zu Ende bringen.« Banu sah sich suchend im Gästezimmer um. »Wo ist denn die große Darth-Vader-Figur, die Can sich so gewünscht hat?«

Tim guckte seine Frau herausfordernd an. »Falls du sie nicht zufällig besorgt hast, steht sie wohl noch irgendwo im Regal des Spielzeuggeschäftes!«

»Ich dachte, du wolltest dich um die Geschenke kümmern«, erwiderte Banu.

»Ja, das dachtest du wohl. Aber gesagt hast du gar nichts. Du setzt immer einfach voraus, dass ich die Geschenke für die Kinder kaufe.« Tim streckte seine Hand aus und zählte an den Fingern ab. »Und das am Geburtstag, an Ostern, an Weihnachten und zu den Zeugnissen.«

Banu zuckte zusammen. Schon war er da – der Streit. Es kam ihr so vor, als würden Tim und sie sich in der letzten Zeit nur noch streiten. Oder gar nicht mehr miteinander reden. Da sie aber heute viel zu müde war, um zu diskutieren, lenkte sie ein. »Tut mir leid, Tim. Ich hätte mich wirklich auch drum kümmern können. Aber unser aktueller Fall ist so kräftezehrend.«

Tim zuckte die Schultern. »Ich glaube dir ja, Banu. Aber wir kommen bei dir momentan deutlich zu kurz. Hast du dir denn für morgen freigenommen?« Banu meinte aus seiner Stimme einen warnenden Unterton herauszuhören und beeilte sich zu sagen: »Ja, das ist alles geklärt. Ich komme Punkt 15 Uhr hierher und dann fahren wir zusammen mit den Kindern ins Museum für Hamburgische Geschichte.«

Tim lächelte erleichtert. »Na, das klingt doch gut. Ich hatte schon Angst, mich um zehn kleine Kinder alleine kümmern zu müssen.«

»Zur Not wäre ja auch noch die Museumspädagogin da gewesen. Eine wahrscheinlich qualifiziertere Begleitung als ich.«

Tim stand auf, zog Banu an sich und küsste sie auf ihren Scheitel. »Aber du bist mir lieber!« Einen kurzen Moment war Banu ob der ungewohnten Berührung verunsichert, dann entspannte sie sich jedoch und ließ sich in die Arme ihres Mannes sinken.

In diesem Moment drehte sich ein Schlüssel im Schloss.

»Wir sind wieder da!«, rief Can durch den Flur.

Anscheinend hatte Tims Mutter es wohl vergessen oder doch nicht geschafft, eine SMS zu versenden.

15. JUNI 1939

Liebes Tagebuch,

auf Schloss Brandau sprechen alle davon, dass es bald Krieg geben könnte. Das deutsche Volk braucht einfach mehr Platz. Adolf Hitler spricht immer wieder darüber, dass die deutsche Rasse die Herrenrasse ist, die die Welt beherrschen sollte. Terese sagt, dass sie von einer der Schwestern gehört hätte, dass es sogar Zuchtanstalten geben würde, in denen besonders gut geratene deutsche Frauen von besonders gut geratenen deutschen Männern befruchtet würden.

Wir lachen über solche Dinge, weil es uns ja eigentlich gar nicht betrifft. Denn für uns gibt es offensichtlich keinen Platz im deutschen Volk.

Der Ton gegenüber uns Bewohnern hat sich in der letzten Zeit verändert. Noch vor ein paar Monaten haben die Krankenschwestern und Ärzte uns zwar nicht wie ihresgleichen behandelt, aber sie haben ab und zu mit uns gelacht und gescherzt.

Klara hat vor einigen Tagen gehört, wie zwei Ärzte über uns als »Ballastexistenzen« sprachen und sagten, dass ein Erbkranker jeden Deutschen täglich 5,50 Reichsmark kostet. Sie sagten, dass man das Geld doch lieber in Kriegsgüter investieren sollte. Und auch, dass die Krankenschwestern und Ärzte im Falle eines Krieges ja wohl woanders gebraucht würden. Eigentlich wäre es reine Zeitverschwendung, dass sich überhaupt jemand um uns »Krüppel« kümmern müsste.

Ehrlich gesagt, macht mir das ein bisschen Angst. Es sind bereits merklich weniger Ärzte und Schwestern auf Schloss Brandau als zu der Zeit, in der ich hier angekommen bin. Meinetwegen muss man uns ja auch nicht hier festhalten. Ich würde gern eine kleine gemeinsame Wohnung mit Friedrich haben. Wir wären bestimmt glücklich, auch ohne Kinder. Vielleicht könnten wir uns einen kleinen Hund anschaffen. Oder wir könnten Pflegekinder aufnehmen. Falls es wirklich zum Krieg kommen sollte, würde es bestimmt bald viele Waisenkinder geben.

Aber das Problem ist, dass sie uns hier nicht rauslassen. Denn wir sind alle verderbt und so eine Gefahr für die deutschen Jungen und Mädchen mit reiner Seele. Es gab Zeiten, da habe ich darüber gelacht, wenn Terese dies erzählt und dabei mit den Augen gerollt hat. Aber heute ist mir nicht nach Lachen zumute. Was, wenn der Führer nun tatsächlich meint, dass es zu teuer für das deutsche Volk ist, uns am Leben zu erhalten?

Friedrich sagt, dass ich mir keine Sorgen machen soll. Man könnte uns ja schließlich nicht alle umbringen, denn wir wären doch auch Deutsche. Und er könnte auch an der Front kämpfen. Ich liebe Friedrich, aber manchmal ist er ein bisschen einfältig.

Friedrich und ich treffen uns manchmal heimlich nachts. Es ist aber ziemlich gefährlich, denn wir würden bestimmt schlimm bestraft, wenn jemand uns erwischt. Friedrich sagt immer wieder, dass er mich liebt und dass wir heiraten, wenn dies hier alles vorbei ist. Aber was muss passieren, damit dies hier für uns ein gutes Ende nimmt?

5. SEPTEMBER 1939

Liebes Tagebuch,

seit dem ersten September ist Deutschland im Krieg! Die Polen hatten am Tag vorher einen deutschen Sender überfallen und Hitler hat daraufhin den Befehl gegeben, in Polen einzumarschieren.

Jeden Abend müssen wir uns jetzt im Speisesaal versammeln, um die Nachrichten aus dem Radio zu hören und an den richtigen Stellen zu jubeln.

Nach all dem, was uns hier passiert ist, seit die Nationalsozialisten an der Macht sind, weiß ich nicht, ob ich dafür bin, dass Hitler den Krieg gewinnt. Vielleicht gibt es ja eine Hoffnung für uns, hier rauszukommen, wenn Deutschland verliert.

Die Ärzte und Schwestern haben Freudenschreie ausgestoßen, als Frankreich und Großbritannien Deutschland am 3. September den Krieg erklärt haben. In den Gesichtern der Insassen, die sich um das Radiogerät versammeln mussten, sah ich vor allem Zweifel. Nur einige von den stark Behinderten lachten mit, weil sie nicht verstanden, was die Leute sagten.

Und es gibt noch etwas Neues: Heute ist ein neuer Arzt angekommen, der die Heil- und Pflegeanstalt Schloss Brandau nun leiten soll, denn Dr. Trenckner wird wegen des Krieges woanders gebraucht. Er heißt Dr. Karl Liebig. Das finde ich schade, denn Dr. Trenckner hat uns immer gerecht behandelt. Hoffentlich tut Dr. Liebig das auch.

Schwester Karla befahl uns, dass wir uns alle links und rechts der Einfahrt zu Schloss Brandau aufstellen und einige mit kleinen Deutschlandfahnen winken sollten, um Dr. Karl Liebig zu begrüßen. Selbst Wilhelm wurde in seinem Rollstuhl vor die Tür gefahren.

Als Dr. Liebig aus dem Auto stieg, war ich zuerst etwas enttäuscht, denn er schien mir recht klein und auch noch sehr jung zu sein. Aber er hat ein hübsches Gesicht. Soweit ich das beurteilen kann, denn ich stand nicht sehr dicht an dem Auto dran.

Nachdem Dr. Liebig sich für die Begrüßung bedankt hatte, durften wir alle wieder ins Haus gehen und unserer täglichen Arbeit nachgehen. Ich arbeite seit einigen Wochen fast nur noch in der Wäscherei. Das ist recht langweilig!

Friedrich und ich haben uns gestern Nacht heimlich in der Wäschekammer getroffen. Ich muss wirklich sehr aufpassen, denn Terese hat in der letzten Zeit einen ganz leichten Schlaf und schreckt schnell hoch. Und sie liegt im Schlafsaal neben mir.

Mir läuft immer noch ein Kribbeln über den Körper, wenn ich an die letzte Nacht denke. Friedrich hat seine Hand unter mein Nachthemd geschoben und mich am ganzen Körper gestreichelt. Und ich habe ihn auch zum ersten Mal an seiner Männlichkeit angefasst. Er hat mich auf den Boden gedrückt und sich auf mich gelegt. Gerade als ich dachte, dass ich es nicht mehr aushalten könnte, hörte ich auf dem Flur ein Geräusch. Sofort schubste ich Friedrich von mir runter und wir krochen auf allen vieren ganz leise in die hintere Ecke der Kammer und warteten. Es passierte nichts, aber der Zauber, der uns umgeben hatte, war für den Moment verflogen und ich schlich mich wieder in mein Bett. Wahrscheinlich war es nur eine Maus gewesen!

Heute haben wir uns nur kurz gesehen und konnten gar nicht miteinander sprechen. Ich hoffe, Friedrich hält mich nicht für einen Angsthasen. Es wäre nicht auszudenken, wenn jemand uns erwischen würde. Erst in der letzten Woche hat eine Krankenschwester gesehen, wie sich zwei Insassen geküsst haben.

Sie wurden gleich zu einem der Ärzte, Dr. von Stein, gebracht, denn Dr. Trenckner war ja schon weg. Klara, die an der Tür gehorcht hat, als die beiden in seinem Arbeitszimmer waren, hat ein sirrendes Geräusch wie eine Pferdegerte, die durch die Luft saust, vernommen, und dann hat jemand laut geweint. Die beiden waren auch abends nicht beim Abendbrot. Und bisher habe ich sie nicht wiedergesehen.

Schwester Karla hat gesagt, dass Dr. Karl Liebig ab morgen die Patienten von Dr. Trenckner übernehmen wird. Dazu gehöre ich auch. Ich bin gespannt, ob der neue Arzt nett ist.

6. SEPTEMBER 1939

Liebes Tagebuch,

der neue Arzt, Dr. Liebig, ist mir unheimlich. Er hat mich heute Morgen untersucht. Zuerst dachte ich, es läuft wie bei Dr. Trenckner auch. Da habe ich die Zunge rausgestreckt. Danach hat er mir in die Ohren geguckt. Dann habe ich mein Hemd ausgezogen und er hat mich mit dem Stethoskop abgehört.

Heute war es jedoch ganz anders.

Schon als ich das Arbeitszimmer von Dr. Liebig betrat, das früher das von Dr. Trenckner war, hatte ich ein komisches Gefühl, denn es hängt jetzt eine große Zeichnung von einem bärtigen Mann über seinem Schreibtisch und an der Wand hat er viele Ausschnitte aus Zeitungen aufgehängt.

Als er meinen verwunderten Blick sah, sagte er, dass der Mann auf der Zeichnung Klaus Störtebeker sei, ein berühmter aufrechter Deutscher, der sich von Ausländern nie hat etwas gefallen lassen, und dass er in direkter Linie von ihm abstammen würde.

Dann sagte er, dass ich mich ausziehen sollte, und zwar ganz. Auch die Unterhose! Offensichtlich war er gar nicht daran interessiert, in meinen Mund oder meine Ohren zu sehen.

Als ich ganz nackt vor ihm stand, schickte er die Schwester raus. Dann strich er mir mit dem Finger über die Brustwarzen und noch weiter herunter bis zu der Narbe von meiner Operation. Er fragte, ob ich sterilisiert worden sei. Ich wunderte mich ein bisschen, da ich dachte, dass dies ja bestimmt in meiner Krankenakte stehen würde.

Aber er fragte noch viele andere Dinge. Ob ich bereits Geschlechtsverkehr gehabt und ob ich jemals einen Freund gehabt hätte. Ob es mir Freude machen würde, wenn er mich anfasst. Ob ich mich zwischen den Beinen auch immer waschen würde.

Ich war wie vor den Kopf gestoßen und konnte nur stammeln. Er schien aber mit den Antworten zufrieden zu sein, denn er bedeutete mir nach kurzer Zeit, dass ich mich wieder anziehen sollte. Dann sagte er mir, dass ich einen recht gesunden Eindruck auf ihn machen würde und wir bestimmt viele schöne Stunden gemeinsam verbringen würden.

Ich bin noch immer ganz verwirrt und habe auch Friedrich nichts von meiner ersten Begegnung mit Dr. Karl Liebig erzählt.

8. SEPTEMBER 1939

Liebes Tagebuch,

ich hoffe, meine liebe Mutter kann mich vom Himmel aus nicht sehen, denn ich schäme mich so! Und es ist alles meine Schuld!

Friedrich hat mir heute Abend zugeflüstert, dass er sich um 22 Uhr mit mir in der Wäschekammer treffen möchte.

Als alle anderen schliefen, habe ich mich in den Waschraum geschlichen. Denn ich habe gestern in einem der Kittel, die ich flicken musste, einen Lippenstift gefunden. Ich wollte mich für Friedrich schön machen und habe die Farbe dick auf meine Lippen geschmiert. Obwohl ich mir solche Mühe gegeben habe, auf dem Weg zur Wäschekammer kein Geräusch zu machen, ging auf einmal eine Tür auf. Es war die Tür zum Arbeitszimmer von Dr. Liebig. Ich war wie erstarrt in meiner Bewegung. Dr. Liebig stand da an den Türrahmen gelehnt und musterte mich auf eine eigenartige Weise von oben bis unten. Ich glaube, das, was ich in seinen Augen sah, war Gier. Er griff meinen Arm und zog mich in sein Zimmer. Dann fragte er, warum ich hier so rumschleichen würde, aufgemacht wie eine Hure. Mir fiel gar nichts ein, was ich hätte sagen können. Er sagte, dass er die Wahrheit noch aus mir rausprügeln würde, aber zunächst stände ihm der Sinn nach etwas anderem, denn wenn man aussehen möchte wie ein Hure, dann möchte man sicher auch die Dinge tun, die ein Hure macht. Er griff in mein Gesicht und verschmierte den Lippenstift. Dann küsste er mich ganz grob und biss mir dabei in die Unterlippe, dass das Blut mein Kinn herablief. Dabei nannte er mich immer wieder Hure und Schlampe. Ich merkte, dass er dabei immer aufgeregter wurde. Ich war ganz erschrocken und wie gelähmt. Ich konnte mich gar nicht wehren! Schließlich riss er mir mein Nachthemd vom Körper und zog seine Hose aus. Dann habe ich die Augen zugemacht und das, was kam, einfach über mich ergehen lassen. Er tat mir sehr weh, aber ich konnte nicht schreien. Während er mir Gewalt antat, schlug er mir immer wieder ins Gesicht. Als er sich aus mir herauszog, lief eine klebrige warme Flüssigkeit die Innenseite meiner Schenkel herunter. Dr. Liebig atmete sehr schwer und befahl mir aufzustehen. Dann sagte er, ich sei selber schuld, denn in meinem Aufzug hätte ich ihn gereizt. Auf einmal erinnerte ich mich an den Vorfall mit Hilde und Herrn Klüwer, der ja jetzt Jahre zurücklag. Herr Klüwer hatte damals etwas ganz Ähnliches gesagt. Dr. Liebig meinte, dass er sich aber nicht wundern würde, denn in meiner Akte stünde auch, dass ich ein liederliches Frauenzimmer sei. Ich solle jetzt verschwinden und ja niemandem etwas davon erzählen, denn es könnte noch schlimmer für mich kommen. Ich war so erleichtert, dass er mich gehen ließ, dass ich ganz schnell mein Nachthemd über den Kopf zog und aus seinem Zimmer verschwand.

Nun sitze ich im Waschraum und habe mich schon einmal übergeben. Ich habe große Schmerzen, denn er hat mich unten irgendwie aufgerissen. Und meine Lippe tut immer noch weh. Außerdem ekel ich mich so vor der Flüssigkeit, die aus ihm herausgekommen ist. Ich versuche, sie von meinen Schenkeln abzuschrubben, aber ich habe das Gefühl, sie geht nicht richtig ab! Was wohl Friedrich nun von mir denkt? Es kann doch nicht immer so sein, wenn Frau und Mann zusammen sind? Ich kann Friedrich auf keinen Fall etwas sagen. Ich werde mir auch eine Geschichte ausdenken müssen, warum mein Gesicht so zerschlagen ist. Ich erzähle einfach, dass ich nachts auf dem Weg zum Abort gestolpert und hingefallen bin.

Lieber Gott, wenn es dich gibt, dann mach bitte, dass ein Mann mir nie wieder so etwas antut. Ich werde auch ganz bestimmt keinen Lippenstift mehr tragen!

12. DEZEMBER 1939

Liebes Tagebuch,

mein Leben ist mittlerweile unerträglich geworden. Immer und immer wieder tut Dr. Liebig mir Gewalt an. Manchmal mehrmals am Tag! Häufig schlägt er mich, das scheint ihn zu erregen. In der letzten Zeit schlägt er mich aber nicht mehr so viel ins Gesicht. Heute Morgen hat er mir mit einer Reitgerte Schläge auf die Oberschenkel verpasst, die tiefe rote Striemen hinterlassen haben. Den anderen erzähle ich, dass ich nachts ab und zu wieder Anfälle von Fallsucht habe und deshalb so oft blaue Flecken hätte. Ich glaube aber nicht, dass ich die Einzige bin, der Dr. Liebig so etwas antut. Schwester Martha, die sehr jung und noch nicht lange bei uns ist, kommt auch häufig sehr verängstigt aus seinem Zimmer heraus, und einmal habe ich gesehen, dass sie eine Platzwunde über der rechten Augenbraue hatte. Wenn wir uns begegnen, werfen wir uns Blicke zu, aber wir wechseln kein Wort.

Friedrich ist sehr verwundert und traurig, weil ich mich nachts nicht mehr mit ihm treffen möchte. Er tut mir leid, aber ich könnte es einfach nicht ertragen, von ihm angefasst zu werden. Ich liebe ihn immer noch, aber ich mag seinen Körper nicht an meinen heranlassen.

Ich habe das Gefühl, ich könnte nicht noch mehr beschämt werden. Als Dr. Liebig mich heute Morgen zur Untersuchung in sein Zimmer rief, saß auch Dr. Herpenitz im Raum.

Ich musste mich wie immer nackt ausziehen und wartete darauf, dass Dr. Liebig sich auch auszog. Aber er zeigte nur mit dem Finger auf die Narbe von der Sterilisation und sagte zu Dr. Herpenitz, dass es wichtig sei, genau darauf zu achten. Mit solchen Schlampen (damit meinte er mich) könne man machen, was man wollte, und müsste keine Sorge haben, einen Krüppel in die Welt zu setzen. Ich sah Dr. Herpenitz flehentlich an, aber der lachte nur und sagte, dass er sich für den Ratschlag von Dr. Liebig bedanke. Dann stand er auf und verließ den Raum – und es kam wie immer.

Wenn Friedrich nicht wäre, könnte ich das Leben hier nicht mehr ertragen.

SIEBTES KAPITEL

Um 6.12 Uhr fuhr der Zug langsam in den Hamburger Hauptbahnhof ein. Jan streckte sich und langte ins Gepäckfach über dem Sitz, um seine kleine Reisetasche an sich zu nehmen. Er strich sich über das neuerdings stoppelkurze haselnussblonde Haar.

Da die letzten grauen Schwaden der Nacht dunklen Gewitterwolken Platz gemacht hatten, bot das Fenster einen brauchbaren Spiegel. Jan lächelte seinem eigenen Abbild zu und wunderte sich darüber, wie leicht es gewesen war, sich in jemand ganz anderen zu verwandeln. Neben dem blonden Haar komplettierten braun gefärbte Kontaktlinsen und eine Nerdbrille mit dickem schwarzem Rahmen seinen neuen Look.

Zunächst war er sich nicht sicher gewesen, ob er sein Äußeres so sehr verändert hatte. Den ultimativen Test, um dies festzustellen, hatte er am Montagmorgen durchgeführt.

Er hatte sich am Sonntagabend in der üblichen sicheren Zeitspanne, in der seine Mutter bereits vor dem Fernseher schlief und sein Vater mit dem Hund die 21-Uhr-Gassi-Runde drehte, seine Haare abgeschnitten und gefärbt. Dies hatte einige Zeit und mehrere Packungen Haarfärbemittel in Anspruch genommen, denn schwarzes Haar in blondes zu verwandeln war eine aufwendige Prozedur.

Anschließend hatte er noch die Zeit bis circa 4 Uhr morgens in seinem Zimmer verbracht. Da er keinen Wert darauf legte, seinem Vater in die Arme zu laufen, der manchmal noch im Morgengrauen aufstand, um vor der Arbeit zu joggen, verließ er um 4.30 Uhr sein Elternhaus.

Er wusste, dass viele seiner Mitschüler, die aus allen Stadtteilen Hamburgs in die Reformschule kamen, den Bus nahmen, der um 7.42 Uhr oder um 7.52 Uhr vor der Schule hielt. Bis dahin setzte er sich einfach auf eine Bank auf einem nahe gelegenen Kinderspielplatz und wartete.

Langsam schlenderte er dann gegen 7.30 Uhr zur Bushaltestelle und begab sich in den Pulk seiner ankommenden Mitschüler. Was er erlebte, erfreute ihn: Er wurde von niemandem erkannt.

Natürlich vermied er eine Gegenüberstellung mit Lucie. Ihr hätte er nichts vormachen können. Das Band zwischen ihnen war stark genug, dass er sich ihr gegenüber mit Sicherheit allein durch die Art, seinen Kopf zu halten oder einen Fuß vor den anderen zu setzen, verraten hätte.

Er hatte seinen Vorsprung halten können und es hatte ihm sogar Spaß gemacht, mit der Polizei zu spielen. Natürlich wusste er, dass alle nach ihm suchen würden und er wahrscheinlich mittlerweile sogar als Hauptverdächtiger galt. Traurig genug, dass sie keinen anderen zu bieten hatten. Sie wussten wahrscheinlich noch immer nicht, wer Henning Manteuffel wirklich gewesen war. Lucie hatte ihm natürlich eine Nachricht geschickt, nachdem die Polizei seine Mitschüler im Projekt »Zeitzeugen« verhört hatte.

Jan spürte körperlichen Ekel, wenn er daran dachte, dass er den alten Mann zunächst so sympathisch gefunden hatte. Die langen Gespräche mit ihm, der trotz seines Alters noch so wach war und seine Kriegserlebnisse so lebendig schildern konnte, hatte Jan genossen. Er hatte Jan so sehr an Else erinnert. Wenn Henning Manteuffel ihm berichtete, wie oft er überlegt hatte, in den Widerstand zu gehen und den Nationalsozialisten die Stirn zu bieten, hing Jan an seinen Lippen, wie er es damals bei Else getan hatte. Aber das alles war eine große Lüge gewesen. Jetzt hatte Jan die Beweise, die er brauchte, um das wahre Leben des Henning Manteuffel publik zu machen. Er kannte die Details der traurigen Geschichte von Josefine. Aber er würde es der Polizei häppchenweise servieren. Er wollte die Kombinationsgabe der Blondine und ihrer türkischen Partnerin prüfen. Was aber am wichtigsten war, war seine erste echte Story. Was er in den letzten Wochen an Recherche und Ergebnissicherung betrieben hatte, ging sehr weit über seine Arbeit bei der lächerlichen Schülerzeitung hinaus. Er hatte bewiesen, dass er ein talentierter Journalist werden würde. Aufgrund seines Abi-Durchschnitts hatte er seinen Studienplatz im Fachbereich Journalismus zwar sowieso schon sicher. Er wollte jedoch nicht an irgendeiner x-beliebigen Uni studieren. Sein Ziel war die Aufnahme an der Henri-Nannen-Schule am Hamburger Hafen, eine, wenn nicht die renommierteste Schule für Journalismus in Deutschland. Die Schule war nicht nur kostenfrei, sondern jeder angehende Journalist bekam eine Ausbildungsbeihilfe von ungefähr 750 Euro im Monat. Nach nur 18 Monaten in Ausbildung hatte man seinen Abschluss. Er würde also deutlich eher unabhängig von seiner Mutter sein als bei einem Studium an einer Universität.

Der Haken an der Sache war aber, dass sich für jeden Lehrgang rund 2.500 Interessierte bewarben und letztlich nur 16 davon in einem aufwendigen Verfahren ausgewählt wurden. Jan würde alles daran setzen, unter diesen 16 zu sein. Wer die Henri-Nannen-Schule durchlaufen hatte, konnte sich seinen späteren Arbeitsplatz bei den großen deutschen Medienhäusern quasi aussuchen. Durch die exzellente Arbeit, die er bisher im Fall Henning Manteuffel geleistet hatte, sowie die Veröffentlichung der Story hatte er mit Sicherheit einen Vorteil beim Auswahlverfahren.

Ärgerlich war allerdings, dass auch er noch immer nicht wusste, wer der Mörder des alten Mannes war. Und eine Veröffentlichung machte erst Sinn, wenn er auch den Täter entlarvt hatte.

Er würde der Polizei also tatsächlich einige Details vorenthalten müssen, um weiterhin einen Wissensvorsprung zu haben und so seine eigenen Ermittlungen anstellen zu können. Er war sich aber fast sicher, dass die Geschichte um Josefine maßgeblich mit dem Mord zu tun hatte. Um das herauszufinden, hätte er noch länger wegbleiben müssen. Selbst wenn er es genoss, dass die Polizei sich solche Mühe gab und ihn doch nicht fand, musste er erst mal wieder nach Hamburg zurückkommen. Er wollte nicht, dass seine Mutter wieder eine Fehlgeburt erlitt. Bereits vor zwei Jahren war sie schwanger gewesen, hatte das kleine Mädchen, seine Schwester, jedoch im sechsten Monat verloren. Es ging Jan hier nicht so sehr um das Wohlergehen seiner Mutter, sondern in erster Linie um sein eigenes. Er wollte nach 18 Jahren endlich mal von ihr in Ruhe gelassen werden. Dies würde aber nur passieren, wenn sie endlich ein Baby hatte, um das sie sich kümmern und das sie überall herumzeigen konnte.

Den Ausschlag für seine vorzeitige Rückkehr gab eine SMS von Lucie. Durch die Nachricht, die er ihr gestern gegen Mittag geschickt hatte, war sie im Besitz seiner neuen Handynummer. Sein iPhone hatte er zu Hause in die Schreibtischschublade gelegt. Das war zwar nicht sonderlich originell, aber selbst wenn die Polizei es dort entdecken würde, wäre ja nichts Belastendes darauf zu finden. Aber eine Ortung dieses Handys wollte Jan unbedingt vermeiden. Deshalb hatte er sich bereits vor einigen Tagen ein ganz simples Handy mit einer Prepaidkarte besorgt.

Lucie hatte gestern an der Tür der Schulleiterin gelauscht und mit angehört, wie seine Mutter mit der Schulleiterin gesprochen – eher könnte man wohl sagen: sie hysterisch angeschrien – hatte.

Sie hatte sich wahnsinnig über sein Verschwinden aufgeregt und das tat einer Schwangeren, die 40 Jahre alt und im siebten Monat war, nicht gut. Wie es schien, musste er seine Recherchen vorerst von zu Hause aus weiterführen, wenn die Polizei ihn nicht einsperrte. Aber dafür dürften sie zu wenige Indizien haben. Er lächelte seinem Spiegelbild nochmals zu und verließ sehr zufrieden mit sich das leere Abteil.

»Schere, Stein, Papier, Brunnen«, riefen Armin und Gunnar gleichzeitig und machten zu den benannten Gegenständen entsprechende Gesten mit ihren Händen.

Es ging darum, wer heute von beiden mit dem Papierkram im Fall Henning Manteuffel weitermachen musste und wer heute Nachmittag einen Teil seiner Überstunden abbummeln konnte. Bei der Mordbereitschaft 5 war heute nicht viel los. Zudem hatte Banu den Nachmittag auch freigenommen, um sich um den Geburtstag ihres Sohnes zu kümmern. Sie hatte ihnen eine sehr überschaubare Liste von Aufgaben zur Erledigung übertragen. Stella steckte ein 50-Cent-Stück in das Kaffeeschwein und nahm eine Kapsel aus dem bunten Kasten, der neben der neuen Kaffeemaschine stand.

Während die Maschine heizte, sah sie aus dem Fenster

und schüttelte genervt den Kopf über den Gewitterschauer, der gerade über dem Präsidium niederging.

Nachdem sie noch mal in Ruhe über die ganze Sache mit Viktor nachgedacht hatte, war sie eigentlich froh, dass die Beziehung zu Ende war, bevor sie angefangen hatte. Sie selber war nah dran gewesen, sich zu verlieben, und das wollte sie momentan unter allen Umständen vermeiden.

»Schere schneidet Papier!«, hörte sie Gunnar aus dem Nebenraum triumphierend rufen. »Ich wünsche euch dann einen geruhsamen restlichen Arbeitsnachmittag. Falls Domingo auftaucht, könnt ihr mich ja anrufen.«

»Ach was. Mit dem werden wir schon alleine fertig. Genieß deinen freien Nachmittag«, verabschiedete Stella ihren Kollegen.

Als sich die Tür hinter Gunnar schloss, dachte sie mal wieder daran, dass sie kaum etwas über sein Privatleben wusste. Er war nicht verheiratet und hatte momentan auch wohl keine Beziehung und er wohnte in Barmbek. Ziemlich dürftig, fand Stella. Vor allem wenn man bedachte, dass man in ihr stets lesen konnte wie in einem offenen Buch und sie nichts, was sie beschäftigte, für sich behalten konnte. Eigentlich war das keine passende Charaktereigenschaft für eine Kriminalkommissarin.

Stella trank ihren Kaffee, ging dann ins Arbeitszimmer, das Gunnar und Armin sich teilten, und setzte sich auf Armins Schreibtischkante.

»Ich will mal kurz frische Luft schnappen und mir am Bahnhof einen Döner kaufen. Hast du Lust mitzukommen?«

Ihr Kollege blickte kaum von seinem Bildschirm auf. »Nein danke! Ich freue mich, wenn ich diesen Kram hier abgearbeitet habe und heute ausnahmsweise auch mal früher Schluss machen kann.«

Stella nahm ihre Regenjacke vom Garderobenhaken und warf einen Blick auf ihre Armbanduhr. »Ich bin in einer halben Stunde wieder da.«

Als sie die Tür schloss und auf den Flur hinaustrat, überlegte sie, dass es doch eine gute sportliche Tat wäre, zu Fuß ins Erdgeschoss zu gehen. Sie war gerade ein Stockwerk tiefer angekommen, als ihr Handy klingelte. Als sie sah, dass Armin der Anrufer war, führte sie ihr Telefon ans Ohr. »Na, hast du jetzt doch Hunger bekommen?«

»Nein, die Hauswache hat gerade angerufen. Wir haben einen Besucher. Du würdest nie erraten, wen. Ich dachte, da du ja schon auf dem Weg bist, kannst du ihn auch gleich abholen. Steigt die Spannung?«

Im Laufschritt und zwei Treppenstufen auf einmal nehmend, war Stella schnell im Erdgeschoss. Sie sah den diensthabenden Kollegen mit einem jungen Mann, den sie nicht kannte, vor dem Fahrstuhl stehen.

Als der Jugendliche mit den streichholzkurzen dunkelblonden Haaren Stella erblickte, drehte er den Kopf herum und sah ihr direkt in die Augen. »Ich glaube, Sie suchen nach mir. Ich bin Jan Domingo.«

Can hatte sich eigentlich vorgestellt, mit einer Stretchlimousine, in die alle seine Freunde reinpassten, von seiner Wohnung abgeholt und zum Museum für Hamburgische Geschichte gefahren zu werden. Als seine Mutter ihm seine Regenjacke in die Hand drückte und auch seine Geburtstagsgäste anwies, ihre wetterfesten Jacken anzuziehen, verzog er den Mund und schmollte.

»Immer müssen wir mit der Bahn fahren. Warum hat Papa kein eigenes Auto?«, fragte der nun Siebenjährige beleidigt. »Dann könnten wir mit zwei Autos fahren.«

»Es wäre mir viel zu anstrengend, jeden Abend einen Parkplatz suchen zu müssen«, erwiderte Tim und drückte Alicia ihren Regenhut aufs Haar.

Banu schob das letzte Mitglied der Geburtstagsgesellschaft aus der Tür und bildete die Nachhut des Trupps, der sich im Gänsemarsch Richtung U-Bahn-Haltestelle Schlump bewegte. Glücklicherweise mussten sie bis zu ihrem Ziel – St. Pauli – nicht umsteigen. Von dort aus waren es nur noch fünf Minuten im strömenden Regen bis zum Museum für Hamburgische Geschichte, wo eine Museumspädagogin auf sie warten würde.

Da Maxi beim Aussteigen aus der U-Bahn feststellte, dass er dringend musste, beschleunigten sie ihre Schritte und Tim bog mit Maxi im imposanten Foyer des Museums erst mal Richtung Herrentoilette ab.

»Sind Sie Frau Bergmann?«, fragte eine kleine rundliche Frau Anfang 20.

»Ich heiße Kurtoğlu. Mein Mann hat das Geburtstagsprogramm für unseren Sohn gebucht. Er heißt Bergmann.«

»Ich bin Frederike und werde den Kindergeburtstag begleiten. Ihr Sohn ist sieben geworden?« Banu nickte und Frederike lächelte sie an. »Dann ist das Programm ›Störtebekers Schatz‹ genau das richtige.«

Bei dem Namen des berühmten Freibeuters wurde Banu hellhörig, war gedanklich sofort wieder am Fuße des Falkenbergs und sah vor sich die Leiche von Henning Manteuffel.

Zum Glück bestand Frederike darauf, die Horde Kinder allein durchs Museum zu begleiten. So konnten Banu und Tim 120 kinderfreie Minuten und die in der letzten Zeit eher selten gewordene Zweisamkeit genießen. Sie setzten sich ins zum Museum zugehörige »Café Fees«.

»Wollen wir gleich noch einen Spaziergang in Planten un Blomen machen? Regenfest angezogen sind wir ja«, schlug Tim vor und gab einen Löffel Zucker in seinen Espresso.

Banu nahm einen großen Schluck Wasser. Sie hatte einen ziemlich trockenen Mund. »Ich würde lieber in der Nähe der Kinder bleiben. Du hast mir gar nicht erzählt, dass du das Störtebeker-Programm gebucht hast.«

Tim zuckte mit den Schultern. »Du hast nicht gefragt. Ehrlich gesagt, war es mir ganz egal, welches Programm. Hauptsache, die Kinder haben Spaß.«

Banu antwortete zögernd: »Das letzte Mal, als Kinder nach dem Schatz von Störtebeker gesucht haben, haben sie eine Leiche gefunden.«

Tim seufzte vernehmlich. Er war offensichtlich genervt davon, dass seine Frau gedanklich schon wieder bei der Arbeit war. »Banu, man kommt in Hamburg nicht an den Geschichten von Klaus Störtebeker und seinen Kumpanen vorbei. Und Kinder sind nun mal verrückt nach Piratengeschichten. Ich selber hatte in den 70er-Jahren die Abenteuer von Störtebeker als Hörspiel auf einer Schallplatte. Und habe diese rauf- und runtergehört.«

»Ist ja schon gut!«, winkte sie ab. »Für Planten un Blomen ist es mir heute definitiv zu nass.« Bei gutem Wetter genoss Banu die Spaziergänge in dem ausgedehnten Park, der 1935 anlässlich einer Bundesgartenschau angelegt worden war und sich mitten in der Hamburger Innenstadt befand. Legendär waren die Wasserlichtkonzerte am Parksee, die an lauen Sommerabenden stets gut besucht waren. Hier hatte Tim ihr vor gefühlten 100 Jahren einen Heiratsantrag gemacht.

Heute jedoch schreckte sie der Gedanke, klatschnass über völlig matschige Wege an den vom Gewittersturm abgeknickten Pflanzen vorbeizuhasten, um schnell wieder ins Trockene zu kommen.

»Wo wir schon mal hier sind, können wir auch was für unsere Bildung tun und durchs Museum bummeln. Ich war nicht mehr hier, seit ich in der vierten Klasse war.«

Tim hob die Hände als Zeichen, dass ihm alles recht war, und hakte seine Frau unter, als sie das Café verließen.

Wie sie Arm in Arm die breite steinerne Treppe des Museums emporschritten, mussten sie von Weitem wie ein glückliches Ehepaar wirken. Aber kein Museumsbesucher wusste, dass es, von dem gestrigen zärtlichen Moment mal abgesehen, ihre erste Berührung seit mindestens einem Monat war. Banu konnte sich nicht erinnern, wann sie sich zum letzten Mal geküsst, geschweige denn sich noch nähergekommen wären. Für Banu war es allerdings auch nicht so, dass Sex bedeutete, dass das Ehebarometer ganz automatisch auf »sonnig« stand. Dazu gehörte schon einiges mehr, das weit wichtiger war. Wie Tim dazu stand, wusste sie jedoch nicht.

Der stadtgeschichtliche Rundgang im Museum erstreckte sich über das gesamte erste Obergeschoss.

»Das da hinten müsste die Hammaburg sein.« Tim schob seine Frau zu dem detailgetreuen Nachbau von Hamburgs Keimzelle. Banu lächelte die Gedanken über ihre Eheprobleme weg und sagte: »Hamburgs Geschichte beginnt erst im 9. Jahrhundert. Da hatten meine Vorfahren in der blühenden Metropole von Konstantinopel bereits mehrere Kriege hinter sich.« Für Banu war Hamburg ihre Heimat. Ihr Vater war als Gastarbeiter nach Deutschland gekommen, als Banu sieben Jahre alt war. An ihr Leben in einem heruntergekommenen Vorort von Istanbul konnte sie sich kaum noch erinnern.

Das Highlight der Sammlung war wie bereits damals in den 70er-Jahren eine auf einer Stange aufgespießte Rekonstruktion eines Schädels, angeblich dem von Klaus Störtebeker.

Wie von einem Magneten angezogen, bewegte Banu sich auf die Nachbildung des Freibeuters zu, die aussah, als käme sie aus Madame Tussauds Wachsfigurenkabinett. Hinter sich hörte sie Tim hörbar seufzen. Nun hatte sie sich für den Geburtstag extra freigenommen und konnte trotzdem nicht mal für drei Stunden Abstand von der Arbeit gewinnen. Das dachte er mit Sicherheit.

»Ich gehe dann schon mal vor zum Hafen. Du kannst ja nachkommen, wenn du deinen Fall gelöst hast.«

Banu antwortete nicht, sondern ging zu einer Vitrine, in der Kopien von Dokumenten aus der Zeit von Klaus Störtebeker ausgestellt waren. Die altdeutsche Schrift war für sie kaum zu entziffern. Nur ab und zu sprang ihr ein Name ins Auge: Margarete von Dänemark, der Herzog von Holland, Simon von Utrecht.

Ihr Blick schweifte weiter zu einer Tafel, auf der die Namen von Mitgliedern der Vitalienbrüder, der berühmten Gruppe der Freibeuter um Störtebeker, aufgelistet waren.

Beim vorletzten Namen stockte Banu und las ihn wieder und wieder. Dann nahm sie ihr Handy aus der Hosentasche und tippte die Nummer der Mordbereitschaft 5 ein. Zweimal derselbe Namen im Zusammenhang mit der Legende um Klaus Störtebeker. Das konnte kein Zufall sein!

Nachdem der junge Mann seine große Brille abgesetzt und seine farbigen Kontaktlinsen herausgenommen hatte, war Stella geneigt zu glauben, dass sie nun tatsächlich mit Jan Domingo sprach.

Sie erwog einen Moment lang, Banu anzurufen, fand aber, dass sie auch alleine in der Lage war, den Verdächtigen zu verhören. Sie holte Armin aus dem Nebenraum hinzu.

»Möchten Sie Ihren Anwalt anrufen?«

»Ich bin mir sicher, dass mein Vater Ihnen mit Sicherheit bereits mit unserem Familienanwalt gedroht hat.« Jan warf Stella einen Blick zu, die seine Annahme mit einem Nicken bestätigte. »Aber ich möchte für mich sprechen. Da Dr. Baumann keine Ahnung von meiner Arbeit hat, würde er wahrscheinlich sowieso nicht in der Lage sein, mich kompetent zu vertreten.«

Stella zuckte mit den Schultern und tat betont gleichgültig. »Das müssen Sie selbst wissen. Sie sind schließlich volljährig.« In Wirklichkeit scharrte sie unter dem Tisch jedoch mit den Füßen. Sie hatte bereits nach ihrem ersten Gespräch mit Jan vermutet, dass er ihnen etwas verschwieg, was wahrscheinlich im Zusammenhang mit dem Mord an Henning Manteuffel stand. Da konnte sie einen Anwalt, der ihm ständig ins Wort fallen und ihn ermahnen würde, nicht zu viel preiszugeben, mit Sicherheit nicht gebrauchen.

»Gut, dann beginnen wir jetzt mit der Vernehmung.« Stella schaltete das Diktiergerät ein.

Jan holte tief Luft und sagte: »Zunächst einmal: Ich habe Henning Manteuffel nicht umgebracht. Ich war in der Mordnacht mit Lucie Terkhoff zusammen.«

Stella verzog keine Miene, obwohl sie von dieser Nachricht mehr als überrascht war.

»Vor einem meiner Interviews mit dem alten Mann hatte ich einen Ring entdeckt, der mir eigenartig vorkam. Ich habe ihn fotografiert und das Foto in verschiedenen Foren im Internet gepostet. In der Mordnacht rief mich dann jemand an, als ich gerade dabei war, mit Lucie intim zu werden, und erklärte mir, woher der Ring stammt und was für eine Bedeutung er hat.« Jan hielt inne.

»Und diese wäre?«, fragte Stella ungeduldig.

»Darauf komme ich gleich«, sagte Jan. »Ich schickte Lucie weg, da ich mich sowieso nicht mehr auf Sex hätte konzentrieren können, und überprüfte nochmals, ob meine Annahme richtig war.«

»Und diese wäre?«, fragte Stella noch eine Spur genervter. Sie hasste es, wenn sie den Leuten jede Information aus der Nase ziehen musste. Bei Jan Domingo war sie sich jedoch fast sicher, dass es Teil seiner Taktik war, um Spannung aufzubauen.

Jan ging über ihre Bemerkung hinweg. »Ich wusste, dass ich mir die Geschichte von Henning Manteuffel nicht nur aus dem Internet zusammensuchen konnte. Die ganze letzte Woche habe ich genutzt, um meine kleine Reise zu planen. Außerdem war ich ja noch auf seiner Beerdigung. Ich wollte mich vergewissern, dass das widerliche Schwein tatsächlich tot ist.«

Stella hatte lauter Fragezeichen im Kopf. Bisher hatten alle Henning Manteuffel als netten alten Herren bezeichnet, einen Gentleman alter Schule. Hier fand gerade ein Paradigmenwechsel statt, dem sie noch nicht folgen konnte.

Jan ließ Stella einen Moment Zeit, um die Widersprüche, die ihr auf der Stirn geschrieben standen, zu sortieren. »Henning Manteuffel war ein Nazi oberster Güte. Sein richtiger Name war Dr. Karl Liebig. Er war leitender Arzt einer Anstalt für Menschen mit Behinderung im Dritten Reich. Und, glauben Sie mir, unsere Vorstellungskraft reicht kaum aus, um sich die Dinge auszumalen, die er diesen Menschen angetan hat. Er ist verantwortlich dafür, dass sehr viele behinderte Menschen von Schloss Brandau aus in den sicheren Tod geschickt wurden.«

»Das kann gar nicht sein«, warf Stella ein. Sie merkte gerade, dass ihr das Verhör zu entgleiten drohte. »Henning Manteuffel war erst 20 Jahre alt, als der Krieg 1945 beendet wurde.«

»Es war alles gelogen«, sagte Jan Domingo triumphierend. »Dr. Karl Liebig wurde 1915 in Wismar geboren. Er hat sich zehn Jahre jünger gemacht, damit er unentdeckt seine falschen Geschichten erzählen konnte und keiner auf die Idee kam, dass er etwas mit den Gräueltaten des Dritten Reichs zu tun hatte.«

»Aber er sah wirklich nicht aus, als wäre er 95 Jahre alt!« Armin, der die ganze Zeit über geschwiegen hatte, schaltete sich nun in das Verhör ein.

»Das macht die erholsame Zeit im Naziparadies Bolivien. Wussten Sie, dass dort in manchen Gesellschaftskreisen Hitlers Geburtstag als Feiertag deklariert ist?« Jan lachte bitter.

Stella versuchte der Leitung des Verhörs erneut Herr zu werden. »Ich fasse zusammen: Sie haben anhand eines Rings herausgefunden, dass Dr. Henning Manteuffel in Wirklichkeit Dr. Karl Liebig, Psychiater im Dritten Reich, war. Davon abgesehen, dass wir natürlich alles nachprüfen werden, was Sie uns hier erzählen, habe ich nun doch noch einige Fragen. Was war das für ein Ring?«

Jan zog sein Handy aus der Tasche und zeigte ein Foto von einem auf den ersten Blick klobigen Ring, der jedoch eine sehr detaillierte feine Gravur aufwies. »Brandau, 17.03.1943«, las Armin vor.

»Dieser Ring war eines der Abzeichen des SS-Ahnenerbes.«

»War das nicht eine Gruppe von Wissenschaftlern, die sich zusammengetan hatten, um durch verschiedene Expeditionen und Untersuchungen die Überlegenheit des arischen Herrenmenschen wissenschaftlich zu untermauern? Später haben sie auch Menschenversuche an KZ-Häftlingen unternommen.«

»Da haben Sie aber in Geschichte gut aufgepasst, Frau Brandes«, sagte Jan Domingo mit einer Spur Bewunderung in der Stimme und fügte hinzu: »Gegründet wurde das SS-Ahnenerbe von keinem Geringeren als Heinrich Himmler höchstpersönlich. Dieser war ja bekanntermaßen eher vom Okkulten begeistert und hat durch das Ahnenerbe nach seinen Interessen geleitete Expeditionen finanziert bekommen wie zum Beispiel die Suche nach dem Heiligen Gral oder nach Atlantis.«

Stella gönnte sich einen Moment Pause, um die neuen Informationen in ihrem Kopf zu ordnen. »Dr. Karl Liebig scheint demnach im Dienste des SS-Ahnenerbes geforscht zu haben. Der Ring war also eine Art Abzeichen?«

»Ja, aber dieser Ring weicht mit seiner Darstellung der Irminsäule, die das Himmelsgewölbe stützt, noch mal von den Standardringen der Mitglieder ab. Es war eine ganz besondere Ehre, so einen Ring verliehen zu bekommen.«

»Und genau dieses geschah am 17. März 1943 in Brandau«, schlussfolgerte Stella. »Und dorthin führte sie also ihre kleine Reise?«

Jan nickte. »Ich wollte mir die damalige Anstalt, Schloss Brandau, ansehen und im besten Fall noch mehr über Dr. Liebig herausfinden. Und tatsächlich ist dort eine ständige Ausstellung zum Gedenken der Opfer des Dritten Reichs. Am 17. März 1943 hat Himmler Schloss Brandau besucht und seinen Freund, Dr. Karl Liebig, zu seiner hervorragenden Arbeit im Sinne des SS-Ahnenerbes gratuliert. In der Ausstellung war ein Foto von den Feierlichkeiten dieses Ehrentages zu sehen.«

»Konnten Sie auf dem Foto Henning Manteuffel erkennen?«

Jan blickte Stella direkt in die Augen. »Ohne Zweifel war der Mann auf dem Foto Henning Manteuffel. Sie erinnern sich doch an die lange Narbe? Sie war deutlich zu erkennen. Und auch die Gesichtszüge waren dieselben. Nur natürlich fast 70 Jahre jünger.«

Stella wäre gern im Erdboden versunken, wenn sich ein Loch aufgetan hätte. Dieser 18-jährige Abiturient hatte in kurzer Zeit deutlich mehr herausgefunden als die komplette Mannschaft der Mordbereitschaft 5. Eigentlich sollte sie dem jungen Mann danken.

Sie sagte jedoch: »Sie wissen, dass wir Sie dafür belangen können, dass Sie uns relevante Informationen vorenthalten haben?«

»Deshalb bin ich ja sofort, als ich aus Brandau zurückkam, zu Ihnen ins Präsidium gekommen. Ich möchte Ihnen gern helfen, den Fall aufzuklären.« In gespielter Demut schlug Jan Domingo die Augen nieder.

»Dann nennen Sie mir bitte Zeugen, die Ihre Anwesenheit in Brandau belegen können sowie den Informanten, der Sie in der Mordnacht angerufen hat. Mit Lucie Terkhoff werden wir natürlich auch sprechen müssen.«

Jan Domingo schob einen Zettel mit Daten in Richtung Stella über den Tisch. »Das habe ich alles bereits vorbereitet. Inklusive dem Bon für mein Haarfärbemittel«, sagte er ironisch.

»Gibt es sonst noch Informationen im Fall Dr. Henning Manteuffel, die in Ihrem Besitz sind?«

Jan Domingo schüttelte den Kopf. »Ich hätte natürlich gern noch mehr Arbeit für die Polizei erledigt und zum Beispiel herausgefunden, wer ihn umgebracht hat. Obwohl ich diese Person dazu nur beglückwünschen kann. Aber wie Sie ja wissen, ist meine Mutter hochschwanger und labil, und ich möchte durch mein Verhalten keine Frühgeburt provozieren. Deshalb habe ich meine Untersuchungen an diesem Punkt abgebrochen.«

Stella hatte den Eindruck, dass sie es zunächst einmal für heute bei dem Gespräch belassen sollte. Sie schaltete das Diktiergerät aus und sagte: »Ich denke, wir sind für heute fertig. Es wäre gut, wenn Sie sich zu unserer Verfügung halten würden, bis wir Ihre Aussagen nachgeprüft haben.«

Jan lächelte Stella entwaffnend an und stand auf. Nachdem er seine Jacke von der Garderobe genommen hatte, drehte er sich jedoch noch einmal um. »Finden Sie es nicht merkwürdig, dass Henning Manteuffel einer der Hauptmänner von Störtebekers Vitalienbrüdern gewesen war? Und dass seine Leiche ausgerechnet an dem Ort gefunden wurde, an dem Störtebeker gelebt und seinen Schatz vergraben haben soll?«

In diesem Moment klingelte das Telefon.

Seine Mutter hatte ihn nur ungläubig angesehen und ihn von oben bis unten gemustert, als er in der Tür stand. Dann hatte sie ihre Arme um ihn geschlungen und ihn so fest an sich gedrückt, dass er meinte, zwei Herzen schlagen zu hören. Das von seiner Mutter und das von seinem ungeborenen Bruder. Nach Luft schnappend ließ sie sich anschließend auf einer der unteren Treppenstufen nieder.

»Jetzt wird alles wieder gut, mein Schatz. Die Polizei wird dir nichts tun. Du hast doch nichts gemacht, oder?« Unsicher traf der Blick ihrer blauen Augen die seinen.

»Beruhige dich, Mama. Ich war eben schon bei der Polizei und habe alles gesagt, was ich weiß. Sie haben mich von ihrer Verdächtigenliste gestrichen. Zumindest vorerst.«

Nina Domingo stand auf und ging in die Küche. Jan folgte ihr.

Als er Lucie sah, war er nicht einmal überrascht. Zu gut passte seine blasse Freundin in die schwarze Küche mit dem bleichen italienischen Marmor und den chirurgisch glänzenden Edelstahlgeräten. Als sie von einem der Barhocker aufstand und auf ihn zuging, trafen ihn jedoch die unterschiedlichsten Emotionen mit voller Wucht. Er wollte sie umarmen und küssen, weil er sie vermisst hatte, er wollte sie wegstoßen, da sie ihn hintergangen hatte, weil sie hierhergekommen war. Er tat nichts von alledem und drehte sich zu seiner Mutter um.

»Tut mir leid, Jan, aber ich habe es nicht mehr ausgehalten. Ich wusste nicht, wo du bist und warum du weggegangen bist. Du hast gesagt, dass du heute Morgen ankommen würdest, aber du hast dich nicht gemeldet. Das ist ganz schön hart, wenn man jemanden liebt.« Lucie fasste Jan am Ärmel.

Aus den Augenwinkeln sah er, wie seine Mutter sich eine Träne von der Wange wischte. »Dann habe ich gedacht, ich wende mich an die einzige Frau, der es genauso gehen könnte.«

Unsicher blickte Jan zu seiner Mutter, aber die nickte stumm. Sie tat natürlich vor Lucie so, als würde sie ihm nicht übel nehmen, dass er eine Freundin hatte. Vielleicht war sie auch froh darüber, dass er nicht schwul war. Das wäre ein gefundenes Fressen für ihre Freundinnen gewesen.

Es widerstrebte ihm in diesem Moment, aber er musste Lucie für ihren Mut bewundern. Er hatte die kleine blasse Person unterschätzt und wahrscheinlich auch ihre Gefühle für ihn. Er musste dankbar für die Zuwendung eines so mutigen Mädchens sein. Zögerlich legte er ihr den Arm um die Schultern.

»Und nun setzen wir uns aufs Sofa und du erzählst uns alles.« Das Leder machte ein quietschendes Geräusch, als Nina Domingo sich auf die Couch fallen ließ.

Natürlich hatte Jan sich schon eine Version für seine Eltern zurechtgelegt. Es war eine ganz vereinfachte Zusammenfassung der Ereignisse, ohne wirklich viel zu verraten.

Nina Domingo reichte es, zu wissen, dass er für die Mordnacht ein Alibi hatte. Über diese Erleichterung entglitten ihr die weiteren Informationen völlig und sie war mit seiner Geschichte zufrieden.

Lucies Blick entnahm er, dass er bei ihr ins Detail gehen musste. Sie kannte Henning Manteuffel durch die Befragungen und war dabei gewesen, als der Informant Jan in der Mordnacht angerufen hatte.

»Ich habe Papa bereits angerufen. Er hat gesagt, du sollst auf keinen Fall mit der Polizei sprechen, ohne vorher Kontakt zu Dr. Baumann aufgenommen zu haben. Aber du warst anscheinend schneller.« Nina wischte sich einen imaginären Krümel von der Seidenbluse.

Jan rollte mit den Augen. Seine Mutter fing an, ihm auf die Nerven zu gehen. Er hatte schon immer ein schwieriges Verhältnis zu ihr gehabt. Sie war noch relativ jung, als sie schwanger geworden war, und vielleicht überfordert gewesen. Ziemlich schnell hatte sie gemerkt, dass das, was anderen kleinen Kindern gefiel, nicht auf ihren Sohn übertragbar war. Dennoch hatte sie auf bestimmte Dinge bestanden und damit ihrer beider Zeit verschwendet, indem sie ihm Kinderbücher vorgelesen hatte. Er hatte sich als Dreijähriger nicht anders zu helfen gewusst, als sich die Ohren zuzuhalten. Niedliche Bären- und Hasen-Geschichten hatten ihn nie interessiert. Dennoch hatte seine Mutter ihm weiter vorgelesen, bis er sich nach seinem vierten Geburtstag das Lesen selbst beigebracht hatte. Wenn seine Eltern schliefen, war er ins Wohnzimmer geschlichen und hatte sich den »Spiegel« aus dem Altpapier geholt. Er hatte zwar nicht alles verstanden, was in dem Magazin stand, aber ziemlich schnell kapiert, dass das wahre Leben viel interessantere Geschichten schrieb als in den schlecht gezeichneten Bilderbüchern seiner Mutter. Ein Schlüssel zu spannenderen Geschichten war Else. Else hatte erkannt, dass der Junge mehr brauchte als Winnie Puhs Gejammer über leere Honigtöpfe. Denn die Geschichten, die Else erzählte, waren real.

Jan empfand eine Art von Zuneigung für seine Mutter, denn sie hatte ihn großgezogen, aber Liebe, glaubte er, war es sicherlich nicht. Was hatte sie schon im Leben erreicht, außer sich dreimal schwängern zu lassen? Sie hatte nie gearbeitet und auch nicht das Bedürfnis, es jemals zu tun. Jans Vater war Bauingenieur. Er verdiente ziemlich gut, war so gut wie nie zu Hause und fand es offenbar toll, seine Frau zu Hause zu wissen. Nina Domingo gab zwar immer an, zu Hause bleiben zu müssen, da Jan nicht wie andere Kinder war. Aber er wusste, dass sie es genoss, alle sehen zu lassen, wie wohlhabend sie waren und dass sie keinen Finger krummmachen musste.

Für seine Mutter wünschte er sich, dass sein kleiner Bruder ein Kind war, das ihre Geschichten und ihr Dasein als Königin im Bienenstock würdigte.

»Ich habe nichts gesagt, was mich in Schwierigkeiten gebracht hat.« Er wartete einen Moment, um sicher zu sein, dass er seine nächste Bemerkung auch richtig platzierte. »Und jetzt würde ich gern mit meiner Freundin allein sein.«

Jans Mutter machte ein Gesicht, als hätte sie Zahnschmerzen. Jan stand auf und ergriff Lucies Hand. Dann zog er sie hinter sich her die Treppe hoch in sein Zimmer und schloss die Tür von innen ab.

Lucie sah ihm in die Augen und fuhr mit dem Zeigefinger die Linien seines Mundes nach. »Du bist mir doch nicht böse, oder?«

Als Antwort beugte er sich vor und verschloss ihren Mund mit einem fast brutalen Kuss. Ihn erregte der Gedanke, dass sie durch sein Verschwinden so aufgewühlt gewesen war, dass sie ihre Beziehung öffentlich gemacht hatte. Und ihn erfreute noch mehr, dass seine Mutter quasi live dabei war und nichts dagegen unternehmen konnte, während er seine Unschuld an ein für sie wahrscheinlich nicht passendes, unscheinbares Mädchen verlor.

Demonstrativ zog er sein Handy aus der Hosentasche und stellte es vor ihren Augen auf lautlos. »Wo haben wir noch mal beim letzten Mal aufgehört?«, flüsterte er Lucie ins Ohr und schob seine Hand unter ihr T-Shirt.

3. JANUAR 1940

Liebes Tagebuch,

Dr. Liebig hat vom Fenster aus gesehen, wie Friedrich mir im Gemüsegarten einen Zettel zugesteckt hat. Darauf stand in sehr ungelenker Schrift und mit vielen Fehlern, dass er mich liebt und sich unbedingt mit mir treffen muss. Als ich sah, dass sich hinter der Gardine an seinem Fenster etwas bewegte, habe ich den Brief in viele kleine Teile zerrissen.

Als Dr. Liebig mich wie fast jeden Tag abends zu sich rief, fragte er mich, ob ich nicht doch einen Freund hätte. Ich verneinte. Dann sagte er, ich solle sagen, dass ich nur ihn lieben würde, dann würde er mir glauben. Nachdem ich das gesagt hatte, schüttelte er den Kopf und meinte, das würde ihm doch noch nicht reichen. Ich müsse jetzt etwas machen, das ihm besondere Freude machen würde, damit er nicht mehr an mir zweifeln müsse. Was dann passierte, kann ich nicht aufschreiben, denn ich weiß keine Worte dafür. Aber ich habe es getan. Ich hätte alles getan, um Friedrich zu schützen. Aber ich muss die Beziehung zu Friedrich beenden, denn er ist in großer Gefahr!

28. FEBRUAR 1940

Liebes Tagebuch,

während ich dies schreibe, laufen mir die Tränen über das Gesicht.

Friedrich ist weg! Wenn wir doch bloß vorsichtiger gewesen wären!

Dabei begann der Tag so schön. Dr. Liebig hat mich heute nicht zu sich bestellt. Schwester Karla sagte, er müsse die Akten durchgehen und deshalb gäbe es heute keine Untersuchungen. Ich war so erleichtert, denn ich glaube, dass er mir neulich eine Rippe gebrochen hat. Ich bekomme seitdem schwerer Luft. Immer wenn er sich jetzt auf mich draufIegt, habe ich das Gefühl zu ersticken.

Kurz nach 11 Uhr mussten wir alle in den Speisesaal. Niemand wusste warum. Alle Ärzte saßen an einem großen Tisch und wir hatten uns in einem Halbkreis aufzustellen. Dann sagte Dr. Liebig, dass viele unserer Schwestern und auch Ärzte nun an der Front mithelfen und deshalb die Patientenanzahl auf Schloss Brandau verringert werden müsste. Einige Kranke würden in die Heil- und Pflegeanstalt Brandenburg umziehen. Dann begann er die Namen derer aufzurufen, die fortgebracht würden.

Innerlich betete ich die ganze Zeit, dass er den einen Namen nicht nennen würde. Aber er tat es!

Friedrich trat mit gesenktem Kopf vor und stellte sich in die Reihe derer, die Schloss Brandau zu verlassen hatten.

Meine Beine wurden weich und mein Brustkorb schien auf einmal ganz eng. Dann sah Friedrich mir genau in die Augen und dieser Blick war wie ein Versprechen. Wir würden uns wiedersehen.

Dr. Liebig sagte, dass die Busse in einer Stunde kommen würden und die Aufgerufenen nur ihre Sachen packen müssten.

Wie gerne hätte ich mich von Friedrich verabschiedet, noch einmal durch sein Haar gewuschelt oder sein Grübchen mit den Fingerspitzen berührt, aber drei Schwestern führten die Gruppe aus dem Raum zu den Schlafsälen, und wir gingen in die andere Richtung, um unsere täglichen Arbeiten zu verrichten. Als ich an Dr. Liebig vorbeiging, lächelte er mir zu, aber es war kein freundliches, sondern ein kaltes Lächeln. Da wusste ich, dass er die Bewohner ausgesucht hatte, die gehen mussten.

Als ich ein Motorengeräusch hörte, sah ich aus dem Fenster der Wäschekammer auf den Hof hinaus. Zwei graue Busse parkten dort unten.

Und dort stand auch Friedrich und hielt einen kleinen Koffer in der Hand. Mein Friedrich, der von seinem eigenen Vater zum »unwerten Leben« gestempelt worden war! Ich rief seinen Namen, aber er hörte mich nicht. Da griff ich mir ein weißes Geschirrhandtuch, das ich gerade aus der Waschmaschine geholt hatte, und winkte damit aus dem Fenster, bis mir der rechte Arm wehtat. Aber Friedrich blickte nicht nach oben. Liebes Tagebuch, ich hoffe, dass Friedrich in der Anstalt Brandenburg gut behandelt wird und dass ihm niemand wehtut, denn er ist so empfindsam. Ich werde ihn immer lieben und sehne mich nach dem Tag, an dem wir uns wiedersehen werden. Bis dahin will ich aushalten!

15. MÄRZ 1940

Liebes Tagebuch,

ich werde Friedrich nie wiedersehen, denn er ist tot!

Ich sollte heute neue Namensschilder in die Kleidung nähen. Obwohl Dr. Liebig gesagt hatte, dass wir auf Schloss Brandau weniger Kranke haben werden, sind doch noch neue hinzugekommen. Manche Patienten sterben hier und brauchen ihre Kleidung nicht mehr. In der letzten Zeit passiert das häufiger. Die Hemden und Hosen werden dann an die Neuen weitergegeben.

Ich bekam einen ganzen Schwung gebrauchte Kleidung und trennte erst mal die alten Namensschilder heraus. Und dann sprang mir der Name entgegen: Friedrich von der Lohenbrügge. Warum lag seine Kleidung bei denen der Toten? Und dann tat ich etwas, was ich noch nie getan habe. Ich ging zu dem Zimmer von Dr. Liebig und klopfte an seine Tür. Denn ich musste Gewissheit über Friedrichs Schicksal haben.

Dr. Liebig sah ziemlich erstaunt aus, als er mich sah, er schloss auch schnell die Tür hinter mir. Dann sagte er, dass er sich freuen würde, dass ich nun schon zu ihm komme, ohne dass er nach mir rufen müsse. Dann scheine mir die Zeit mit ihm ja gut zu gefallen. Ich antwortete nicht darauf, sondern fragte geradeheraus, wo Friedrich sei und dass ich seine Kleidung gefunden hätte. Dr. Liebig lächelte wieder dieses kalte, tote Lächeln und sagte, dass Friedrich nicht mehr auf dieser Welt sei. Er wäre in der Anstalt Brandenburg vergast worden. So wie die anderen auch, die in die Busse gestiegen waren. Er sagte, dass deren Leben nichts wert sei und es viel zu teuer sei, sie weiterhin durchzufüttern. Es sei wichtiger, mit dem Geld die Soldaten an der Front am Leben zu erhalten. Ich brach in Tränen aus. Er schlug mir mit der Faust ins Gesicht und sagte, ich solle aufhören zu heulen. Und ich solle ja kein Wort darüber verlieren, denn sonst seien Albert, Klara und Terese die Nächsten, die abgeholt würden. Dann drang er noch brutaler als sonst in mich ein. Aber ich fühlte heute keine Schmerzen.

27. MÄRZ 1940

Liebes Tagebuch,

ich weiß nun, was ich tun muss. Bisher habe ich darauf vertraut, dass Gott mir helfen würde. Aber er hat es nicht getan. Friedrich ist tot und das Schicksal meiner Freunde liegt in meinen Händen. Mehrfach hat Dr. Liebig gesagt, dass er ihnen nichts tun würde, wenn ich immer willig wäre und auch manchmal Dinge tun würde, die brave Mädchen nicht täten.

Aber so kann es nicht weitergehen. Ich habe ständig Angst, etwas Falsches zu tun und so Klara, Albert und Terese zum Tode zu verurteilen. Warum darf ein Mensch so viel Macht über andere haben?

Liebes Tagebuch, du weißt, dass ich bereits daran dachte, mich umzubringen. Aber wenn ich das täte, würden meine Freunde sofort auf Dr. Liebigs Liste stehen. Also ist er es, der sterben muss!

Ich habe einen Plan. Wenn ich Küchendienst habe, werde ich ein kleines scharfes Messer stehlen. Die Taschen der Kittel sind groß genug, dass man es darin verschwinden lassen kann. Und bei der nächsten Gelegenheit werde ich ihm die Kehle damit durchschneiden. Ich darf nur keinen Fehler machen, aber ich hasse ihn so sehr, dass es mir nicht schwerfallen wird, zuzustechen. Da ich ihm versprochen habe, alles zu tun, was er von mir verlangt, wird er auch völlig ahnungslos sein!

4. APRIL 1940

Liebes Tagebuch,

eben sind Albert und Klara abgeholt worden, um mit den anderen Kranken vergast zu werden. Denn ich habe versagt.

Zuerst lief alles so, wie ich es mir überlegt hatte. Ich hatte bereits am Montag das Messer aus der Küche gestohlen und es so lange unter der Matratze versteckt, bis der richtige Moment gekommen war.

Als ich heute Morgen zur Untersuchung kommen sollte, habe ich es wieder in die Tasche meines Kittels gesteckt und bin zu Dr. Liebig gegangen.

Aber ich war so aufgeregt, dass meine Hände ganz nass vor Schweiß waren. Als er begann, meinen Kittel aufzuknöpfen, griff ich nach dem Messer, aber es rutschte mir aus der Hand. Ich bekam es zwar wieder zu fassen, schaffte es aber nur, es Dr. Liebig über die Wange zu ziehen, bevor er es mir aus der Hand schlug.

Es ist zwar ein langer Schnitt, aber auf keinen Fall tödlich. Zu meinem Entsetzen lachte er, als ihm das ganze Blut über die Wange lief. Er befahl mir, es abzulecken. Er sagte, ich wäre doch für Überraschungen gut. Er müsse mich aber bestrafen, denn ich hätte unsere Vereinbarung gebrochen. Albert wäre so zurückgeblieben, dass es ein Wunder wäre, dass er überhaupt noch leben würde. Er sei also barmherzig, wenn er Alberts Leben ein Ende bereiten würde. Es wäre sehr passend, da heute sowieso wieder Krüppel abgeholt würden.

Über mein Weinen und Flehen, er könne doch mich stattdessen töten, lachte er nur und sagte, das hätte ich mir früher überlegen sollen. Dann ging er aus dem Zimmer und schloss mich darin ein.

Ich lag die ganze Zeit auf dem Boden und weinte. Zwei Stunden später hörte ich, wie Busse auf den Hof fuhren. In diesem Moment kam Dr. Liebig wieder ins Zimmer und zwang mich, aufzustehen und aus dem Fenster zu sehen. Er sagte, er hätte noch eine Überraschung für mich. Und unter den Wartenden war nicht nur Albert, sondern auch Klara.

Dr. Liebig küsste mich zärtlich auf den Hals und flüsterte, dass Albert allein zu wenig gewesen wäre, um einen Mordversuch zu sühnen. Er hätte außerdem jedem erzählen müssen, dass er sich beim Rasieren geschnitten hätte, und lügen würde er ja nicht gerne. Dann sagte er, ich solle ihn anfassen, denn nach dem anstrengenden Tag wolle er sich jetzt entspannen. Ich tat alles, was er wollte, denn Terese konnte ich noch retten.

2. JUNI 1940

Liebes Tagebuch,

ich möchte nicht, dass einer von den Toten jemals vergessen wird. Deshalb verwende ich ab heute deine letzte Seite dazu, eine Liste anzufertigen, auf der die Namen der Menschen stehen, die von Schloss Brandau aus in die Tötungsanstalten gefahren wurden. Da ich nach wie vor die Kleidung wasche, ausbessere und alte Namensschilder heraustrenne, weiß ich genau, wie die armen Menschen hießen, die von Dr. Liebig in den Tod geschickt wurden.

Ich selber halte durch. Denn ich habe herausgefunden, dass es mir gelingen kann, meinen Geist und meinen Körper voneinander zu trennen. So kann ich machen, dass mein Geist meinen Körper verlässt, wenn Dr. Liebig mir Gewalt antut. Ich habe dann das Gefühl, dass ich von oben zusehe, wie er meinen Körper schändet. Aber ich empfinde nun weder Schmerz noch Scham dabei, obwohl Dr. Liebigs Vorlieben immer absonderlicher werden. Ich fühle mich seltsam unbeteiligt.

Neben seinen Quälereien führt er mit mir auch längere Gespräche. Eigentlich geht es dabei fast immer um sein großes Vorbild Klaus Störtebeker, von dem er meint, dass er mit ihm verwandt sei. Störtebeker soll seinen Goldschatz in Hamburg auf einem Berg mit Namen Falkenberg vergraben haben. Dort soll auch seine Burg gestanden haben. Wenn Dr. Liebig von Klaus Störtebeker spricht, wird er immer ganz fahrig und seine Augen bekommen einen merkwürdigen Glanz. Er sagt, dass das Gold für das Deutsche Reich wichtig wäre, denn es sei sehr viel Gold.

Heute hat er mir erzählt, dass er Mitglied in einer Gruppe sei, die Ahnenerbe heißt. Die Leute, die diesem Verbund angehören, würden nach verschwundenen wertvollen Dingen wie zum Beispiel dem Heiligen Gral suchen. Da seine Familie sehr wohlhabend sei, würde er diese Expeditionen mit viel Geld unterstützen.

Mich interessiert das Gerede von Dr. Liebig überhaupt nicht. Vieles davon scheint irres, dummes Zeug zu sein. Aber ich merke mir, was er sagt. Vielleicht kann ich ja irgendetwas davon mal gegen ihn verwenden. Denn mein Hass auf ihn wächst von Tag zu Tag.

ACHTES KAPITEL

Stella betätigte den Blinker und fuhr an der Ausfahrt Sanitz von der A 20 ab. Da die Klimaanlage ihres alten VW Passat schon seit Langem nicht mehr funktionierte, war ihr Top bereits völlig durchgeschwitzt. An der letzten Tankstelle hatte sie angehalten, sich Crushed Ice besorgt und es in ihren BH gestopft. Da sie seitdem aber auch schon wieder 45 Kilometer gefahren war, war das Eis geschmolzen und als lauwarmes Wasser ihren Bauch hinunter und in ihre Shorts gelaufen. Jetzt sammelte es sich auf dem Sitz.

In diesem Sommer war es ein ständiges Auf und Ab mit dem Wetter. Gestern noch kalt und regnerisch und heute bereits wieder um die 30 Grad.

Stürmisch war gestern allerdings nicht nur das Wetter gewesen. Als Banu abends gegen 18 Uhr ins Präsidium gekommen war, glich sie eher einer Gewitterhexe als der ruhigen und besonnenen Person, die sie eigentlich war.

»Es fehlt dir nur noch der Besen!«, hatte Stella bemerkt, als sie ihre triefende Regenjacke auf ihren Schreibtischstuhl geschleudert hatte. Banu wollte sich aber mit Wortgeplänkel nicht aufhalten, sondern kam gleich zur Sache: »Warum habt ihr mich nicht angerufen, als Domingo vor der Tür stand? Ihr wisst genau, wie wichtig es mir war, ihn zu finden!«

Stella zuckte mit den Schultern. »Du hast dir doch extra freigenommen und mir gesagt, wie absolut notwendig es ist, dass du heute bei dem Geburtstag deines Sohnes dabei bist.«

»Ach«, Banu wischte ihre Bemerkung mit einer Handbewegung weg. »Tim ist sowieso genervt, weil er jetzt allein mit der Meute Pommes und Würstchen essen muss. Insofern hätten die zwei Stunden auch nichts mehr daran geändert.« Sie klang bereits etwas ruhiger und ließ sich von Stella einen Kaffee in die Hand drücken.

»Da ihr diesen Teil aber nun leider versaut habt, hoffe ich, dass euer Verhör wenigstens einige unserer Fragen klären konnte.«

Stella berichtete kurz das Wichtigste und konnte die Gefühlsregungen auf Banus Gesicht genau nachvollziehen. So musste sie auch ungefähr ausgesehen haben, als Jan von Henning Manteuffels wahrer Identität berichtet hatte.

»Domingo ist also raus?«, fragte Banu.

Stella nickte langsam. »Jans Aussage wurde von dem Informanten bestätigt, der Jan in der Mordnacht die Informationen über den Ring gegeben hat. Und auch Lucie Terkhoff hat mittlerweile ausgesagt, dass sie in der Mordnacht mit Jan zusammen war. Armin ist gerade noch zu ihr hingefahren, um sie zu vernehmen. Jan hatte nicht gewollt, dass sie ihre Beziehung bekannt geben. Deshalb hat sie auch den Mund gehalten. Armin meint, sie wirkt glaubwürdig. Sie wollte gerade zu ihm aufbrechen. Anscheinend hat sie genug davon, nur im Verborgenen zu existieren.«

»Verständlich«, sagte Banu. »Irgendwie peinlich, dass ein gerade mal Volljähriger uns mit seinen Privatermittlungen so weit voraus war.« Banu schüttelte deprimiert den Kopf. »Was hatte denn der superschlaue Jan zu dem Zusammenhang zwischen einem Nazi-Arzt und einem Hauptmann von Klaus Störtebeker zu sagen?«

»Leider nichts. Nur dass er deutlich schneller darauf

gekommen ist, dass ein Zusammenhang überhaupt bestehen könnte. Warum haben wir das nicht bei der Internetrecherche zu Dr. Henning Manteuffel herausgefunden?«

Banu erwiderte: »Weil wir dies Armin haben machen lassen. Unser Bayer hat keine Ahnung von Störtebeker oder der Hanse oder sonst was aus der norddeutschen Geschichte. Dem einen Beitrag bei Google, dass Henning Manteuffel einer der Vitalienbrüder war, hat er keinen großen Wert beigemessen.«

Stella war zum Flipchart gegangen und zeigte mit dem Edding auf die Notiz »Hakenkreuz«. »Wenn Jan Domingos Aussagen tatsächlich stimmen sollten, können wir wohl davon ausgehen, dass das Hakenkreuz eher eine Kennzeichnung Henning Manteuffels als Nazi sein soll.«

»Der Täter wusste also demnach von seiner Vergangenheit«, führte Banu Stellas Gedanken fort.

Stella nickte. »Das passt zusammen.«

»Da wir nun fast all unser Wissen durch die Recherchen eines Abiturienten haben, machen wir am besten dort weiter, wo er abgebrochen hat. Jans Geschichte muss außerdem verifiziert werden. Ich würde sagen, du fährst morgen nach Brandau und versuchst, noch mehr über Dr. Liebig herauszufinden. Es könnte sehr gut sein, dass des Rätsels Lösung in seiner Vergangenheit liegt. Auch dass die Verbindung zu Klaus Störtebeker, falls es tatsächlich eine geben sollte, und die Namensgleichheit nicht nur Zufall sind.«

Und so saß Stella nun in ihrem Auto und fing an, sich in der Hitze auf den Kunstledersitzen aufzulösen.

Über booking.com hatte sie gestern Abend ein Zimmer in Brandaus einzigem Hotel gemietet, das nur einen kurzen Fußmarsch von Schloss Brandau entfernt sein sollte.

Mal wieder musste sie ihren Kater allein zu Hause lassen. Beim Abschied hatte sie ihm geschworen, ihm möglichst bald einen Kumpel zum Spielen zu besorgen.

Zu allem Überfluss hatte Viktor mindestens ein Dutzend Mal versucht, sie zu erreichen. Sie hatte die Anrufe allesamt weggedrückt. Es gab zwischen ihnen nichts mehr zu sagen. »Eigentlich hatte es das vorher auch schon nicht gegeben.« Stella wiederholte diesen Satz wie ein Mantra.

»In 100 Metern links abbiegen, dann halten Sie sich rechts«, schnarrte das Navi.

Als Stella durch einen kleinen, anscheinend namenlosen Ort fuhr, kam es ihr so vor, als würde sie gerade eine Zeitreise unternehmen. Es wirkte, als wäre es in der ehemaligen DDR Pflicht gewesen, die Häuser in einem schäbigen Braungrau zu streichen. Die wenigen Häuser, die die Straße säumten, waren das letzte Mal weit vor der Wende renoviert worden. Das Holz blätterte von den Fensterrahmen und die Gärten standen voll mit Sperrmüll. Stella meinte sogar, in einem der Vorgärten das Wrack eines Trabis auszumachen.

Kurz hinter der Ortsgrenze rottete ein lang gezogener LPG-Bau vor sich hin. Kein Mensch war auf der Straße und auch die Gärten schienen verlassen. Irgendwo bellte ein Hund und hinter einem halb verfallenen ehemaligen Gutshof grasten Pferde. Laut Navi war Brandau noch gut 20 Kilometer entfernt. Stella drückte aufs Gaspedal und das alte Auto machte einen erschrockenen Satz nach vorne. Sie wusste nicht allzu viel vom Leben in der DDR, aber sie wollte möglichst rasch wieder im Jahr 2010 ankommen.

Entgegen ihrer Befürchtungen erwies Brandau sich als kleiner schmucker Ort mit einigen restaurierten Häusern aus dem 18. Jahrhundert. Wie aus dem Nichts war das Dorf auf einmal am Ende einer langen Kastanienallee aufgetaucht.

Ein altes Backsteinhaus mit bunten Holzschnitzereien über dem Türsturz beherbergte das Hotel »Zum Jäger«. Auf dem Parkplatz standen nur drei Autos, eines davon war ein alter Lieferwagen mit der Aufschrift »Priesmanns Obst und Gemüse – Qualität seit 50 Jahren«. Ein Mann um die 60 entstieg dem Ford Transit und winkte Stella zu sich. »Sie müssen die Hamburgerin sein. Mitten im Hochsommer verirren sich nicht so viele Leute nach Brandau. Die fahren lieber an die See.« Er wischte sich die schweißnassen Hände an seiner Latzhose ab und hielt ihr die rechte Hand hin. »Ich bin Albert von Güssow. Mir gehört das Hotel.« Stolz fügte er hinzu: »Es ist seit Generationen im Familienbesitz. Zu DDR-Zeiten war es kurz mal ein Ferienheim der FDJ, aber meine Familie hat es sich zurückgeholt.«

Stella bestätigte seine Annahme. Von Güssow nahm ihr die Tasche aus der Hand und trug sie die Treppenstufen zur Eingangstür. »Wir haben nur fünf Gästezimmer. Ich habe das schönste für Sie ausgesucht.« Albert von Güssow drückte Stella einen Schlüssel an einem schweren gusseisernen Anhänger in Form eines Geweihs in die Hand. »Frühstück gibt es ab acht Uhr morgens. Falls Sie heute Abend im Hotel essen möchten: Da wir nur so wenige Gäste haben, kocht meine Frau nur ein Gericht. Es gibt Wildschweingulasch mit Butternudeln und Salat.«

Stella versicherte, dass sie nichts lieber äße als Wildschweingulasch, und fügte unhörbar für ihren Gastwirt hinzu: »Vor allem bei der Hitze!« Dann verschwand sie auf ihr Zimmer, um zu duschen und das nächste Kleidungsstück anzuziehen, das sie durchschwitzen konnte.

Das schönste Zimmer des Hauses bestand aus einem schmalen Bett mit durchgelegener Matratze, einem Nachtschränkchen in Eiche rustikal mit einer Bibel in der Schublade und einem monströsen Kleiderschrank, in den mit Sicherheit alle Kleidungsstücke, die Stella überhaupt besaß, locker reingepasst hätten. In der Tat bot das Zimmer aber einen sehr schönen Ausblick auf den Dorfteich, auf dem sehr pittoresk ein Entenpärchen schwamm, und die kleine Kapelle von Brandau mit angrenzendem Friedhof.

Nichts wies darauf hin, dass hier in der Nähe behinderte Menschen gefangen gehalten und wahrscheinlich gedemütigt und gequält worden waren. Auf einmal fröstelte Stelle trotz der Hitze, sodass sie die Fensterläden schloss.

In Gedanken ging sie beim Duschen noch einmal die Informationen durch, die sie von Jan Domingo bekommen hatte. Sie war gespannt auf das Foto von Dr. Karl Liebig.

Als die Melodie von »Akte X« erklang, warf sie einen verwunderten Blick auf das Display ihres Handys. Sie hätte nicht damit gerechnet, hier überhaupt Empfang zu haben.

»Stella, bist du dran?« Banu hörte nur ein Rauschen in der Leitung. Sie beendete das Gespräch und wählte die Nummer ihrer Kollegin erneut. Dieses Mal konnte sie, zwar etwas undeutlich, aber unverkennbar, Stellas Stimme erkennen. »Tja, Banu, wir sind hier im Osten nicht ganz so auf Stand, was das Telefonieren mit Mobiltelefonen angeht. Ich hoffe, ich kann mir schnell ein Bild machen und dann sofort in die Zivilisation zurückkehren. Was gibt's? Ich dachte, du arbeitest heute nur bis mittags.«

»Ja, ich rufe auch von zu Hause an. Ich wollte nur sagen, dass wir den Ring haben. Nach langem Gezeter hat Frau Ellrath ihn rausgerückt. Gunnar hat ihn heute Morgen abgeholt.«

Banu war erleichtert gewesen, tatsächlich in diesem Fall einmal etwas Gegenständliches in Händen halten zu können. Andächtig, aber auch mit einem gewissen Ekel hatte sie mit der Fingerkuppe über die Inschrift und die Gravur gestrichen.

Stella seufzte vernehmbar am anderen Ende der Leitung. »Aber er verrät uns leider nicht, wer der Mörder ist.«

Banu lächelte. »Genau deshalb bist du ja jetzt im Niemandsland. Trau dich nicht ohne neue Erkenntnisse nach Hause.«

Nachdem sie das Gespräch beendet hatte, deckte Banu den Tisch für das Mittagessen. Da Tim an allen anderen Tagen der Woche kochte, war sie samstags meistens mit der Zubereitung des Essens dran. Es gab einen einfachen türkischen Eintopf mit gehacktem Lammfleisch, viel Knoblauch und Auberginen. Dieses Gericht hatte Banu schon so viele Male gekocht, dass sie es im Schlaf konnte. Sie rief ihre Familie zu Tisch und schmeckte den Eintopf schnell noch mit einer Prise Cayennepfeffer ab.

»Nicht so scharf, Anne!« Der lockige Schopf ihrer zwölfjährigen Tochter Merve erschien in der Tür. Obwohl sie zu Hause seit Jahren ausschließlich Deutsch sprachen, hatte Merve es beibehalten, Banu mit dem türkischen Wort für »Mama« anzusprechen.

Als Banu mit Merve schwanger gewesen war, hatte sie viel über zweisprachige Erziehung gelesen. Demnach sollte sie mit Merve nur Türkisch reden und Tim nur Deutsch. Dieses Modell hatten sie genau zwei Jahre durchgehalten. Obwohl Tim nie etwas gesagt hatte, hatte Banu das Gefühl, dass es ihm missfiel, die Wörter nicht verstehen zu können, die Banu an ihre Tochter richtete. Ohne dass sie es ausführlich thematisiert hätten, ging Banu immer öfter dazu über, mit Merve ebenfalls Deutsch zu sprechen. Als Merve vier Jahre alt war, beschränkte sich ihr Türkisch auf einige wenige Vokabeln und Redewendungen. Kurz darauf stand die Schulwahl an. Tim und Banu sahen sich viele Grundschulen in der Umgebung ihrer Wohnung an, entschieden sich aber einvernehmlich für eine Schule mit türkisch-bilingualem Zweig, die nicht gerade wohnortnah war. Aber Tim fand es genauso wichtig wie Banu, dass ihre Tochter sowohl seine als auch Banus Muttersprache erlernte. Dass Can dann ebenfalls diese Schule besuchen würde, lag auf der Hand. Nun war Merve bereits in der siebten Klasse und sprach fließend Türkisch. Sie hatten ein Gymnasium gewählt, das Türkisch als Wahlpflichtfach und später als profilgebendes Fach in der Oberstufe anbot.

Merve fischte sich eine Gabel voll Hack aus dem Topf und kaute darauf herum. »Ist genehmigt«, sagte sie dann und setzte sich an den gedeckten Tisch.

Als Can und Tim die Küche betraten, hatte Banu sich gerade auf die Zehenspitzen gestellt, um die tiefen Teller, die in ihrem Haushalt nicht so häufig benutzt wurden, aus dem oberen Fach des Küchenschranks zu holen. Merve war ihr bereits über den Kopf gewachsen und der Orthopäde hatte sie neulich darauf aufmerksam gemacht, dass Can wohl auch recht groß werden würde. Bald würde sie in ihrer Familie die Kleinste sein.

Can drückte Banu einen Kuss auf die Wange. »Toll, dass du heute mal zum Essen da bist, Mama! Papa war gestern ganz schön sauer, als du einfach weggefahren bist.«

»Ach ja, war er das?« Banu warf einen strafenden Blick in Richtung Tim. Sie fand es nicht gut, wenn ihr Mann in Gegenwart der Kinder sein Missfallen über ihren Job und ihre leider damit verbundene häufige Abwesenheit äußerte.

»Wollen wir heute noch etwas unternehmen?« Tim hielt

ihrem Blick stand, versuchte aber, dennoch das Thema zu wechseln, um den Konflikt bei Tisch abzuwenden.

»Oh ja, wir können ins Kino gehen. Ich will ›Für immer Shrek‹ sehen«, quietschte Can.

»Das ist doch was für Babys«, stöhnte Merve.

Banu schüttelte den Kopf. »Bei dieser Hitze ins Kino zu gehen, halte ich sowieso für keine gute Idee. Wollen wir heute Abend nicht lieber noch ein bisschen spazieren gehen, wenn es abgekühlt ist? Wir können auch zum Hafen fahren.«

Merve maulte: »Dann gehe ich lieber zu Valentina. Sie hat sich gestern die neue ›Twilight‹-DVD gekauft. Die wollen wir gucken.« Sie stand auf und trug ihren Teller zur Spülmaschine. »Ich bin satt.«

»Aber du hast ja kaum etwas gegessen, Merve.«

»War mir doch zu scharf.« Ihre Tochter ließ warmes Wasser über den Teller laufen, um die Tomatensoße abzuspülen.

»Gehen wir nun ins Kino?« Can blickte erwartungsvoll zwischen seinen Eltern hin und her. Er wollte sich noch nicht geschlagen geben.

Tim wuschelte ihm mit der Hand über den Kopf. »Wenn du heute noch dein Zimmer aufräumst, könnte es sein, dass ich bei Mama ein gutes Wort für dich einlege.«

»Na gut!« Can verschwand im Flur.

»Wenigstens du sorgst dafür, dass die Sonne morgen wieder scheint.« Banu räumte den Teller ihres Mannes ab.

»Setz dich noch mal bitte hin, Banu. Ich muss mit dir über etwas sprechen.« Da Tims Stimme ernst klang, hörte Banu damit auf, die Spülmaschine einzuräumen, und kam seiner Bitte nach.

»Ich möchte wieder anfangen zu arbeiten. Vor einiger Zeit habe ich eine Anzeige gesehen, dass eine Firma auf der

Veddel Chemielaboranten in Teilzeit sucht. Ich habe mich beworben und sie wollen mich nehmen.«

Banu schluckte trocken. »Warum hast du mir davon nichts erzählt?«

Tim verschränkte seine Finger ineinander. »Ich habe es zweimal versucht, aber du warst so in deine Arbeit vertieft, dass du nicht zugehört hast. Da habe ich aufgegeben.«

Banu schüttelte entschieden den Kopf. »Du kannst nicht arbeiten gehen. Die Kinder sind noch zu klein.«

»Merve ist zwölf Jahre alt! Banu, ich bin seit zwölf Jahren zu Hause und ich habe keine Lust mehr darauf, immer nur dir den Rücken freizuhalten. Das wird mit der Zeit doch recht unbefriedigend.«

»Aber Can ist doch erst sieben Jahre alt. Soll er so ein Kind werden, das immer seinen Haustürschlüssel dabeihaben muss, weil niemand da ist, wenn er nach Hause kommt?« Banus Stimme überschlug sich. Sie war den Tränen nahe. Es traf sie hart, dass Tim offen zugab, mit seinem Leben momentan nicht glücklich zu sein.

»Ich würde doch nur den halben Tag arbeiten. Von 9 Uhr bis 13 Uhr. Wenn die Kinder Schulschluss haben, wäre ich auf jeden Fall hier.«

Banu stand auf und schob ihren Stuhl unter den Tisch. Sie fühlte sich von ihrem Ehemann hintergangen. Sie war überrascht und gekränkt darüber, dass Tim nicht mit ihr gesprochen hatte, bevor er sich bewarb.

»Lass mich darüber nachdenken. Ich dachte immer, dass es dir Spaß macht, den Haushalt zu machen und für die Kinder da zu sein.« Eine Spur zu kalt fügte sie hinzu: »Aber da habe ich mich wohl geirrt. Aber nur, dass du es weißt: Ich kann meine Arbeitszeit nicht reduzieren, damit du dich verwirklichen kannst. Also kann ich dir hier im Haushalt auch nichts abnehmen.« Sie verließ die Küche und ließ Tim niedergeschlagen mit einem Berg dreckigen Geschirrs zurück.

Lucie und Jan gingen Hand in Hand um die Außenmühle. Lucie hatte das Gefühl, sie müsste vor Glück schreien. Es gab kein Versteckspiel mehr! Jan präsentierte sie der ganzen Welt als seine Freundin. Dass sie gestern das erste Mal miteinander geschlafen hatten, erschien Lucie da fast zweitrangig.

Ein Grinsen huschte ihr über das Gesicht, als sie an die Grimasse von Wencke dachte. Sie waren sich eben im Phönix-Center zufällig über den Weg gelaufen, denn Jan wollte noch Haarfärbemittel besorgen, damit zumindest die Haarfarbe in etwa wieder stimmte.

Lucie war stehen geblieben und hatte Jan einen leidenschaftlichen Zungenkuss gegeben. Hinter seinem Rücken hatte sie Wencke dabei ihren knallrot lackierten Mittelfinger gezeigt. Ihre einzige Sorge war, dass Wencke Jan vielleicht wegen seiner neuen Frisur nicht erkannt hatte. Weil sie aber nun mal so verliebt in Jan war, machte sie sich auch die allergrößten Sorgen darüber, dass Jan der Polizei gegenüber noch nicht alles erwähnt hatte, was er herausgefunden hatte. Sie hatte gestern bereits die halbe Nacht mit ihm darüber diskutiert und ließ auch jetzt nicht locker.

Außerdem war der Mörder von Henning Manteuffel noch auf freiem Fuß. Mit Sicherheit würde er Jan keine Blumen schicken, wenn er herausfand, dass er drauf und dran war, ihn zu überführen. Die beste Lösung wäre, dass Jan alles, was er wusste, der Polizei übergab und sich aus dem Ganzen raushielt. Lucie hatte sich vorgenommen, ihn so intensiv zu beschäftigen, dass er gar keine Zeit mehr dafür hatte, sich mit Rätseln zu befassen, deren Lösung nicht seine Aufgabe war.

Jan blieb stehen und sah Lucie aus zusammengekniffenen Augen an. »Du bist eine echte Nervensäge, Lucie. Irgendwas dürfen die beiden Damen von der Polizei doch wohl auch noch selber herausfinden.«

Lucie versuchte, eine möglichst strenge Miene aufzusetzen, was ihr nur zum Teil gelang. »Du verzögerst damit die Ermittlungen. Das ist strafbar!«

»Ich sehe mich eher als denjenigen, der die Ermittlungen vorangebracht hat. Du hättest die Blondine mal sehen müssen, als ich ihr all das serviert habe!« Er machte eine ausladende Handbewegung. »Nazis, Ahnenerbe, Himmler, Schloss Brandau. Sie war fast überfordert damit.«

»Aber warum hast du ihnen nichts von Josefine erzählt?«

»Weil ich mir noch nicht ganz im Klaren darüber bin, ob sie etwas mit dem Mord zu tun hat. Wenn ich das herausfinden würde, hätte ich eine absolute Bombenstory, die ich an alle möglichen Zeitungen verkaufen könnte. Meine Eintrittskarte für die Henri-Nannen-Schule.«

Lucie verdrehte die Augen. »Wenn du nicht vorher schon wegen Behinderung der Staatsgewalt belangt wirst.«

Jan ließ sich im noch taufeuchten Gras nieder und zog Lucie zu sich auf den Boden. Leider waren für das, worauf er gerade Lust hatte, entschieden zu viele Leute auf dem Wanderweg unterwegs. Er streichelte ihren Arm und sagte: »Wollen wir nicht irgendwo hingehen, wo weniger los ist?«

»Du lenkst ab, mein Lieber. Ich gehe mit dir nirgendwo hin, bevor du nicht zustimmst, dass du der Polizei auch den Rest erzählst.« Sie sah, wie er mit sich rang.

Durch ihre Gespräche gestern Nacht wusste sie, dass auch er mittlerweile Gewissensbisse hatte, weil er der Polizei nicht alles gesagt hatte. Zwar hielt er noch immer an seiner Geschichte fest, dass er die Mega-Story veröffentlichen wollte. Aber er wusste so gut wie sie, dass er sich bereits durch seine Arbeit mit den Zeitzeugen, die diversen Auszeichnungen der Schülerzeitung, die er gegründet hatte, und seine Mitarbeit an diesem Kriminalfall für die Journalistenschule qualifiziert haben musste.

»Du bist wirklich eine Nervensäge«, wiederholte er. »Wir können uns ja in der Mitte treffen: Ich rufe die Blondine an und erzähle ihr von Josefine. Meine Theorie, was sie mit dem Mordfall zu tun haben könnte, behalte ich aber für mich. Ich bin mir nämlich ziemlich sicher, dass ich eher herausbekomme, wer der Mörder ist, als die Polizei.« Der letzte Satz kam fast trotzig über seine Lippen.

Lucie seufzte erleichtert. Im Grunde war Jan doch auch nur ein Mann wie alle anderen. Sie drückte ihm einen Kuss auf die Wange. »Geht doch!«

Stella hatte nur für einen Moment die Augen schließen wollen und wachte drei Stunden später aus einem tiefen, aber keinesfalls erholsamen Schlaf auf. Sie sah auf die Armbanduhr und stieß einen Fluch aus. Es war nach 18 Uhr. Die Gedenkstätte Schloss Brandau hatte nun bereits seit einer Stunde geschlossen. Eigentlich hätte sie sich gleich auf den Weg machen müssen, nachdem sie angekommen war.

Stella wankte ins Badezimmer, drehte den Wasserhahn auf und spritzte sich kaltes Wasser ins Gesicht. Dann ließ sie es noch eine Weile über ihre Handgelenke laufen.

Kritisch musterte sie ihr Spiegelbild. »Da sind wohl noch einige Restaurationsarbeiten fällig«, murmelte sie und griff nach ihrer Kosmetiktasche.

Eine knappe Viertelstunde später war sie bereits auf dem Weg in den Speiseraum und steuerte den einzigen gedeckten Tisch an. Die alten, offenbar frisch abgezogenen Holzdielen knarrten. Zusammen mit den langen dunkelroten Vorhängen vor den Fenstern und den brennenden Kerzen auf den Tischen unterstrichen sie die Gemütlichkeit, die der Raum ausstrahlte.

Eine sehr alte Frau, die in der Ecke auf einem Schaukelstuhl saß und trotz der Hitze strickte, vollendete dieses Bild. Sie war in ihre Handarbeit vertieft und blickte nicht auf, als Stella an ihr vorbeiging.

»Guten Abend, Frau Brandes. Nehmen Sie Platz. Wir hatten uns schon gewundert, wo Sie bleiben.« Eine füllige Frau mit dünnen, dauergewellten Haaren, die sich als Astrid von Güssow vorstellte, erschien an ihrem Tisch und stellte eine Karaffe mit Wasser vor ihr ab.

»Ich musste leider noch arbeiten«, log Stella und zeigte auf die Tasche mit ihrem Laptop, die sie bei sich hatte. Es war ihr peinlich, dass sie den ganzen Nachmittag verschlafen hatte.

»So ein Schande, bei der Hitze. Sind Sie Schriftstellerin? Wir hatten hier schon mal eine Schriftstellerin zu Gast. Oder sind Sie Studentin? Hier kommen häufig Studenten her, um Arbeiten über Schloss Brandau zu verfassen.« Sie musterte Stella neugierig. »Aber dafür sind Sie eigentlich zu alt.«

Stella schluckte eine bissige Bemerkung herunter und hielt Astrid von Güssow ihren Ausweis unter die Nase. »Ich bin Polizistin und ermittle in einem Mordfall.«

»Das ist ja noch interessanter«, bemerkte die Gastwirtin und zog sich einen Stuhl heran, ohne dass Stella sie dazu aufgefordert hätte. »Eine Polizistin hatten wir hier noch nicht.«

»Aber ebenso wie die Studenten interessiere ich mich für Schloss Brandau«, sagte Stella. Astrid von Güssow schien eine recht aufgeschlossene Person zu sein. Da ihr Mann erwähnt hatte, dass das Hotel schon immer seiner Familie gehört hatte, wusste sie vielleicht einige Details aus der Geschichte der Gedenkstätte, die bei den Ermittlungen helfen konnten.

»Wie lange leben Sie schon hier?«, fragte sie.

Astrid von Güssow sah einem Falter zu, der in scheinbarer Todessehnsucht auf die Flamme einer flackernden Kerze zuflog. »Albert hat sich das Hotel kurz nach der Wende zurückgeholt. Natürlich musste das ganze Gebäude erst mal komplett renoviert werden. Sie können sich nicht vorstellen, wie das hier aussah.« Sie machte eine ausladende Handbewegung und rollte missbilligend mit den Augen. »Schließlich sind wir 1992 hier eingezogen. An unserem zehnten Hochzeitstag haben wir das Hotel wiedereröffnet!«

»War Schloss Brandau schon damals eine Gedenkstätte?«

Die Gastwirtin schüttelte den Kopf. »Nein, es stand noch eine recht lange Zeit leer. Die Gedenkstätte gibt es erst seit ungefähr fünf Jahren.«

Stella hatte im Internet einiges über Schloss Brandau gelesen. Nachdem zu Zeiten der DDR dort ein Erholungsheim für die FDJ untergebracht gewesen war, verfiel es nach der Wende und wurde schließlich von einem wohlhabenden deutsch-amerikanischen Ehepaar, Mr. und Mrs. Kellermann, günstig erworben. Da der Onkel von Mr. Kellermann zunächst Insasse von Schloss Brandau war und dann dem Euthanasie-Programm »T4« der Nazis zum Opfer fiel, hatten die Kellermanns viel Geld investiert und im Schloss eine Gedenkstätte errichtet. Schloss Brandau war mit ungefähr 200 Bewohnern unterschiedlichster Behinderungen zwar eine eher kleine Anstalt gewesen, aber sie erlangte traurige Berühmtheit dadurch, dass überproportional viele dieser Menschen den Tod in den Gaskammern von Tötungsanstalten wie Grafeneck oder Pirna-Sonnenstein gefunden hatten.

Astrid von Güssow sagte: »Wenn Sie etwas darüber wissen wollen, wie das Leben auf Schloss Brandau war, als die Nazis an der Macht waren, müssen Sie das alte Tinchen, meine Schwiegermutter, fragen.« Sie stand auf und ging zu der alten Frau im Schaukelstuhl. Schwerfällig erhob sich diese und kam, gestützt auf den Arm ihrer Schwiegertochter, an Stellas Tisch.

»Tinchen, das ist Frau Brandes. Sie ist von der Polizei.«

Tine von Güssow nickte Stella freundlich zu und ließ eine unvollständige untere Zahnreihe sehen.

Als ihre Schwiegertochter ihr von Stellas Anliegen berichtete, schien es Stella, als wäre ein Licht hinter diesen alten Augen entzündet worden. Lächelnd blickte die alte Frau Stella an. »Prächtig war das Schloss damals. Ich meine, vor dem Krieg«, sagte sie. »Viele Leute wohnten dort. Dann wurde es ein Irrenhaus.« Sie tippte sich an die Stirn. »Viele von den Insassen waren nicht ganz dicht, aber die Ärzte haben ihnen ja geholfen. Natürlich hatten wir alle nicht so viel wie vor dem Krieg.«

»Kannten Sie denn einige von den Ärzten?«, fragte Stella.

»Oh ja«, sagte Tinchen. »Viele der Ärzte und auch die Krankenschwestern haben hier manchmal zu Abend gegessen. Trotz des Krieges haben wir es immer noch geschafft, ein gutes Essen auf den Tisch zu bringen. Die Küche in der Anstalt war ja nicht so gut. Musste sie ja auch nicht sein. Die Behinderten sollten ja froh sein, dass sie überhaupt was zu essen bekamen.«

Stella biss sich auf die Lippen, um den Redefluss der Alten nicht zu stoppen, und lächelte. »Fallen Ihnen denn auch noch einige Namen ein?«

»Lassen Sie mich nachdenken.« Die alte Dame machte eine Pause und zählte dann an ihren Fingern ab. »Da waren

Dr. von Stein, Dr. Herpenitz und natürlich Dr. Liebig. An den kann ich mich am besten erinnern. Er war so ein gut aussehender Mann.«

»Bingo«, flüsterte Stella. Sie beglückwünschte ihre Gesprächspartnerin zu ihrem guten Gedächtnis und zog ein Foto von Henning Manteuffel aus ihrer Tasche. »Könnte das hier Dr. Liebig sein?«

Tine von Güssow nahm das Bild in die Hand und betrachtete es mit schief gelegtem Kopf. Dann drehte sie sich um und zeigte auf eine alte Fotografie, die an der Wand über dem Kamin hing. Es war eine junge, dunkelhaarige Frau darauf zu sehen, die ein weißes Pferd am Zügel führte. Die Frau lächelte gewinnend in die Kamera und das Pferd fixierte mit gespitzten Ohren einen Punkt, der oberhalb des Fotografen gewesen sein musste.

»Das bin ich in den 30-Jahren. Hätten Sie mich auf diesem Foto wiedererkannt?«

Stella musste zugeben, dass die alte Frau richtig vermutete.

»Ebenso wenig kann ich mit Gewissheit sagen, dass dies hier Dr. Liebig ist. Aber eine Ähnlichkeit ist zweifellos vorhanden. Natürlich ist da diese lange Narbe. Ich glaube, so eine Narbe ist selten. Dr. Liebig hat uns damals erzählt, er hätte sich beim Rasieren geschnitten.« Sie gab Stella das Bild zurück. »Wir haben damals neben dem Hotelbetrieb noch Pferde gezüchtet. Es wurden zwar viele für die Wehrmacht eingezogen, aber einige haben sie uns gelassen. Dr. Liebig hat sich häufig ein Pferd ausgeliehen und hat lange Ausritte unternommen.«

»Ich dachte, er wäre auf Schloss Brandau gewesen, um die Patienten dort zu therapieren. Aber aus Ihren Erzählungen entnehme ich, dass er jede Menge Freizeit hatte«, warf

Stella ein. Anscheinend hatte Dr. Liebig auf Schloss Brandau mehr das Leben eines Herzogs gelebt als das eines Arztes.

»Viele von denen waren ja verrückt. Man konnte unmöglich den ganzen Tag mit ihnen zusammen sein. Die waren schwer krank und konnten nicht geheilt werden. Wahrscheinlich war der Tod das Gnädigste für sie.«

Wie auf Knopfdruck erschien Astrid von Güssow wieder an Stellas Tisch und nahm den Arm der alten Frau. »Ist schon gut, Tinchen. Das ist ja nun schon so lange her. Frau Brandes hat jetzt bestimmt genug gehört.« Zu Stella gewandt sagte sie: »Bitte nehmen Sie ihr ihre Worte nicht übel. Nach dem Krieg ging es mit dem Hotel bergab. Deshalb sind die Tage vor und während des Krieges für sie die letzten schönen Erinnerungen.« Im Gehen begriffen, legte Tine von Güssow Stella die Hand auf den Arm und sah ihr fast flehentlich in die Augen. »Es war ja nicht alles schlecht, was der Hitler gemacht hat.«

Stella behielt ihre Antwort für sich.

17. MÄRZ 1943

Liebes Tagebuch,

Dr. Liebig will Geld in eine Ausgrabung stecken, die zum Ziel hat, den Schatz von Störtebeker zu finden. Er ist besessen von dieser Idee!

Gestern hatten wir auf Schloss Brandau hohen Besuch. Es kam Reichsführer SS Heinrich Himmler höchstpersönlich.

Am frühen Abend mussten sich alle Patienten und die Krankenschwestern im Saal versammeln und die deutsche Nationalhymne singen.

Himmler hielt eine sehr kurze Rede. Was sollte er auch viel sagen? Es wäre wohl vermessen gewesen, vor uns, dem Bodensatz des deutschen Volkes, von dessen Überlegenheit zu sprechen. Dann wandte er sich an Dr. Liebig, der einen dunklen Anzug anhatte, und lobte seinen Einsatz für das SS-Ahnenerbe. Er sagte, dass so viel Einsatz und Loyalität gegenüber dem deutschen Vaterland belohnt werden müsse, und zog ein kleines Kästchen aus seiner Uniformjacke, dem er einen Ring entnahm. Wir bekamen ein Zeichen, dass wir alle Beifall klatschen mussten, und Dr. Liebig steckte sich den Ring an den Finger. Dann ließ Heinrich Himmler eine Flasche Champagner öffnen und stieß mit Dr. Liebig an.

Bereits gestern hatte Dr. Liebig mir gesagt, dass Heinrich Himmler und er am Abend allein in seinem Zimmer speisen würden und ich die Bedienung übernehmen sollte, da die Küchenfrauen alle kein schöner Anblick wären. Er hatte für mich eine weiße Bluse, einen dunklen Rock und eine Schürze besorgt. Meine Aufgabe war, das Essen zu servieren und bereitzustehen, um Wein nachzuschenken.

Da ich von den beiden wie Luft behandelt wurde, sprachen sie auch miteinander, als wäre ich nicht im Raum. Es ging um nichts anderes als das SS-Ahnenerbe und die Ausgrabung am Falkenberg – und um den Schatz von Störtebeker. Tatsächlich hatte Himmler schon vor einiger Zeit jemanden dorthin geschickt, um das Gelände zu prüfen. Und der hatte angeblich eine Münze gefunden, die aus der Zeit Störtebekers stammen könnte. Es war also nicht alles Spinnerei gewesen!

Dr. Liebig sagte, dass er das Geld innerhalb des nächsten Jahres aufbringen würde. Und dass es ihm eine Ehre sei, dem SS-Ahnenerbe bei dieser so wichtigen Unternehmung zu helfen. Er selbst würde auch gern mitkommen. Heinrich Himmler sagte, er wüsste nicht, was dagegen spräche. Dr. Liebig solle Bescheid geben, wenn das Geld da sei, damit die Suche nach Störtebekers Schatz genau geplant werden könnte. Sie würden diesbezüglich in Kontakt bleiben. Dann hörte ich, dass ein Wagen auf den Hof fuhr. Heinrich Himmler verabschiedete sich mit »Heil Hitler!« von Dr. Liebig. Als er weg war, zog Dr. Liebig mich auf seinen Schoß und schenkte mir ein Glas Rotwein ein. Da ich noch nie Wein getrunken hatte, fühlte ich mich bereits nach den ersten Schlucken wie benebelt und ließ alles, was nun folgte, über mich ergehen.

NEUNTES KAPITEL, JULI 2010

Über Nacht hatte es sich abgekühlt. Als Stella aus dem Fenster schaute, sah sie Tau auf den Wiesen. Sie saß am Frühstückstisch und kippte bereits den dritten Becher Kaffee herunter. Von ihren Gastgebern war keine Spur zu sehen. Als Stella in den Speiseraum gekommen war, war der Tisch bereits mit Obst, Marmelade, Wurst, Käse, Brötchen und der lebensrettenden Kanne Kaffee gedeckt. Tine von Güssows Schaukelstuhl wurde von einer grau getigerten Katze besetzt. Anscheinend schlief die alte Dame noch.

Stella hatte gestern noch lange mit der Gastwirtin (»Nennen Sie mich Astrid«) zusammengesessen und auch Albert hatte sich später zu ihnen an den Tisch gesellt. Sie sprachen über die Situation des Hotels, das sich nicht alleine trug. Deshalb betrieb Albert noch einen Gemüsehandel im Nachbarort. Zwar war Schloss Brandau eine recht gut besuchte Sehenswürdigkeit, vor allem wenn die Tage kürzer wurden. Aber das allein reichte nicht.

»Wenn die dunkle Jahreszeit kommt, gedenken die Menschen ihrer Toten«, hatte Astrid gesagt.

Aber es kamen meist Tagestouristen, zum größten Teil aus Berlin mit einem Busunternehmen. Selten wurden Übernachtungen im Hotel »Zum Jäger« gebucht. Astrid und Albert hatten sogar schon einmal darüber nachgedacht, ein zweitägiges »Schloss-Brandau-Arrangement« anzubieten. Letztlich hatten sie sich jedoch dagegen entschieden, weil es ihnen zu makaber erschien. »Man sollte mit dem Andenken an die Toten kein Geld machen wollen.«

Tine von Güssow saß stumm in der Ecke und schlief gegen Mitternacht auf ihrem Schaukelstuhl ein. Albert nahm ihr das Strickzeug aus der Hand und legte ihr eine Decke über. »Irgendwann wacht sie wieder auf und geht ins Bett.«

Für Stella schien dies der richtige Zeitpunkt zu sein, aufs Zimmer zu gehen. Sie war zwar nicht sehr müde und hatte außerdem Sodbrennen von dem sahnigen Gulasch, aber sie wollte noch ihre Gedanken im Hinblick auf den anstehenden Besuch von Schloss Brandau sortieren.

»Schmeckt es Ihnen auch, Frau Brandes?« Astrid war von hinten an Stella herangetreten und Stella erschreckte sich so, dass ihre Kaffeetasse überschwappte. »Ja, vielen Dank. Kann ich Ihnen gleich den Zimmerschlüssel in die Hand drücken? Ich habe meine Sachen bereits im Auto.«

Sie verabschiedete sich von Astrid von Güssow, ließ ihren Passat aber auf dem Parkplatz des Hotels stehen, denn sie hatte das Gefühl, dass ein wenig Bewegung ihr guttun würde.

Janne stieg aus dem Bus und nahm ihr Käppi ab. Ein Schwall von langem Haar fiel über ihre Schultern. Die Abi-Abschlussfahrt nach Berlin war über weite Strecken eher langweilig gewesen. Die Lehrer hatten aber auch irgendwie alle keinen Spaß verstanden. Tatsächlich hatten sie darauf bestanden, dass alle Schüler um 22 Uhr in der Jugendherberge waren. Und Alkohol war nur denjenigen erlaubt, deren Eltern eine Einwilligung abgegeben hatten. Und so hatte Janne abends ein Bier unter Aufsicht trinken dürfen. Das Allerschlimmste war allerdings gewesen, dass sie Bryan volle sieben Tage nicht gesehen hatte.

Janne holte ihr Handy aus ihrer Handtasche und wählte seine Nummer. Es sprang aber nur die Mailbox an. Daraufhin schrieb sie ihm eine SMS. »Heute um 21 Uhr am Falkenberg?« Nachdem sie die Nachricht abgeschickt hatte, dachte sie wieder an den Zeitungsartikel, den sie vorletzten Freitag gelesen hatte. Eigentlich wollte sie danach gleich zur Polizei gehen und aussagen, was sie in der fraglichen Nacht am Falkenberg gesehen hatte. Aber dann hätte sie vielleicht die Abi-Reise nicht mitmachen können. Und ihre Eltern hätten durch ihre Aussage vielleicht erfahren, dass sie sich dort regelmäßig mit Bryan traf. Wenn sie gewusst hätte, dass die Abifahrt so öde werden würde, wäre sie sofort zur Polizei gegangen. Vielleicht könnte sie die Bullen bitten, ihren Eltern nichts zu sagen. Sie war ja schließlich volljährig.

Aber es war ja noch nicht zu spät! Gleich morgen würde sie ihre Aussage machen. Heute musste sie sich erst mal erholen!

Hedi Carstens hatte die Hand auf den Arm ihrer Freundin Maria gelegt. Sie saßen am Esstisch in Maria Montgomerys Zweizimmerwohnung. Detlef Remscheidt, der Leiter der »Residenz Waldfrieden«, saß Maria gegenüber.

»Wir haben ja schon seit einer Weile darüber gesprochen, dass es bald an der Zeit sein wird für einen Umzug in den Pflegewohnbereich«, sagte er.

Maria nickte und Hedi antwortete für sie. »Dennoch fällt es Frau Montgomery schwer, diesen Schritt zu tun.«

Remscheidt lächelte Maria an. »Das geht allen unseren Bewohnern so. Aber ich versichere Ihnen, dass Sie eine sehr kompetente und freundliche Betreuung haben werden. Wir garantieren Ihnen natürlich immer noch genügend Privatsphäre und werden Sie nicht rund um die Uhr bewachen.«

»Und Sie sind sicher, dass im Pflegewohnbereich auch Fachkräfte arbeiten, die sich mit der besonderen Form von Frau Montgomerys Demenz auskennen?«, fragte Hedi besorgt.

Remscheidt räusperte sich. »Selbstverständlich. Wir sind in der ›Residenz Waldfrieden‹ medizinisch in jedem Bereich auf dem neusten Stand.«

»Dann musst du nur noch hier unterschreiben, Maria.« Hedi griff nach der Mappe, die Detlef Remscheidt während des Gesprächs immer weiter in die Mitte des Tisches geschoben hatte. Da Maria Montgomery keine Regung zeigte, drückte Hedi ihr Remscheidts Kugelschreiber in die Hand.

Hedi musterte den Leiter der Residenz. Natürlich war es ihm wichtig, dass die Zimmer im Pflegewohnbereich immer ohne Leerstand vermietet waren. Denn dieser Bereich war der, der der Residenz am meisten Geld brachte.

»Los, Maria. Herr Remscheidt muss jetzt weiterarbeiten. Er hat keine Zeit, den ganzen Tag mit dir hier rumzusitzen.«

Sehr zögerlich nahm Maria Montgomery den Stift in die Hand und setzte ihre Unterschrift unter das Dokument.

Hedi umarmte ihre Freundin und wischte sich eine Träne aus dem Augenwinkel. Auch für sie würde es eine Umstellung werden, wenn Maria nicht mehr direkt über ihr, sondern drei Häuser weiter entfernt wohnte. Es würde auch kaum noch möglich sein, weiterhin in der geselligen Runde mit Maria in der »Villa Sonne« abends Gesellschaftsspiele zu spielen. Die Bewohner im Pflegewohnbereich wurden sehr engmaschig begleitet, was ja auch gut war.

Hedi hoffte nur, dass ihr selber ein Umzug erspart bleiben würde. Sie wollte einen baldigen Umzug Marias nicht nur, weil die Demenz ihrer Freundin so schnell voranschritt, sondern auch weil sie selbst nicht mehr allzu lange zu leben hatte. Sie wäre froh, wenn sie zumindest die Sorgen um Maria so bald wie möglich abgeben könnte.

Detlef Remscheidt nahm die Mappe an sich und stand auf. »Dann ist ja alles gesagt. Das Zimmer wird für Sie hergerichtet und Sie können bereits in zwei Wochen umziehen. Selbstverständlich stellen wir Ihnen Personal für die Auflösung Ihrer Wohnung zur Verfügung.«

Nachdem Remscheidt gegangen war, hakte Hedi ihre Freundin unter und ging mit ihr auf den Balkon. »Komm, setz dich auf den Liegestuhl, Maria. Möchtest du etwas trinken?«

»Ja, ich nehme einen Sherry! Noch kann ich ja trinken, wann ich will!« Maria blinzelte Hedi zu.

Demenz und vor allem die Form von Demenz, die Maria hatte, war eine tückische Krankheit. Im Moment erschien Maria völlig klar. Das konnte sich aber innerhalb eines Augenblicks ändern.

Als Hedi mit dem Sherry und zwei Gläsern zurückkam, blickte Maria gedankenverloren auf die dunklen Baumwipfel des dichten Waldes.

»Du musst keine Angst haben. Wir werden dich alle besuchen kommen. Die Lundts, Agnes und ich.«

In diesem Moment drehte Maria sich mit einem Ruck zu Hedi um und sagte: »Aber Henning ist doch tot, oder?«

Die ganze Nacht über hatte Banu sich von einer Seite auf die andere gewälzt. Sie konnte nicht verstehen, wie ihr Mann auf der anderen Seite des Bettes so ruhig und fest schlief.

Der gestrige Abend war ziemlich grauenvoll gewesen. Natürlich hatte Can seinen Willen bekommen und sie waren in die U-Bahn Richtung Gänsemarkt gestiegen, um im Cinemaxx am Dammtor »Für immer Shrek« zu gucken. Tim und Banu hatten kein Wort miteinander gesprochen, nur Can hatte wie immer geredet wie ein Wasserfall. Irgendwann hatte aber auch er bemerkt, dass etwas nicht stimmte, und gefragt: »Seid ihr sauer auf mich?«

Der Film war eher mittelmäßig. So wie vierte Teile von großen Kinoerfolgen nun mal sind. Selbst über die wenigen gelungenen Witze konnte Banu nicht lachen und sie sah, dass es Tim genauso ging. Als sie wieder zu Hause waren, hatte Tim sich ins Wohnzimmer zurückgezogen, um Musik über Kopfhörer zu hören. Banu hatte erst die Kinder ins Bett gebracht und sich danach sofort selbst hingelegt.

Erst als sie gegen vier Uhr morgens den Vorsatz getroffen hatte, Tim vorzuschlagen, zu einer Eheberatung zu gehen, fielen ihr die Augen zu und sie glitt hinüber in einen unruhigen Schlaf.

Am nächsten Morgen weckte Merve sie mit der erfreulichen Nachricht, dass sie und »die kleine Nervensäge« auf dem Balkon den Frühstückstisch gedeckt hatten.

»Wir haben sogar Rührei gemacht und für Papa Schinken gebraten.«

Banu trat auf den Balkon und war angenehm überrascht davon, dass die Temperatur über Nacht um zehn Grad gefallen war. Es zogen sogar einige Schäfchenwolken über den Himmel, sodass sie die Markise gar nicht ausfahren mussten.

»Wie kommen wir denn zu dieser Ehre?«, fragte Tim.

»Can hat erzählt, dass ihr gestern Abend beide so traurig aussaht, dass wir dachten, wir muntern euch etwas auf.«

Tim drückte Merve einen Kuss auf die Wange.

»Lasst ihr euch scheiden?« Cans angsterfülltes Gesicht erschien in der Balkontür.

Banu wechselte einen erschrockenen Blick mit Tim. »Ach was. Wir sind nur wegen einer Sache anderer Meinung. Das ist man manchmal, wenn man verheiratet ist.«

Can seufzte erleichtert. »Dann ist ja gut.«

Als Merve in die Küche ging, um den frisch gepressten Orangensaft zu holen, flüsterte Tim Banu ins Ohr: »Wir müssen reden.«

Banu unterdrückte ein Gähnen und nickte. In diesem Moment hörte sie im Flur ihr Handy in ihrer Jacke klingeln.

Die Bezeichnung »Schloss« fand Stella für das etwas zu groß geratene Herrenhaus Brandau ein wenig übertrieben. Es war ein sandgelber, kastenförmiger Bau, dessen schlichte Architektur durch zwei Türme an beiden Seiten etwas aufgelockert wurde. Ein heller Kiesweg führte durch eine gepflegte Gartenanlage zum Haupteingang. Dem Reisebus auf dem Busparkplatz entstiegen gerade etwa drei Dutzend Männer und Frauen zwischen 70 und 90 Jahren.

Stella beschleunigte ihre Schritte, um möglichst vor der Reisegruppe am Eingang zu sein. Außerdem hatte es gerade angefangen zu regnen, und ihre leichte Strickjacke war nicht dazu gemacht, mehr als Nieselregen abzuhalten.

Im Foyer des Schlosses saß eine etwa 40-jährige Frau und lächelte sie an, als sie ihr Portemonnaie aus der Handtasche holte. »Offiziell nehmen wir hier keinen Eintritt. Wir würden uns jedoch über eine Spende freuen, damit wir die

Gedenkstätte auch für die nachfolgenden Generationen in diesem Zustand erhalten können.« Sie zeigte auf ein kastenartiges Gefäß, das an der Wand befestigt war. Stella nickte und steckte einen Zehneuroschein hinein.

»Alltag auf Schloss Brandau sehen Sie im Erdgeschoss. Im ersten Stock haben wir die Lebenswege von zehn Insassen nachgezeichnet, die in den Jahren von 1935 bis 1945 hier gelebt haben. Bitte folgen Sie der Beschilderung!«

Stellas Handy vibrierte in ihrer Jackentasche, aber sie holte es nicht raus. In den wenig erleuchteten Räumen mit den hohen Decken herrschte eine fast sakrale Atmosphäre, die sie nicht durch Benutzung elektronischer Geräte stören wollte. Langsam wanderte sie an den Wandtafeln und Fotografien vorbei, die die Behindertenanstalt kurz vor dem Krieg und während des Krieges zeigten.

Ein Foto zeigte einen völlig überfüllen Schlafsaal und fokussierte einen Jugendlichen mit Trisomie 21, der abwesend in die Kamera lächelte. Seine Kleidung war total verdreckt und er selbst bis auf die Knochen abgemagert.

Von Zeit zu Zeit waren Gruppenbilder vom Personal angefertigt worden, die gerahmt nebeneinander hingen. Auffällig war, dass es von Jahr zu Jahr immer weniger Personen wurden, die für Schloss Brandau tätig waren. Eine Bildunterschrift erklärte, dass Krankenschwestern und Ärzte im Krieg dringender gebraucht wurden als bei der Pflege psychisch kranker und behinderter Menschen. Für die Pflege der Schwerstbehinderten sowie die Küchendienste oder die Arbeit in der Wäscherei wurden Insassen herangezogen, die nur leichte Behinderungen hatten.

Konzentriert sah Stella in jedes Gesicht, das auf den Personalfotos zu sehen war. Und im Jahre 1940 wurde sie fündig. Auch wenn die Fotografie sehr grobkörnig war, konnte sie die lange Narbe gut erkennen. Dr. Karl Liebig stand in der hinteren Reihe mit sieben weiteren Ärzten, von denen fünf bereits auf anderen Gruppenbildern zu sehen gewesen waren. Er lächelte gewinnend in die Kamera und hatte die Hand auf die Schulter einer hübschen Pflegerin gelegt, die in der Reihe vor ihm stand. Auch auf den anderen Fotos bis zum Jahre 1944 war Dr. Liebig zu sehen. Die Pflegerin fehlte allerdings auf den folgenden Bildern. Stella fühlte, wie ihr Puls sich beschleunigte. Jan Domingo hatte recht. Endlich hatten sie eine Fährte!

Je weiter sie an den Exponaten entlangschritt, desto detaillierter und fassbarer wurde das Grauen, das sich hier abbildete. Stella blieb vor einer Kopie eines NS-Propagandaplakats von 1938 stehen, das einen behinderten Mann auf einem Stuhl zeigte. Daneben stand in roter Schrift: »60.000 Reichsmark kostet dieser Erbkranke die Volksgemeinschaft auf Lebenszeit – Volksgenosse, das ist auch dein Geld«. Stella schüttelte ungläubig den Kopf.

»Was Propaganda wie diese ausgelöst hat, können Sie auf diesem Foto sehen.«

Stella erschrak, als sie von einer alten Dame angesprochen wurde, die sie vorher nicht wahrgenommen hatte.

»Da sind die grauen Busse. Sie holen die Insassen ab und bringen sie zu den Tötungsanstalten.« Die Frau zögerte kurz, bevor sie fortfuhr: »Mein Onkel war einer von ihnen. Er hatte die Fallsucht, heute nennt man es Epilepsie. Man hat ihn von hier aus nach Grafeneck gebracht und dort wurde er vergast.«

»Das tut mir leid«, sagte Stella. Ihr fiel keine bessere Erwiderung ein.

Die Frau lächelte sie an. »Das ist nun schon so lange her. Aber es ist wichtig, dass wir nicht vergessen.«

Stella wies auf ein Detail auf der Schwarz-Weiß-Fotografie. »Jemand steht am Fenster.« Eines der Fenster im ersten Stock des Gebäudes war weit aufgerissen und eine Frau mit dunklen Haaren lehnte sich weit heraus und winkte mit einem weißen Tuch. »Ob sie gewusst haben, dass sie sterben würden?«

»Das kann man nicht mit Gewissheit sagen. Man hat ihnen erzählt, dass sie verlegt werden, und viele haben wohl mehr gehofft als geglaubt, dass dies auch stimmt.« Die alte Frau sah Stella durch dicke Brillengläser hindurch an. »Ich hoffe, dass Hans zu denjenigen gehört hat, die bis zum Schluss an das Leben geglaubt haben.«

Stella ging einen Schritt weiter zum nächsten Foto. Als sie sich nach der alten Dame umdrehte, war diese genauso geräuschlos verschwunden, wie sie erschienen war.

Offensichtlich kam aber auch, zumindest für das Personal, das gesellschaftliche Leben auf Schloss Brandau nicht zu kurz. Stella sah Fotos von einem Weihnachtsfest mit einem riesigen Tannenbaum, der fast bis an die Decke des Festsaals reichte. Die Belegschaft schien ausgelassen zu feiern, von den Insassen war keine Spur zu sehen.

Das nächste Bild zeigte eine große Versammlung im Festsaal. Es war genau das Foto, das Jan Domingo beschrieben hatte. Stella nahm nun doch ihr Handy aus der Tasche und fotografierte es. Im Zentrum des Fotos standen Dr. Karl Liebig und Heinrich Himmler in Uniform auf einer Art provisorischer Bühne im Festsaal. Die Bildunterschrift lautete: »Verleihung des Rings für besondere Verdienste im Geiste des SS-Ahnenerbes an Dr. Karl Liebig. 17.3.1943«. Ein weiteres Bild, was bei der Zeremonie aufgenommen worden war, zeigte eine Detailaufnahme von Dr. Liebig, wie er den Ring in die Kamera hielt. Die Narbe war überdeutlich zu erkennen. Da Stella aber Henning Manteuffel zu Lebzeiten nicht gekannt hatte, war sie auf Jans Beobachtungen angewiesen. Er hatte ausgesagt, den Ermordeten auf diesen Fotos wiedererkannt zu haben. Mit einem abschließenden Kommentar, der auf die Verwendung von Schloss Brandau vom Ende des Zweiten Weltkriegs bis zur Errichtung der Gedenkstätte hinwies, endete dieser Teil der Ausstellung.

Stella stieg die Treppen in den ersten Stocks hinauf. Vielleicht würde die Betrachtung der Einzelschicksale den Blick auf Dr. Karl Liebig erweitern oder es fand sich irgendein Hinweis, der den Arzt mit dem Freibeuter Klaus Störtebeker in Verbindung brachte.

Eine gute halbe Stunde später hätte Stella vor Freude schreien können, wäre dies der richtige Ort dafür gewesen. Sie verzog sich in eine der runden Nischen im Turm und wählte Banus Nummer.

Banu meldete sich beim zweiten Klingeln und Stella fand, dass sie ziemlich schlecht gelaunt klang. Wahrscheinlich hatte sie mal wieder Ärger mit Tim.

»Banu, ich habe Josefine!«

»Wo?« Sofort hatte sich die Stimmlage ihrer Kollegin verändert.

»Ihr Schicksal ist eines von denen, die in Brandau ausgestellt sind. Es gibt keinen Zweifel. Sie ist die Frau auf Manteuffels Foto.«

»Meinst du, dass sie tatsächlich heiraten wollten?«, fragte Banu.

Stella schüttelte heftig den Kopf, obwohl Banu diese Geste gar nicht sehen konnte. »Das wäre gar nicht gegangen. Sie war eine Epileptikerin. Sozusagen ein vermeintlich unwertes Leben. Niemals hätte ein angesehener Arzt wie Liebig sie heiraten können.«

»Was ist denn mit ihr passiert?«

»Sie wurde zwangssterilisiert und lebte seit 1936 hier auf Schloss Brandau. Josefine Rademacher hat das Kriegsende überlebt. Aber nur knapp. Im Dezember 1946 hat sie sich in einem Dorf nahe Rostock erhängt.«

Einen Moment herrschte Schweigen. Dann sagte Banu: »Gibt es Angehörige? Jemand muss doch sein Einverständnis gegeben haben, dass über Josefines Schicksal berichtet werden darf.«

»Tja, das rauszufinden wird dann wohl meine nächste Aufgabe sein. Ich melde mich wieder, sobald ich etwas weiß.« Als Stella das Gespräch beendet hatte, sah sie, dass ein Anruf auf ihrer Mailbox war.

»Eine Kleinigkeit habe ich bei unserem Gespräch noch vergessen, Frau Brandes. Josefine Rademacher ist die Frau, von der Henning Manteuffel behauptet hat, sie wäre seine erste Verlobte gewesen. Sie war Insassin auf Schloss Brandau, während Liebig dort tätig war. Unglücklicherweise hat sie sich nach dem Krieg erhängt. Sie hatte einen Bruder, Peter Bachmeier, er lebt in Schwerin.«

»Dieser kleine Blödmann«, zischte Stella.

Banu nahm dieses Mal die Treppen, um in den dritten Stock zu kommen. Der Pastitsio, den sie gestern Abend beim Griechen gegessen hatte, lag ihr noch immer schwer im Magen.

Tim und sie hatten gestern Nachmittag einen Versuch unternommen, sich auszusprechen. Can und Merve waren von Tims Mutter in Hagenbecks Tierpark eingeladen worden und somit bis zum frühen Abend unterwegs.

Nachdem Banu sich in Ruhe noch mal Tims Argumente angehört hatte, aber auch Gelegenheit gehabt hatte, ihre Bedenken zu äußern, hatten sie eine Art Waffenstillstand ausgehandelt. Tim nahm die ihm angebotene Arbeitsstelle an (wie sich herausstellte, hatte er den Vertrag bereits unterschrieben), verpflichtete sich jedoch, weiterhin die andere Hälfte des Tages den Haushalt zu schmeißen.

Banu hatte sich bei ihm für ihre ziemlich heftige Reaktion entschuldigt. Sie waren beide entsetzt darüber gewesen, dass die Kinder so viel von ihren Streitereien mitbekommen hatten. Die Idee mit der Eheberatung hatte Banu erst mal für sich behalten. Vielleicht würde es ihrer Beziehung guttun, wenn Tim mehr als nur den Haushalt schmiss. Außerdem würden sie in zwei Wochen in den Urlaub nach Dänemark fahren, was die derzeitigen Spannungen etwas lösen könnte.

Nachdem Banu eineinhalb Tage frei gehabt hatte, musste sie sich erst neu sortieren, um wieder in ihren Fall einzutauchen. Sie sah auf ihre Armbanduhr. Es war halb zehn. Stella müsste bereits auf dem Weg nach Schwerin sein. Sie hatte gestern noch Kontakt zu Peter Bachmeier aufgenommen und sich für heute mit ihm verabredet.

»Guten Morgen, Chefin«, sagte Gunnar gut gelaunt. »Auf deinem Platz steht schon ein Kaffee. Ich stelle auch noch ein Stück Kuchen dazu.«

Banu bedankte sich und guckte Armin fragend an, der ihr gegenüber an seinem Schreibtisch saß. Dieser zeigte stumm auf den Kalender, der neben dem Fenster stand und stimmte laut »Happy Birthday« an, als Gunnar mit dem Kuchen ins Zimmer kam.

Banu wusste nicht allzu viel über ihren Kollegen, nicht mal, wie alt er eigentlich war. »Ich bin heute 35 geworden«, klärte Gunnar sie auf.

»Und du siehst keinen Tag älter aus als 29.« Banu überlegte, dass sie hinter Thorsten Fock, der hoffentlich erst wiederkam, wenn der Fall Henning Manteuffel aufgeklärt war, die Älteste der Mordbereitschaft 5 war. Soweit sie wusste, war Armin 38 Jahre alt und Stella mit 33 Jahren das Küken.

Sie biss ein großes Stück von dem Apfelkuchen ab, als das Telefon klingelte. Armin sprach kurz, anscheinend mit der Hauswache, und kam dann zu ihr an den Schreibtisch. »Unten steht ein Mädel, Janne Winter. Sie hat angeblich in der Mordnacht etwas am Falkenberg gesehen. Ich hole sie ab.«

Banu wurde auf einmal hellwach. Da es an diesem Abend in Strömen geregnet hatte und sicher nicht viele Leute in der Heide spazieren gegangen waren, war sie nicht davon ausgegangen, dass sich noch Zeugen melden würden.

Umso überraschter war sie, als Armin eine junge Frau ins Vernehmungszimmer geleitete. Mit High Heels, Hotpants und einem engen T-Shirt mit dem Aufdruck »Bitch inside« machte sie nicht den Eindruck eines Menschen, der sich gern bei sintflutartigen Regenfällen im Freien aufhielt. Aber manchmal täuschte das Äußere auch.

»Sie wollen uns also etwas über die Nacht vom 13. auf den 14. Juni erzählen?«, fragte sie die junge Frau und lächelte ihr aufmunternd zu.

»Aber bevor ich hier etwas sage, müssen Sie mir versprechen, dass Sie meinen Eltern nichts erzählen.«

»Es ist Ihre Pflicht als Zeugin, gegenüber der Polizei keine wissentlich falschen Angaben zu machen. Und uns keine Informationen vorzuenthalten.« Banus Ton wurde strenger. »Aber wenn Sie nichts Kriminelles getan haben, sehe ich keine Notwendigkeit, Ihre Eltern miteinzubeziehen, wenn Sie volljährig sind.«

Janne Winter zog ihren Ausweis aus dem Portemonnaie und hielt ihn Banu hin. »Ich bin im Dezember 18 Jahre alt geworden.«

Armin hielt ihr den obligatorischen Zeugenvordruck hin, auf dem sie unterschreiben musste. Banu musste lächeln, als sie sah, dass Janne Winter beim Lesen der rechtlichen Belehrung fragend eine Augenbraue hob. »Haben Sie alles verstanden?«, fragte sie die Zeugin.

Die junge Frau blickte sie beleidigt an. »Na klar. Ich bin doch nicht blöd!«

»Gut! Nun kommen wir zu der betreffenden Nacht. Erzählen Sie uns bitte alles, was Sie gesehen haben. Jedes Detail könnte helfen.«

Janne Winter legte ihre hübsche Stirn in Falten. »Bryan, das ist mein Freund, und ich haben uns um 21.30 Uhr an der großen Birke getroffen, die an dem Waldweg ist, der direkt parallel oberhalb des Falkenbergswegs verläuft. Eigentlich treffen wir uns immer früher, aber meine Eltern mussten mir ausgerechnet an diesem Abend ein Gespräch aufzwingen.« Janne Winter verdrehte genervt die Augen und Banu fragte sich, ob Merve in sechs Jahren ebenso über Tim und sie sprechen würde.

»Dann sind wir zu der Bank gegangen, die unten am Falkenberg steht. Neben dem Wanderweg. Die steht so halb im Gebüsch. Das war zwar auch nicht direkt trocken, aber es ging. Wir haben uns geküsst und so Sachen gemacht.« Hier machte die junge Frau eine Pause und sah Banu erwartungsvoll an, als wünschte sie sich, dass Banu nachfragte, was sie mit »so Sachen« meinte.

Banu tat ihr diesen Gefallen aber nicht, sondern versuchte, sie wieder auf die Spur zu setzen. »Sind Ihnen Leute begegnet?«

»Zunächst überhaupt nicht. Ist ja auch kein Wunder bei dem Wetter. Der Regen wurde immer heftiger. Gerade als wir beschlossen hatten, uns vielleicht doch irgendwo ein trockeneres Plätzchen zu suchen, kamen direkt vor uns auf dem Weg zwei Personen vorbei, die einen Bollerwagen zogen. Das war genau 22.30 Uhr. Ich habe nämlich auf mein Handy geguckt, weil ich Elise, meiner Freundin, schreiben wollte, ob wir noch bei ihr aufschlagen können.«

»Können Sie die Personen beschreiben?« Banus Stimme wurde vor Anspannung eine Nuance höher.

Janne Winter nahm ihre Unterlippe zwischen Daumen und Zeigefinger und knetete sie. »Es waren eine Frau und ein Mann. Sie hatten dunkle Jacken an, glaube ich. Aber es war ja sowieso schon ziemlich dunkel. Auf jeden Fall sahen sie echt alt aus. Die gingen gebückt und ziemlich langsam.«

»Wie weit waren sie denn von Ihnen weg?«

»Ich denke mal, es waren so zehn Meter. Sie haben uns nicht gesehen. Haben die ganze Zeit nur so auf den Weg geguckt. Wir waren ja auch ganz leise. Es soll mich nämlich keiner sehen, wenn ich mit Bryan zusammen bin. Meine Eltern wollen das nicht. Die sind solche Spießer!«

»Haben Sie sich gar nicht gewundert, was zwei alte Leute mit einem Bollerwagen bei einem Wolkenbruch in der Fischbeker Heide zu suchen haben?«

»Na ja.« Janne Winter schaute auf ihre lackierten Fingernägel. »Wir waren ja auch trotz des Wetters da. Außerdem, ist doch egal, ob ich mich gewundert habe oder nicht. Ich hätte sie niemals angesprochen. Warum hätte ich das tun sollen?«

»Glauben Sie, dass Sie die beiden auf einem Foto wiedererkennen könnten?«, fragte Banu.

Janne legte den Kopf schief. »Ich bin mir nicht sicher, aber ich würde es auf jeden Fall versuchen.«

Banu bedankte sich bei der Zeugin, ermahnte sie jedoch,

dass sie sich eigentlich gleich hätte melden müssen. So wichtige Zeugenaussagen hätten Vorrang vor anderen Vergnügungen wie zum Beispiel Abifahrten.

»Und jetzt?«, fragte Gunnar, als Janne Winter gegangen war.

Banu ging zum Flipchart und schrieb alle neuen Erkenntnisse des Wochenendes auf.

Armin fasste in Stichpunkten zusammen. »Jan Domingo hat ein Alibi. Henning Manteuffel ist Dr. Karl Liebig, Psychiater in der Anstalt Schloss Brandau im Zweiten Weltkrieg. Das hat der Täter gewusst, deshalb das Hakenkreuz auf dem Rücken. Josefine Rademacher war nicht die Frau, die er heiraten wollte, sondern seine Patientin. Stella ist auf dem Weg zu ihrem Bruder, Peter Bachmeier. Janne Winter hat in der Mordnacht einen Mann und eine Frau mit einem Bollerwagen am Falkenberg gesehen.«

Banu schrieb einen letzten Satz in Großbuchstaben aufs Papier, den Armin laut vorlas.

»Sind die Lundts die Täter?«

5. JUNI 1944

Liebes Tagebuch,

Dr. Liebig verbringt immer mehr Zeit vor seinen Büchern und studiert Listen. Das ist gut für mich und die anderen Frauen, die unter ihm leiden müssen. Er plant seine Ausgrabung weiter, obwohl es heißt, dass Deutschland den Krieg verlieren könnte. Wir müssen uns nun nicht mehr abends im Saal versammeln, um die Nachrichtensendung zu hören. Aber es spricht sich rum, dass Hitler schon lange nicht mehr davon ausgehen kann, als siegreicher Feldherr hervorzugehen.

Dr. Liebig holt mich nicht mehr so häufig zu sich. Obwohl ich ihm nun seltener zu Willen sein muss, geht er nicht weniger brutal mit mir um. In der letzten Woche hat er mir eine tiefe Bisswunde in die Brust zugefügt, die angefangen hat zu eitern.

Ich habe mich inzwischen Terese anvertraut, denn ich kann nicht mehr alles für mich behalten. Sie hat im Garten Pflanzen für mich gesammelt, von denen sie meint, dass sie die Entzündung hemmen würden.

Terese und ich sprechen häufig darüber, was mit uns passiert, wenn Deutschland den Krieg verliert. Können wir überhaupt außerhalb dieser Mauern leben? Es ist schon einige Jahre her, dass ich mir ein Leben an Friedrichs Seite vorgestellt habe. Obwohl ich mir jeden Abend sein Gesicht ins Gedächtnis rufe, verschwimmt die Erinnerung an ihn.

Ich habe einen kurzen Brief von ihm aufbewahrt, auf dem in seiner unbeholfenen Kinderschrift nur der Satz »Ich liebe dich!« steht. Jeden Abend drücke ich diesen Brief an meine Wange. Seit viereinhalb Jahren.

ZEHNTES KAPITEL

Armin fuhr den Dienstwagen aus der Parklücke und hielt dann an, um Gunnar und Banu einsteigen zu lassen.

»Was wissen wir über die Lundts?«, fragte Banu ihre beiden Kollegen.

Gunnar nahm seinen Notizblock aus der Tasche und las die Zusammenfassung seiner Befragungen vor. »Wilfried Lundt ist 76 Jahre alt, seine Frau Irma drei Jahre jünger. Wilfried hat ziemlich viel Geld als Immobilienmakler verdient. Die beiden haben eine Tochter, die in Süddeutschland lebt. Außerdem hat Irma noch zwei jüngere Schwestern. Das Ehepaar wohnt seit sechs Jahren in der ›Residenz Waldfrieden‹. Angeblich haben sie Henning Manteuffel erst dort kennengelernt.«

Armin warf Gunnar durch den Rückspiegel einen Blick zu. »Was sind ihre Aussagen zur Mordnacht?«

»Sie haben mit Hedi Carstens, Maria Montgomery und Henning Manteuffel bis 22 Uhr Gesellschaftsspiele gespielt. Dabei saßen sie im Wintergarten der ›Villa Sonne‹. Gegen 22 Uhr hatten sie sich von den anderen verabschiedet und sind in ihre Wohnung gegangen. Frau Carstens und Frau Montgomery haben den Aufbruch der Lundts bestätigt.«

»Nehmen wir mal an, es war so«, sagte Banu. »Haben sie dann Manteuffel aufgelauert, als er auf dem Weg zu seiner Wohnung war, und ihn dann unbemerkt an den beiden anderen vorbeigeschafft?«

Armin legte den Kopf schief. »Es könnte so gewesen sein. Sie hätten dann nur mit dem betäubten Henning Manteuffel im Fahrstuhl bis in den Keller fahren müssen. Der Keller hat ja einen eigenen Ausgang. Und jeder Bewohner hat einen Schlüssel für diese Tür.«

»Das einzige Risiko wäre gewesen, den Bollerwagen zu holen. Der Schuppen steht nämlich genau gegenüber dem Wintergarten der ›Villa Sonne‹.«

Der Verkehr auf der B 73 kam gerade zum Erliegen. Wahrscheinlich war vor Kurzem ein Unfall passiert oder eine Spur wurde von einem Sattelschlepper blockiert, der Fahrzeuge für das Autohaus auf der rechten Seite der Straße Richtung Süden anlieferte.

»Schlau wäre es gewesen, wenn die Lundts gewartet hätten, bis Frau Carstens und Frau Montgomery ins Bett gegangen wären. Aber da Janne Winter die beiden um 22.30 Uhr gesehen hat, müssen sie zügig um 22 Uhr an der Residenz aufgebrochen sein.«

Gunnar, der nicht ganz einverstanden mit der Rekonstruktion des Verbrechens schien, meldete sich zu Wort. »Warum sollten es denn die Lundts gewesen sein? Es gibt noch einige andere Ehepaare in der Residenz. Und es muss auch nicht zwingend ein Paar gewesen sein.«

In diesem Moment rollten die Autos vor ihnen wieder an. Der Verkehr lief zwar weiterhin zähflüssig, aber immerhin bewegten sie sich vorwärts.

»Es ist nur so, dass Wilfried Lundt der einzige Mann in der Residenz war, mit dem Manteuffel näheren Kontakt hatte. Und sie sind zeitgleich mit ihm dorthin gezogen. Vielleicht eher seinetwegen? Ansonsten hast du natürlich recht.« Banu überlegte einen Moment. »Armin erkundigt sich bei der Rezeption, wie viele Männer es in der Residenz im

Bereich betreutes Wohnen überhaupt gibt. Es werden nicht allzu viele sein. Gunnar checkt, ob die Lundts überhaupt da sind, und ich hole Janne Winter ab und spaziere mit ihr möglichst unverdächtig auf dem Gelände herum und zeige ihr die Lundts. Vielleicht kann sie jemanden identifizieren.«

Peter Bachmeier wohnte nicht direkt in Schwerin, sondern in der nahe gelegenen Kleinstadt Sternberg. Am Telefon war er sehr nett und kooperativ gewesen. Stella hatte zunächst ein Treffen am selben Tag vorgeschlagen, was Herrn Bachmeier jedoch nicht passte. Er entschuldigte sich vielmals dafür. Stella hatte also eine weitere Nacht im Hotel »Zum Jäger« verbracht. Tine von Güssow hatte sie allerdings nicht wiedergesehen. Sie hatte den leisen Verdacht, dass Astrid und Albert sie möglicherweise absichtlich von ihr fernhielten, da ihnen Tinchens Äußerungen zum Dritten Reich unangenehm gewesen waren.

Unzählige Felder und Seen lagen auf der Strecke zwischen Brandau und Sternberg. Stella gönnte sich mitten im Nirgendwo eine Pause und aß ein Brötchen, das sie sich aus dem Hotel mitgenommen hatte. Sie freute sich, dass ihr Handy keinen Empfang hatte, und genoss das Gefühl, ungestört auf einer sattgrünen Wiese sitzen zu können. Erst als die Schäfchenwolken am Himmel sich in graue Ungeheuer verwandelten, stieg sie zurück in ihr Auto.

Sie wusste nicht recht, was sie Peter Bachmeier fragen sollte, denn er hatte am Telefon bereits gesagt, dass er keinen Kontakt mehr zu seiner Schwester gehabt hatte, seit er drei Jahre alt gewesen war. Aber vielleicht wusste er etwas über die Umstände ihres Todes.

Die Bachmeiers wohnten in einem kleinen, gepflegten, aber etwas in die Jahre gekommenen Endreihenhaus am

Stadtrand. Das Türschild aus gebranntem Salzteig schien schon etwas älter zu sein. Die Glasur war an einigen Stellen abgeplatzt und die Farben ausgeblichen. »Hier wohnen Peter, Louise, Daniela und Thomas Bachmeier«, stand darauf.

Ein kleiner, glatzköpfiger Mann öffnete die Tür. »Frau Brandes, nehme ich an? Sie sind ja pünktlich bis auf die Minute.« Er sah, dass Stella noch immer auf das Türschild blickte. »Daniela und Thomas sind schon lange ausgezogen. Aber ich mag mich von dem Schild nicht trennen. Daniela hat es gemacht, als sie in der zweiten Klasse war. Jetzt ist sie 45.«

Stella zeigte ihren Ausweis und wurde in einen winzigen Flur gebeten.

»Lassen Sie Ihre Schuhe ruhig an. Wir haben einen Hund. Da kommt es auf ein bisschen Straßenschmutz mehr oder weniger auch nicht an.« Als hätte er diese Bemerkung gehört, kam ein kleiner gefleckter Cockerspaniel kläffend durch die Tür geschossen und sprang an Stellas Bein hoch.

»Tassilo, aus!«, sagte Herr Bachmeier streng und nahm den kleinen Hund am Halsband.

»Bitte gehen Sie weiter ins Wohnzimmer. Möchten Sie etwas trinken?« Stella nahm das Angebot dankend an und hielt innerhalb weniger Minuten eine dampfende Tasse starken Kaffees in der Hand.

»Sie interessieren sich also für Josefine?« Der alte Mann lächelte. »Fine haben Hans und ich sie immer genannt. Hans war mein Zwillingsbruder. Er ist leider schon vor 20 Jahren an Krebs gestorben.«

Stella gönnte ihm eine kurze Pause, dann fragte sie: »Was haben Sie für Erinnerungen an Ihre Schwester?«

»Ich selber kann mich so gut wie gar nicht an sie erinnern. Fine wurde ins Heim geschickt, als Hans und ich zwei Jahre alt waren. Kurz darauf ist meine Mutter gestorben und eine entfernte Cousine meines Vaters hat uns zu sich genommen und uns wie ihre eigenen Kinder aufgezogen. Deshalb heiße ich auch Bachmeier und nicht mehr Rademacher.«

Stella gab mehr Milch in ihren Kaffee und rührte mit einem Teelöffel um. »Wussten Sie davon, dass Josefine Epilepsie hatte?«

»Ich kann mich an eine Unterhaltung erinnern, bei der ich an der Wohnzimmertür gelauscht hatte. Tante Ella, die Schwester von meiner Mutter, kam uns einmal besuchen und hat Frederike Bachmeier, die meine Ziehmutter war, gefragt, ob sie nicht Josefine auch bei sich aufnehmen könnten. Frederike hat das vehement verneint und gefragt, was sie denn mit einem Krüppel sollte, der Fallsucht hat.« Er machte ein trauriges Gesicht. »Erst später habe ich gelernt, was Fallsucht ist.«

»Hatten Sie nach dem Krieg Kontakt zu Ihrer Schwester?«

»Leider nein. Ich war ja auch da erst 14 Jahre alt, als der Krieg vorbei war. Ich hatte gedacht, sie hätte den Krieg nicht überlebt. Mein Ziehvater war an der Front in Russland gefallen und für mich war Krieg seitdem gleichbedeutend mit Tod. Frederike erzählte mir irgendwann, dass Josefine sich umgebracht hat. Warum, weiß ich nicht. Vielleicht konnte sie die Erfahrungen, die sie in der Psychiatrischen Anstalt gemacht hatte, nicht verarbeiten. Sie wurde anonym in Rostock beerdigt. Als ich vor circa fünf Jahren hörte, dass in Schloss Brandau eine Gedenkstätte eröffnet werden soll, habe ich mich mit der Stiftung Kellermann in Verbindung gesetzt. Ich wollte gern, dass Josefines Schicksal einer breiten Öffentlichkeit zugänglich gemacht wird.«

Stella empfand auf einmal großes Mitleid mit dem Mädchen, das anscheinend von niemandem gewollt war. Das sterilisiert und weggesperrt wurde und am Ende ihres kurzen Lebens nur noch einen Ausweg wusste.

»Ich habe aber ein Foto von ihr. Es wurde bei der Beerdigung meiner Mutter gemacht. Wollen Sie es sehen?«

Stella nickte. Peter Bachmeier stand auf und griff nach einer gerahmten Fotografie, die auf der Anrichte stand. Sie zeigte ein etwa 13-jähriges Mädchen mit ernstem Gesicht in einem viel zu kurzen schwarzen Kleid. Es war unverkennbar dieselbe Person, die sowohl auf dem Foto von Henning Manteuffel als auch auf den Exponaten in der Ausstellung zu sehen gewesen war.

Ein kleines Detail jedoch absorbierte Stellas ganze Aufmerksamkeit: Das Mädchen hatte ein ungewöhnliches Schmuckstück um den Hals. Es war ein großes silbernes Kreuz mit einem helleren schimmernden Besatz. Das konnte man sogar auf der Schwarz-Weiß-Fotografie erkennen. Die Ecken des Kreuzes waren verschnörkelt und es hatte in der Mitte einen dunklen Stein. Es war eine wunderschöne Arbeit. Was Stella aber wie ein Stromschlag traf, war, dass sie genau dieses Schmuckstück schon einmal gesehen hatte. Da war sie sich hundertprozentig sicher! Aber wo könnte das gewesen sein?

Sie fragte Peter nach der Kette. Er antwortete: »Sie hat meiner Mutter gehört. Tante Ella hat sie wohl an Josefine weitergegeben. Ich weiß aber nicht, was daraus geworden ist.«

Stella bedankte sich bei Herrn Bachmeier und sagte, er hätte ihr sehr geholfen. Dann fragte sie, ob sie das Bild ausleihen dürfte. Er würde es natürlich sobald als möglich wiederbekommen. Peter Bachmeier übergab ihr das gerahmte Bild sehr zögerlich. »Aber geben Sie es mir bitte zurück. Es ist das Einzige, was ich von meiner Schwester habe.«

»Nee, das lassen Sie mal. Ich komme mit dem Fahrrad. Das hat mir gerade noch gefehlt, dass ein Polizeiwagen vor meiner Haustür steht.«

Banu sah auf ihre Armbanduhr. »Können Sie in einer halben Stunde hier sein?« Janne Winter bejahte.

Die Polizisten hatten Glück. Heute um 15 Uhr fand die Lesung einer Autorin aus der Region statt, die ihr Tagebuch aus dem Zweiten Weltkrieg veröffentlicht hatte. Sie würde einige Kapitel daraus vorlesen. Die Lesung würde gut besucht sein. Laut Frau Marschmann, der Empfangsdame, hatten ungefähr 80 Prozent der Bewohner sich eine Karte für die Veranstaltung gekauft. In der Pause gegen 15.45 Uhr würde Kaffee serviert werden. Armin hatte herausgefunden, dass es insgesamt nur fünf Ehepaare in der »Residenz Waldfrieden« gab, und dazu noch sechs alleinstehende Männer. Bis auf zwei würden alle bei der Lesung sein.

Gunnar saß mit dem Ehepaar Lundt auf der Terrasse und hielt Small Talk. In zehn Minuten würden auch sie ins Restaurant gehen und den Worten der Zeitzeugin lauschen.

Banu hatte sich auf eine Bank vor die »Villa Sonne« gesetzt, um Janne Winter gleich abfangen zu können. Der Plan war, dass sie mit ihr in der Pause ins Restaurant gehen würde und sie möglichst viele der Bewohner zu sehen bekam. Wenn sie Glück hatten, würde sie vielleicht jemanden identifizieren können. Viel Hoffnung machte sie sich jedoch nicht, denn wie Janne Winter selber mehrfach betont hatte, war es bereits dunkel gewesen und der Regen hatte die Sicht zusätzlich erschwert. Aber sie wollten nichts unversucht lassen.

Banu nahm einen Stock in die Hand und malte die Zahl 147 in den Sand. So viele blutige Striche hatten die Täter auf der Brust von Henning Manteuffel hinterlassen. Und dann das Hakenkreuz auf dem Rücken. Plötzlich kam ihr eine Idee. Stella hatte ihr ausführlich von der Ausstellung in Schloss Brandau berichtet. Das Grauen, was sie beim Anblick der Fotos und der beschriebenen Schicksale der Bewohner empfunden hatte, hatte Banu deutlich heraushören können. Dr. Karl Liebig war einer der Ärzte gewesen. Aber welche Rolle hatte er gespielt? Hatte er sich schützend vor seine Patienten gestellt, als die Aktion T4 anlief? Oder hatte er bereitwillig behinderte Menschen in die Gaskammern geschickt? Für wie viele Menschen hatte er die Todesurteile unterschrieben? Waren es vielleicht 147 gewesen?

»Tja, was bedeutet diese magische Zahl?« Banu blickte auf und in das markante Gesicht von Jan Domingo. Dieser Mann hatte wirklich unglaublich hohe Wangenknochen. Zwar hatten ihr die langen Haare bei ihm besser gefallen, aber durch die neue Frisur wurde der Schwung seiner Augenbrauen noch betont. Banu zwang sich, den Blick von Jans Gesicht abzuwenden. Schließlich war sie nicht Richterin eines Schönheitswettbewerbs, sondern hatte hier einen Mordfall zu lösen.

»Was machen Sie denn hier?«

Jan holte einen kleinen Zettel aus seiner Hosentasche und faltete ihn auseinander. Banu erkannte den Flyer für die heutige Veranstaltung. »Lydia Dammann liest heute aus ihrem Tagebuch vor. Haben Sie vergessen, dass ich mich mit Zeitzeugen beschäftige?«

Banu sah ihm in die Augen. »Ich hoffe nicht, dass Sie noch irgendetwas vergessen haben, uns mitzuteilen.«

Jan lächelte sie an. »Ich habe natürlich so meine Theorie. Wenn Sie wollen, können wir uns ja mal zu einem Fachgespräch treffen.«

Bevor Banu antworten konnte, trat Janne Winter zu

ihnen. Sie warf Jan Domingo einen bewundernden Blick zu und begrüßte die Kommissarin. »Können Sie mir jetzt noch mal erklären, was ich hier soll?«

Banu schickte Jan mit einer Handbewegung weg und erklärte Janne Winter ihre Aufgabe.

Stella musste dringend zur Toilette. Die drei Becher Kaffee, die sie zum Frühstück getrunken hatte, plus die Tasse bei Peter Bachmeier, wollten wieder raus.

Sie hatte sich entschieden, möglichst lange auf der Landstraße zu fahren, da sie die flache weite Landschaft genoss und nicht in Zeitdruck war. Sie hatte nicht vor, heute noch im Präsidium aufzutauchen, denn sie fand, dass sie am Wochenende genug gearbeitet hatte.

Der Nachteil der von Stella gewählten Strecke war natürlich, dass es keine Raststätten gab. Als sie an einer kleinen Tankstelle mit nur zwei Zapfsäulen vorbeifuhr, trat sie mit voller Wucht auf die Bremse.

Aus Alibigründen kaufte sie einen Schokoriegel und ließ sich an der Kasse den Toilettenschlüssel geben.

Nachdem sie sich erleichtert hatte, konnte sie endlich wieder klar denken. Wo hatte sie das Schmuckstück von Josefine Rademacher bloß gesehen? Sie war sich sicher, dass ihre Erinnerung maßgeblich zur Lösung des Falls beitragen würde.

Stellas Handy klingelte. Anscheinend hatte sie hier also wieder Empfang. Auf dem Display erschien eine unbekannte Nummer. Zögernd nannte sie ihren Namen.

»Hier ist Viktor. Ich habe extra vom Fahrradladen aus angerufen, damit du mich nicht wieder wegdrückst.«

Stella atmete hörbar genervt aus.

»Du brauchst mich gar nicht mehr anzurufen. Ich möchte

unsere Bekanntschaft nicht fortsetzen.« Stella hoffte, sie hatte sich klar genug ausgedrückt.

»Du warst doch diejenige, die mich nicht zurückgerufen hat. Da habe ich gedacht, du willst nichts mehr von mir wissen.«

»Und dann bist du gleich losgegangen und hast dir eine andere geschnappt.«

»Na ja, wir sind ja wohl nicht verheiratet.«

»Ja, zum Glück. Und deshalb können wir uns ja auch so kurz und schmerzlos wieder trennen. Denn eigentlich waren wir auch gar nicht zusammen.« Stella wollte gerade auflegen, aber sie fand, einen Satz durfte Viktor noch sagen. Nur hätte es nicht dieser sein müssen: »Leider scheine ich mich aber in dich verliebt zu haben. Ich vermisse dich. Andere Frauen geben mir nichts mehr. Auch die in der letzten Woche. Das war nichts. Ich weiß, das hört sich furchtbar schmalzig an.«

»Ja, das stimmt«, gab Stella ihm recht.

»Ich möchte mich noch einmal mit dir treffen und mit dir darüber reden.«

Widerwillig stimmte Stella zu. »Aber dieses Mal keinen Sex!«

»Okay, wir reden nur.«

Sie verabredeten sich für den nächsten Samstag um 16 Uhr in einem Café an der Alster. Besser, man machte einen sauberen Schnitt.

»Irgendwie sehen alte Leute doch alle gleich aus«, flüsterte Janne Winter Banu ins Ohr.

Sie hatten vor der Tür des Restaurants abgewartet, bis Pause war, und sich dann unter die Bewohner gemischt. Es war unglaublich voll und stickig in dem Raum.

Bisher zeigte Janne Winter keine Spur des Wiedererkennens. Banu suchte gerade die Menge nach den Lundts ab, als Hedi Carstens sich ihr in den Weg stellte.

»Hallo, Frau Kurtoğlu! Interessieren Sie sich auch für den Zweiten Weltkrieg?«

»Im Prinzip schon, aber ich bin aus beruflichen Gründen hier. Haben Sie die Lundts gesehen?«

Hedi Carstens warf einen neugierigen Blick auf Janne Winter und zeigte dann Richtung Kaffeeausschank. Banu bedankte sich für den Hinweis und wies unauffällig auf das alte Ehepaar. Dann ging sie auf die beiden zu und begrüßte sie. Janne Winter blieb an ihrer Seite stehen.

»Ich freue mich, dass so junge Menschen wie Sie auch Interesse an der Vergangenheit zeigen«, wandte Wilfried Lundt sich an die 18-Jährige.

»Frau Winter ist sozusagen heute als Unterstützung für uns hier«, sagte Banu. »Gefällt Ihnen der Vortrag?«

Irma Lundt gab Zucker in ihren Kaffee und drehte sich zu Banu um. »Wir können natürlich nicht ganz mitreden, denn wir waren ja noch Kinder, als Krieg war. Aber Henning hätte bestimmt vieles wiedererkannt.« Sie lächelte Banu und Janne Winter offen an.

Auf der Bühne klopfte Frau Dammann an ihr Mikrofon als Zeichen dafür, dass die Pause zu Ende war. Die Senioren nahmen wieder ihre Plätze ein. Banu erkannte Jan Domingo in einer der vorderen Reihen. Er hatte seinen Laptop aufgeklappt und tippte etwas. Sie winkte Janne Winter zu sich und bedeutete ihr, ihr nach draußen zu folgen. Als sie die Tür leise hinter sich geschlossen hatten, sah sie die junge Frau fragend an.

»Ich bin mir sicher, dass es keiner von den Männern war, die Sie mir gezeigt haben«, sagte die Abiturientin zögernd.

»Wir standen ja am Schluss etwas länger bei dem Ehepaar Lundt. Haben Sie sich die beiden genau angesehen?« Die Enttäuschung war aus Banus Stimme deutlich herauszuhören.

»Habe ich doch gesagt. Mir ist wieder eingefallen, dass die beiden am Falkenberg auf jeden Fall graue Haare hatten. Der Mann eben hat ja richtig schwarzes Haar. Und das in dem Alter!«

Banu hatte den Verdacht, dass Wilfried Lundt sich seine Haare gefärbt haben könnte. Aber sie wies nicht extra darauf hin. Janne Winter durfte ruhig in dem Glauben weiterleben, dass nicht alle alten Menschen graues Haar hatten.

Irgendetwas wollte Janne Winter aber wohl noch loswerden. Sie sah immer wieder unruhig zur Tür des Restaurants.

»Sie hatten mir ja gesagt, ich sollte vor allem auf die Männer achten. Aber mir ist eben etwas anderes aufgefallen.« Janne Winter zog Banu hinter einen großen Fliederbusch und schilderte ihr leise ihre Beobachtungen.

»Katzenbabys gegen Schutzgebühr abzugeben.« Einem Impuls folgend bog Stella in die Einfahrt ein, neben der das Schild angebracht war. Schon seit Langem hatte sie sich vorgenommen, Caveman einen Spielkameraden zu besorgen. Da sie auch bei diesem Ausflug länger als geplant weg gewesen und ihren Kater mal wieder allein gelassen hatte, konnte sie froh sein, wenn Sina nicht den Tierschutz alarmiert hatte. Zwar hatte sie keinen Katzenkorb dabei, aber zur Not würde es sicher auch ein Karton bis Hamburg tun.

Noch immer grübelte sie über die Kette nach. Sie hatte das Gefühl, dass sie knapp davor war, das Bild abzurufen, das sie mit dem Schmuckstück in Verbindung brachte.

Vielleicht war es das Beste, für kurze Zeit an etwas völlig anderes zu denken. Manchmal kam dann die Erinnerung von allein zurück!

Das kleine reetgedeckte Fachwerkhaus schien in leichter Schieflage zu stehen. Im eingezäunten Vorgarten liefen gackernd einige Hühner herum. Ein alter Mann saß auf einer Bank neben der Haustür, ihm zu Füßen lag ein Schäferhund. Die Szene schien wie aus einem Fotoband über Land und Leute Schleswig-Holsteins. Um das Postkartenmotiv noch abzurunden, hatte der Mann einen Südwester auf dem Kopf und eine Pfeife im Mund.

Stella stieg aus ihrem Auto und erkundigte sich nach den Katzenbabys. Der Mann antwortete auf Plattdeutsch, sodass Stella mehr erriet, als dass sie verstand: Seine Frau sei wohl im Haus. Er untermalte seine Worte, indem er mit dem Pfeifenstil auf die Haustür zeigte.

»Kommen Sie herein. Ich habe schon gehört, dass Sie sich für die Katzen interessieren. Das Küchenfenster stand offen.«

Stella war sehr erleichtert, dass die alte Frau, die lächelnd in der Haustür stand, des Hochdeutschen mächtig war. Sie trug ihre grauen Haare zu einem Zopf geflochten, der ihr über die rechte Schulter fiel. Stella erinnerte sie an ihre eigene Oma. Das kam vielleicht daher, dass die Frau einen himmelblauen, gemusterten Hausfrauenkittel anhatte. Einen ähnlichen hatte Stellas Oma auch besessen. Und oft getragen. Gab es die heutzutage überhaupt noch irgendwo zu kaufen?

»Freya und ihre Kätzchen sind in der Küche. Machen Sie schnell die Tür hinter sich zu, damit sie nicht weglaufen können.« Die Frau wischte ihre Handflächen an der Kittelschürze ab und gab Stella die Hand. »Ich bin Lieselotte Voss.«

Die Küche war wie bei so vielen alten Bauernhöfen Wohn- und Kochbereich zugleich. Es stand ein alter Herd darin, der noch mit Holz betrieben wurde, daneben jedoch ein moderner Herd mit Ceranfeld. Lieselotte Voss sah Stella fast entschuldigend an: »Bis vor Kurzem habe ich noch mit dem alten Herd gekocht, aber das ständige Bücken, um das Holz nachzulegen, ist in meinem Alter doch sehr beschwerlich.«

An den Wänden rund um die Spüle waren alte Porzellankacheln mit maritimen Motiven angebracht. Vor den Fenstern hingen blau karierte Vorhänge.

Ein langer Tisch mit blank gescheuerter Holzplatte befand sich in der Mitte des Zimmers. Überall auf dem Boden schienen kleine Kätzchen herumzuspringen. Eines versuchte grade, ein Bein des Holztisches zu erklimmen.

»Unsere Freya war fleißig. Sie hat uns zehn kleine Kätzchen geschenkt. Wir haben gestern erst das Schild an die Straße gestellt. Sie sind die Erste, die sich für die Katzen interessiert, und haben also die freie Auswahl.«

Stella konnte kaum ein Quietschen unterdrücken. Es gab wohl kaum etwas Niedlicheres auf der Welt als Katzenbabys. Für mehr als zwei Katzen war ihre Wohnung jedoch definitiv zu klein. Deshalb musste sie sich für eins dieser kleinen Fellknäuel entscheiden.

»Welches sind denn die Kater?«, fragte sie. Sie hatte Caveman ja einen Kumpel versprochen.

Lieselotte Voss zeigte auf ein weißes Kätzchen mit großen schwarzen Flecken. »Das ist schon mal einer.« Natürlich war der kleine Kater entzückend. Er hatte jedoch fast dieselbe Farbe wie Caveman.

»Dieser kleine Kobold ist auch ein Junge.« Das schwarze Kätzchen stürzte sich gerade mit Kampfgebrüll auf eines seiner Geschwister. Frau Voss griff in das Katzengewimmel und fischte ein orange getigertes Katzenbaby heraus. Der kleine Kater hatte ein weißes Lätzchen und weiße Pfoten. Seine Augen hatten sich noch nicht für eine Farbe entschieden, würden aber wohl bernsteinfarben werden wie die Augen von Caveman.

»Das ist unser Prachtexemplar. Meine Enkel haben ihn Shir Khan getauft wie den Tiger aus ›Das Dschungelbuch‹.« Sie drückte den miauenden kleinen Kater an ihre Brust.

Und auf einmal erschien ein Bild auf Stellas Netzhaut: eine Frau in einem kobaltblauen Kittel, die ein Tigerbaby in die Kamera hielt mit einem ungewöhnlichen Schmuckstück um den Hals. Ein Kribbeln lief Stella vom Genick bis zum Steißbein die Wirbelsäule hinunter. Sie musste unbedingt Banu anrufen!

»Kann ich Ihnen schon mal das Geld geben und Shir Khan im Laufe der Woche abholen? Ich möchte genau den!«, stammelte sie und zeigte auf den zappelnden und piepsenden Kater, der gern in das Gewimmel auf dem Boden zurückwollte.

Frau Voss nickte verwundert. »Wenn Sie es jetzt doch so eilig haben, dann machen wir das so. Shir Khan ist für Sie reserviert. Die Schutzgebühr beträgt 50 Euro.«

Stella riss ihr Portemonnaie aus der Tasche und legte einen Fünfzigeuroschein auf den Tisch. »Und hier ist noch meine Karte mit meiner Telefonnummer. Ich muss jetzt leider los.«

Sie hatte bereits ihr Auto gestartet, als ihr Frau Voss mit einem kleinen Zettel in der Hand hinterhergelaufen kam. »Wollen Sie Ihre Quittung gar nicht mitnehmen?«

16. APRIL 1945

Liebes Tagebuch,

Dr. Liebig ist weg. Er ist geflohen, weil es nur noch eine Frage von Tagen ist, bis Deutschland kapituliert. Er hat bestimmt Angst, dass er für den Mord an 146 Unschuldigen, von den Körperverletzungen und Vergewaltigungen ganz zu schweigen, zur Rechenschaft gezogen wird. Ich verachte diesen feigen Mörder so sehr!

Schwester Karla hat es heute Morgen im Speisesaal bekannt gegeben. Auch die anderen beiden Ärzte sind nicht mehr da. Schwester Karla sagte, wir könnten gehen. Wir können aber auch das Kriegsende hier auf Schloss Brandau abwarten. Verpflegung wäre noch für einige Wochen da.

Aber wohin sollen wir gehen? Es ist noch immer Krieg und die Umgebung ist nicht sicher. Terese sagt, dass wir versuchen könnten, uns zu ihrer Familie durchzuschlagen. Sie hat zwar nun auch sehr lange nichts mehr von ihren Verwandten gehört, aber falls sie noch leben, würden sie mich bestimmt gern aufnehmen. Rostock ist außerdem nicht allzu weit entfernt von Brandau. Da meine Eltern beide tot sind und ich nicht weiß, ob Tante Ella noch lebt und wo meine Brüder sind, habe ich mich entschlossen, mit Terese zu gehen.

Ich weiß jedoch nicht, ob ich den Weg schaffen kann, denn ich glaube, dass ich sehr krank bin. Ich muss mich morgens häufig übergeben und bin immer müde. Terese sagt, dass ich schon lange nicht mehr so schlecht ausgesehen habe. Aber wenn wir in Rostock sind, würde sie gleich mit mir zu einem Arzt gehen. Wir haben uns jedoch entschlossen, mit dem Aufbruch noch zu warten, bis der Krieg endgültig vorbei ist.

ELFTES KAPITEL

Banu wünschte, dass Stella jetzt hier wäre. Zwar schätzte sie ihre Kollegen Armin und Gunnar sehr, aber leider ließen sie manchmal das nötige Fingerspitzengefühl vermissen. Gerade in diesem Moment war es jedoch wichtig, sich dezent zu verhalten und die verdächtige Person von den anderen zu separieren, ohne zu viel Aufmerksamkeit zu erregen. Sie hatten dank Janne immerhin ein Indiz.

Zum zehnten Mal innerhalb der letzten halben Stunde nahm sie ihr Handy aus der Tasche und checkte, ob sie doch einen Anruf verpasst hatte.

Gerade als sie es wieder zurückstecken wollte, blinkte im Display »Stella«.

»Ich glaube, Hedi Carstens hat etwas mit dem Mord zu tun.« Stella berichtete ihr, dass sie das Schmuckstück, das Josefine Rademacher gehörte, auf einem Foto an Hedi Carstens gesehen hatte. »Und Janne Winter, unsere Zeugin, hat gerade Frau Carstens als eine Person identifiziert, die zur Tatzeit einen Bollerwagen durch die Heide geschoben hat.«

Ein kurzes Schweigen in der Leitung. Dann sagte Stella: »Ich bin gerade in Harburg von der Autobahn abgefahren. Bin in 20 Minuten da.«

Banu fasste einen Entschluss. Sie würde Armin und Gunnar noch nichts sagen und sich erst mit Stella beraten.

Natürlich hatte Stella ihre Entscheidung, von Schwerin aus über Landstraßen zu fahren, nicht bereut. Ansonsten wäre sie jetzt weder Besitzerin eines kleines Tigers gewesen noch hätte sie das Déjà-vu mit dem Schmuckstück gehabt. Nun jedoch trommelte sie genervt mit den Fingerspitzen aufs Lenkrad.

»Grüner wird's nicht!«, knurrte sie, als der wild gestikulierende Mann, der sich wohl glänzend mit seiner Beifahrerin unterhielt, den grünen Pfeil für Rechtsabbieger einfach ignorierte. Sie überlegte, auszusteigen und dem Mann ihren Ausweis unter die Nase zu halten. Das würde sie jedoch noch mehr Zeit kosten.

Immerhin hatten sie jetzt zwei Verdachtsmomente, die für eine Tatbeteiligung von Hedi Carstens sprachen. Zwar konnte es ein Schmuckstück wie das von Josefine Rademacher auch mehrfach geben, und Janne Winter konnte sich geirrt haben. Aber dass beide Hinweise auf dieselbe Person deuteten, hatte mit Sicherheit einen Grund.

Auf den letzten Metern drückte sie das Gaspedal noch mal bis zum Boden durch. Sie wollte unbedingt dabei sein, wenn Hedi Carstens befragt wurde. Und sie wusste, dass auch Banu ihre Anwesenheit bei dem Verhör und einer eventuellen Verhaftung schätzen würde. Als Team in der jetzigen Konstellation arbeitete die Mordbereitschaft 5 noch nicht lange zusammen. Thorsten Fock, Banu und sie waren aufeinander eingespielt, aber Armin und Gunnar waren erst im letzten Jahr dazugekommen, um zwei Kollegen, die in den Ruhestand gegangen waren, zu ersetzen.

Stella bog mit quietschenden Reifen in die Einfahrt der Seniorenresidenz ein und drosselte ihr Tempo erst, als ihre Kollegin in Sichtweite kam.

Hedi Carstens beschlich zum ersten Mal seit der Nacht von Dr. Karl Liebigs Tod ein ungutes Gefühl. Warum hatte das Mädchen sie vorhin so merkwürdig angesehen? Und warum hatte Frau Kurtoğlu die junge Frau überhaupt dabei?

Lydia Dammann hatte bereits den letzten Teil ihrer Lesung angekündigt. Wahrscheinlich würde die Veranstaltung in zehn Minuten zu Ende sein.

Hedi griff nach Marias Hand und drückte sie fest. Ihre Freundin zuckte erschrocken zusammen. Wahrscheinlich hatte sie sich von der ziemlich monotonen Stimme von Frau Dammann in den Schlaf lullen lassen. Hedi fand, dass der heutige Vortrag mal wieder zeigte, dass eine gute Autorin nicht automatisch eine gute Vorleserin war.

Dennoch hatte Maria heute einen ziemlich klaren Tag erwischt.

»Wir müssen draußen etwas besprechen«, flüsterte sie ihr zu. Als sie aufstanden und sich an den Zuhörern vorbeidrängelten, fing Hedi einen verwunderten Blick von Wilfried Lundt auf.

»Ich bringe sie nur eben schnell mal zur Toilette«, sagte sie leise und zog Maria hinter sich her. Die Garderobe war zum Glück leer. Die Polizei schien sie erst draußen zu erwarten. Wenn überhaupt! Aber Hedi hatte sich den unverwandten Blick der jungen Frau mit Sicherheit nicht eingebildet.

Natürlich hatten Maria und sie schon häufig über die Optionen gesprochen, die sie hatten, wenn die Polizei etwas herausfand, aber diese Gespräche waren bisher rein theoretisch gewesen.

»Meinst du, sie hat uns am Falkenberg gesehen?«, fragte Maria erschrocken.

Hedi antwortete: »Ich kann mir schon vorstellen, dass sie in der Nacht dort war. Aus welchem Grund sollte sie sonst mit der Polizei hier auftauchen?«

Marias Ausdruck, der eben noch so gehetzt erschienen war, wurde ruhiger. Ganz klar blickte sie Hedi in die Augen. »Wir haben gesagt: keine Lügen mehr.«

In diesem Moment empfand Hedi tiefe Bewunderung für ihre Freundin. Sie wusste, wie viel Angst Maria davor hatte, verhaftet zu werden.

Sie bereuten die Tat nicht.

Dr. Karl Liebig hatte genau das bekommen, was er verdient hatte. Es war ungerecht, dass er überhaupt so lange hatte leben dürfen. Vielleicht würden die Polizisten das genauso sehen, wenn sie die Geschichte von Josefine und Friedrich kennen würden.

Und selbst wenn sie es anders sahen. Hedi hatte nur noch kurze Zeit zu leben, vielleicht sechs Monate. Und um Maria herum wurden die Schleier der Demenz immer dunkler. Sie hatten also nicht viel zu verlieren.

»Keine Lügen mehr!«, wiederholte Hedi. Sie gab Maria einen Kuss auf die Wange, dann fasste sie ihre Hand und öffnete die Tür, die von der Garderobe nach draußen führte. Da die Lesung in diesem Moment zu Ende war, folgten ihnen einige Senioren nach.

Stella hatte zunächst Mühe, Hedi Carstens in der Menschenmenge ausfindig zu machen. Zumal Jan Domingo überraschend neben ihr auftauchte und sie ansprach. »Heute ist hier ja ein richtiges polizeiliches Großaufgebot. Werden Sie jemanden festnehmen?«

Banu winkte Gunnar zu sich und bat ihn, Jan von ihnen fernzuhalten. Gunnar ging auf den jungen Mann zu und schob ihn bestimmt zur Seite. Dann flüsterte er ihm etwas zu und die beiden entfernten sich.

Hedi Carstens erschien gemeinsam mit ihrer Freundin Maria Montgomery. Sie hielten sich regelrecht umklammert.

»Frau Carstens, kommen Sie mal bitte zu mir. Ich möchte Ihnen noch ein paar Fragen stellen.« Banu winkte die alte Dame zu sich. »Aber bitte nur Sie. Frau Montgomery nicht.«

Maria Montgomery streckte selbstbewusst ihr Kinn nach vorn und richtete sich zu ihrer vollen Größe auf und die war ziemlich beachtlich. Stella schätzte sie auf circa 1,80 Meter. »Ich lasse Hedi nicht allein!«

Auch Frau Carstens schüttelte vehement mit dem Kopf. »Sie bleibt bei mir!«

Banu und Stella nickten sich zu. »Können wir ein kleines Stück spazieren gehen?«, fragte Stella. Sie wollte verhindern, dass sich jemand in die Unterhaltung einmischte.

Als sie außer Hörweite der anderen waren, zog Stella das Foto von Josefine Rademacher aus der Tasche und hielt es Hedi Carstens hin.

»Das ist meine Mutter«, sagte die alte Dame ruhig und strich mit dem Finger über das Foto. »Wo haben Sie es her?«

Banu warf ihrer Kollegin einen schockierten Blick zu. »Ihre Mutter?«

»Ja, Josefine Rademacher war meine Mutter und Dr. Karl Liebig mein Vater.«

Stella spürte, wie ihr Herz aufgrund dieser völlig überraschenden Äußerung schneller schlug. Nach außen gab sie sich jedoch völlig ruhig. »Eins nach dem anderen. Zunächst einmal hat mir Peter Bachmeier, der Bruder von Josefine Rademacher, das Foto gegeben. Ich hatte darauf die Kette wiedererkannt, die ich auf einem Foto in Ihrer Wohnung gesehen hatte. Ist das Ihre Kette?«

Hedi Carstens bejahte die Frage. »Meine Mutter hat sie mir vererbt. Sie hat sich erhängt, nachdem sie mich auf die Welt gebracht hatte. Ich wurde von einer ihrer Freundinnen aufgezogen, die mit ihr auf Schloss Brandau war.«

Nun mischte sich Maria Montgomery in das Gespräch ein. »Mein Bruder Friedrich war auch auf Schloss Brandau. Er war einer der Ersten, die von Dr. Karl Liebig in den Tod geschickt wurden.«

»Es wäre mir lieb, wenn wir in eine Ihrer Wohnungen gehen könnten, um unser Gespräch dort fortzusetzen. Ich denke, wir brauchen mehr Ruhe dafür.« Banu war verwirrt von dieser Fülle an neuen Informationen. Außerdem sah sie Wilfried und Irma Lundt mit schnellen Schritten auf sie zusteuern. Hedi machte jedoch eine abwehrende Handbewegung, sodass die beiden stehen blieben.

Hedi Carstens zog eine Schublade auf und holte ein altes Buch mit beschädigtem Einband heraus. »Hier ist das Tagebuch meiner Mutter. Sie hat alles aufgeschrieben. Wie dieser Sadist ihre Freunde und sie gequält hat.« Eine Träne lief über ihre Wange. Sie wischte sie mit ihrem Ärmel weg.

Banu nahm das Buch an sich und schlug die erste Seite auf. »Dies ist das Tagebuch von Josefine Rademacher, 20. November 1932«, las sie vor.

Maria Montgomery, die sehr still geworden war, sagte: »Bitte lesen Sie es in Ruhe durch. Den letzten Tagebucheintrag haben Hedi und ich geschrieben. Darin beschreiben wir den Mord an Dr. Karl Liebig. Wir wollten, dass die Geschichte von Josefine so endet.«

Banu versuchte, bei den Verwandtschaftsverhältnissen zwischen Hedi Carstens, Josefine Rademacher und Dr. Karl Liebig wieder anzusetzen. »Eine Sache ist mir nicht klar. Sie sagten, dass Sie die Tochter der beiden sind. Aber Josefine wurde doch sterilisiert.«

»Da scheint dann bei der Operation wohl etwas fehlgeschlagen zu sein. Dr. Liebig dachte auch, dass Josefine nicht schwanger werden konnte. Er hat sie so viele Male vergewaltigt.« Sie zeigte auf das Tagebuch. »Es steht alles dort drin.«

Stella verspürte einen regelrechten Brechreiz. Josefine hatte ihr leidgetan, weil sie abgeschoben und verstümmelt wurde. Dass sie ein Martyrium solchen Ausmaßes erleiden musste, überstieg ihre Vorstellungskraft.

Banu forderte Hedi Carstens auf, weiterzuerzählen. »Wie ich schon sagte, bin ich bei einer Pflegemutter aufgewachsen. Bis zu ihrem Tod wusste ich nicht, dass ich nicht ihre eigene Tochter war. Sie konnte keine Kinder bekommen, denn bei ihr war die Sterilisation korrekt durchgeführt worden. Als sie starb, fand ich in ihrem Nachlass das Tagebuch.«

»Und die Kette?«, fragte Stella.

»Die habe ich bereits lange vorher bekommen. Meine Pflegemutter sagte, dass es ein Erbstück von meiner Großmutter sei.«

»Und warum haben Sie sie jetzt nicht um? Auf fast allen Fotos ist sie drauf.« Stella zeigte auf die vielen Fotografien an der Wand.

»Sie ist mir vor einigen Jahren gestohlen worden.«

»Okay, dann haben Sie also die Aufzeichnung ihrer Mutter gelesen. Und was dann?«

»Sie müssen wissen, dass ich viel Zeit hatte. Nachdem mein Mann erkrankt war, bin ich in Frühpension gegangen. Ich habe ihn zwar gepflegt, und das war nicht einfach. Aber er hat auch viel geschlafen. Ich habe viel im Internet recherchiert. Darüber, was aus Dr. Karl Liebig geworden sein könnte, und auch, ob die anderen Bewohner von Schloss Brandau noch lebende Verwandte hatten. Maria zu finden, war nicht schwierig. Ihr Bruder Friedrich war immerhin der Sohn des Obersturmbannführers Heinrich von der Lohenbrügge. So häufig ist der Name nicht.« Sie lächelte Maria Montgomery an.

Diese schien dies als Aufforderung aufzufassen und fuhr fort: »Ich habe einen Texaner geheiratet und bin nach Amerika gegangen. Mein Mann war sehr wohlhabend. Als er gestorben ist, hat er mir alles hinterlassen, denn wir hatten keine Kinder. Hedi und ich haben sofort gemerkt, dass wir seelenverwandt sind. Ich habe dann einen Privatdetektiv beauftragt, der schließlich Karl Liebig aufgespürt hat. Und dann haben wir uns ausgemalt, was wir mit ihm machen würden. Bis wir beide irgendwann der Meinung waren, dass wir ihn wirklich nicht mit dem Leben davonkommen lassen wollten. Er sollte wissen, dass Josefine und Friedrich nicht vergessen sind. Außerdem hatte ich zu dieser Zeit bereits die Diagnose bekommen, dass mein Kopf nicht mehr so lange klar bleiben würde.« Maria Montgomery erzählte von ihrer Krankheit und Hedi ergänzte, dass auch sie nicht mehr lange zu leben hatte. Was aber zu dem Zeitpunkt, als sie den Mord an Dr. Karl Liebig geplant hatten, noch nicht festgestellt worden war. Das betonte sie.

Banu und Stella wechselten einen Blick. Ein so umfassendes Geständnis hatten sie nicht erwartet. Aber es wäre falsch gewesen, die beiden alten Damen hier zu unterbrechen.

»Nach außen hin war er immer sehr klar. Aber wenn er mit Maria und mir alleine war, hat er offenbart, dass er eigentlich in einer Fantasiewelt gelebt hat. Er hat immer von Klaus Störtebeker erzählt und dass er den Schatz noch ausgraben wollte. Er war überzeugt davon. Maria und ich haben uns bewusst mit ihm angefreundet. Wir wussten ja von seinem Wahn um Störtebeker. Josefine hat das alles aufgeschrieben. Wir haben so getan, als ob wir deshalb hierhergezogen sind, weil es geschichtlich so interessant ist wegen Klaus Störtebeker und den Legenden. Deshalb dachte er wohl, dass er sich uns öffnen konnte. Die Lundts und Agnes wussten nämlich nichts davon.«

»Dann ist also Klaus Störtebeker die Person, die er so verehrt hat, dass er hierher gezogen ist? Das hat er nämlich den Lundts erzählt.«

Hedi und Maria nickten. »Und wir dachten, dass er dort sterben sollte, wo er, wie er so oft betonte, spirituelle Erleuchtung erfahren hatte.«

»Was ich aber nicht verstehe: Warum hat Janne Winter Sie mit einem Mann gesehen, Frau Carstens?«

Statt Hedi Carstens antwortete jedoch Maria Montgomery: »Janne Winter ist nicht die Erste, die mir männliche Züge attestiert. Mein Haar ist kurz und wenn man nicht genau darauf achtet, kann man mich im Halbdunkeln schon mal für einen Mann halten. Immerhin bin ich fast 1,80 Meter groß.« Banu war überrascht darüber, wie bereitwillig Maria Montgomery gerade zugab, einen Mord begangen zu haben. Für den Abschluss der Ermittlungen war dies natürlich von Vorteil.

»Stella, kommst du mal einen Moment mit vor die Tür?«

Im Treppenhaus war es angenehm kühl. Banu war sich in der Wohnung von Hedi Carstens wie in einem Terrarium vorgekommen. Alte Menschen schienen es wohl stets ein paar Grad wärmer zu mögen.

»Es scheint alles plausibel zu sein. Das, was sie uns noch nicht erzählt haben, können wir im Tagebuch nachlesen.«

Stella war damit beschäftigt, einen imaginären Fussel von ihrer Hose zu wischen. Es gelang ihr nicht und sie sah Banu an.

»Dieser Mann war ein Massenmörder!« Stella schüttelte voller Ekel den Kopf.

»Hat er es also verdient zu sterben?«, fragte Banu sich und ihre Kollegin. Doch Banu hatte leider keine Antwort darauf. Sie hatte in ihrer Laufbahn schon einige Mordfälle bearbeitet und viele Tatmotive herausgearbeitet. Das eine oder andere Mal hatte sie sogar die Handlungen des Täters nachvollziehen können. Aber so wie in diesem Fall war es ihr noch nie ergangen. Und sie wusste, dass Stella genauso dachte. Die beiden Frauen hatten sachlich und ohne jegliche Sentimentalität den Mord an einem Nazi-Verbrecher gestanden. Sie waren schuldig, das war klar. Aber Dr. Karl Liebig hätte niemals mit seinen Verbrechen ungeschoren davonkommen dürfen.

»Er war ein Mörder. Wahrscheinlich wäre er in ein oder zwei Jahren sowieso gestorben. Er war ja schon 96 Jahre alt. Und während er hier viele trauernde Angehörige hinterlassen hat, hat er in Bolivien in Saus und Braus gelebt.« Stella konnte ihre Wut kaum unterdrücken.

»Möchtest du etwa vorschlagen, die beiden nicht festzunehmen?«, fragte Banu vorsichtig. »Es wäre einfach. Niemand würde je erfahren, dass sie die Täter sind. Denn beide werden innerhalb der nächsten Monate sterben oder zumindest nicht mehr verhandlungsfähig sein. Armin und Gunnar wissen bisher nichts. Der Fall könnte also gemeinsam mit der Elbtoten zu den Akten wandern.«

»Und dann kommt Thorsten Fock übermorgen zurück und wird sehr enttäuscht darüber sein, dass du diesen Fall nicht aufklären konntest.«

»Darum geht es mir nicht«, sagte Banu. »Aber wenn ich die beiden jetzt entlaste, kann ich nicht weiterhin bei der Polizei arbeiten. Ich habe damals etwas geschworen. Diesen Schwur kann ich nicht brechen und gleichzeitig so tun, als wäre nichts geschehen. Ich verurteile die Taten dieses Nazis genauso wie du. Aber die beiden haben einen Mord begangen. Und dies in vollem Bewusstsein.« Banu hatte das Gefühl, sie müsste als ältere und erfahrenere Kollegin auf die impulsivere Stella einwirken. Ansonsten würden sie sich beide auf sehr dünnes Eis wagen.

Stella schwieg einen Moment, dann ging sie entschiedenen Schrittes auf die Wohnungstür von Hedi Carstens zu. »Hedi Carstens und Maria Montgomery, hiermit verhafte ich Sie. Sie stehen unter dringendem Tatverdacht, Dr. Henning Manteuffel alias Dr. Karl Liebig getötet zu haben.«

»Wir werden uns nicht widersetzen«, sagte Hedi Carstens lächelnd.

»Ich glaube, ich fahre öfter in den Urlaub.« Thorsten Fock stellte seine Aktentasche auf den Stuhl neben seinem Schreibtisch. »Ich habe schon gehört, was alles aufgelaufen ist, als ich nicht da war. Aber als Erstes hole ich mir jetzt einen Kaffee. Ich habe dieses mit Sicherheit krebserregende Gebräu echt vermisst.«

»Dann wirst du aber enttäuscht sein.« Gunnar präsentierte voller Stolz die von ihm erworbene Maschine.

»Ist die Besoldung für Polizisten in den letzten drei Wochen so deutlich angehoben worden?«, fragte Thorsten Fock.

Gunnar erklärte ihm das Procedere mit dem Schwein und den 50 Cent.

»Aber heute gibst du mir doch einen aus, oder?«

Gunnar nickte und legte eine Kapsel in die Maschine. Eine halbe Minute später stand eine dampfende Tasse Kaffee vor dem Chef der Mordbereitschaft 5.

»Café Crema«, sagte Thorsten Fock anerkennend und nahm mit Kennermiene einen Schluck. Mittlerweile war auch Stella eingetroffen.

»Guten Morgen, Stella. Jetzt, da ihr alle da seid, möchte ich euch zur Lösung dieses Falles beglückwünschen. Banu hat mich gut vertreten. Komm mal zu mir.« Er schüttelte Banu die Hand.

Stella hatte fast das Gefühl, sie wäre bei »Star Wars Episode 4« und würde gleich von dem Rebellengeneral und Prinzessin Leia einen Orden verliehen bekommen. Thorsten Fock wirkte auf sie immer noch genauso förmlich wie am Anfang ihrer Zusammenarbeit. Er war auch nach wie vor der Einzige, bei dem ihr das Duzen schwerfiel.

Thorsten Fock schüttelte den Kopf. »Eigentlich ein trauriges Schicksal. Die beiden alten Damen haben nicht mehr lange zu leben und müssen dieses bisschen nun auch noch in Haft verbringen.«

»Ich werde bis Ende dieser Woche den Papierkram fertigmachen, damit ich dann auch beruhigt in den Urlaub gehen kann.« Banu setzte sich demonstrativ an ihren Computer. Stella wusste, dass Banu sich sehr auf die zwei Wochen Dänemark mit ihrer Familie freute. Banu schien auch körperlich ausgelaugt zu sein. Sie war sowieso schon zierlich, hatte aber anscheinend in letzter Zeit Gewicht verloren. Der Fall war an ihnen beiden nicht spurlos vorübergegangen. Stella hatte seit zwei Nächten nicht mehr richtig geschlafen.

»Jetzt wollen wir doch mal sehen, was heute anliegt. Eine Frau wurde eben gerade tot in einem Parkhaus des Fitness-

Centers ›Mermaid‹ in Altona gefunden. Stella und Gunnar, begleitet ihr mich bitte?«

Stella nickte und griff nach den Schlüsseln des Dienstwagens. Auf eine Hamburger Bitte, von ihrem Chef ausgesprochen, folgten normalerweise keine Widerworte. Willkommen im Alltag!

24. NOVEMBER 1945

Liebes Tagebuch,

ich kann meine Tochter nicht lieben. Ich habe es wirklich versucht, aber ich sehe in ihr nur ihren Vater, den Massenmörder! Wie gern wollte ich in einer anderen Zeit Mutter werden. Und jetzt, da ich es bin, empfinde ich nichts als Ekel und Hass für mein Kind.

Deshalb weiß ich keinen anderen Ausweg mehr. Terese wird meine Tochter Hedi lieben, als wäre es ihr eigenes Kind. Sie kümmert sich schon jetzt viel mehr um sie als ich, ihre leibliche Mutter. Terese hat sich so gefreut, als wir erfahren haben, dass ich schwanger bin. Sie sagt, ich sollte Gott danken, dass die Sterilisation offensichtlich fehlerhaft durchgeführt wurde. Aber mit dieser Schwangerschaft hat Gott mich verhöhnt. So wie er mich all die Jahre verhöhnt und dann vergessen hat.

Ich werde heute Nacht, wenn Hedi schläft, das Haus verlassen, um in den Wald zu gehen. Ich habe den Baum bereits ausgesucht und den Strick im Schrank zwischen meinen Kleidern versteckt.

Terese schläft neben Hedis und meinem Zimmer. Sie wird sofort aufwachen, wenn Hedi weint. Aber mich kann sie dann nicht mehr aufhalten.

Meine Kette habe ich bereits auf das Nachtschränkchen gelegt. Es ist das Einzige, was ich meiner Tochter vererben kann.

Dich, liebes Tagebuch, soll Hedi nicht zu sehen bekommen. Falls du dies lesen solltest, Terese, dann erfülle mir bitte meinen Wunsch und verbrenne es. Hedi soll immer denken, dass sie deine eigene Tochter ist, denn sie kann nichts dafür.

Ich hoffe, dass ich bald bei meinen lieben Eltern und Friedrich sein werde.

Vielleicht habe ich im Leben etwas Gutes getan, indem ich Terese gerettet habe. Andererseits könnte man auch sagen, dass Friedrich, Albert und Klara nur wegen mir gestorben sind. Letztlich weiß ich nicht, was zählt. Ich habe immer versucht, ein guter Mensch zu sein. Ich habe nur zwei Menschen in meinem Leben gehasst. Der eine Mensch ist Dr. Karl Liebig und der andere leider unsere Tochter. Hedi hat böse, aber auch gute Anlagen. Terese wird ihr helfen, dass das Gute in ihr überwiegt.

Während ich dies schreibe, höre ich die gleichmäßigen Atemzüge meiner Tochter. Es ist Zeit für mich zu gehen.

DREI MONATE SPÄTER, OKTOBER 2010

Für Anfang Oktober war dieser Herbsttag außergewöhnlich schön. In den Pflanzen auf den Gräbern hatten Spinnen ihre Netze gebaut und die leuchteten in der Morgensonne. Der Altweibersommer hielt sich in diesem Jahr sehr lange. Stella stand nun das zweite Mal innerhalb weniger Monate auf einem Friedhof. Es war nur eine sehr kleine Trauergemeinde, die sich heute hier versammelt hatte. Hedi Carstens hatte kaum Freunde oder Verwandte gehabt.

Maria Montgomery war, gestützt auf eine Pflegerin, gekommen. Auch eine Strafvollzugsbeamtin hielt sich in ihrer Nähe auf. Sie war nach ihrer Festnahme in die geschlossene Abteilung eines Krankenhauses überwiesen worden. Ob der Fall »Henning Manteuffel« jemals vor Gericht kommen würde, war fraglich, denn Marias Zustand verschlechterte sich rapide. Ob sie überhaupt wusste, dass heute die Asche ihrer Freundin und Mittäterin beigesetzt wurde?

Überrascht war Stella davon, dass Peter Bachmeier den langen Weg aus Sternberg auf sich genommen hatte, um sich von seiner Nichte zu verabschieden, die er niemals kennengelernt hatte. Freundlich lächelte er Stella zu.

Natürlich war keiner von Hedis Freunden aus ihrer Zeit in der »Residenz Waldfrieden« erschienen.

Und es gab auch keinen Kranz von dem Seniorenheim selbst. Warum einer Mörderin einen letzten Gruß senden?

Außer Stella war nur noch eine weitere Person zum Friedhof Altona gekommen. Es war der allgegenwärtige Jan Domingo. Er hatte eine rote Rose in der Hand. Heute trug er einen schwarzen Anzug mit einer dezent gemusterten Krawatte. Er hielt den Kopf gesenkt und sah aus, als würde er trauern.

Stella war allein zu der Urnenbeisetzung erschienen, denn Banu lag mit einer Lungenentzündung und hohem Fieber im Bett. Sie wäre gern mitgekommen.

Im Gegensatz zu der Beerdigung von Dr. Karl Liebig gab es keinen Gottesdienst und keine Trauerrede. In ihrem letzten Willen hatte Hedi Carstens festgelegt, dass in der kleinen Kapelle Musik aus ihrer Jugend, vor allem von den Beatles und Elvis, gespielt wurde. Lieder, zu denen sie mit ihrem Mann gern und viel getanzt hatte.

Die Urne mit Hedi Carstens' Asche wurde im Grab ihres Mannes beigesetzt. Im Laufe der nächsten Wochen würde auf dem Grabstein neben dem Namen Wieland Carstens auch ihr Name eingemeißelt werden.

Stella legte ihren kleinen Strauß mit Heidekraut auf dem Grab ab und wandte sich zum Gehen. Sie hörte ein Räuspern hinter sich und drehte sich um.

»Wollen wir noch einen Kaffee trinken?« Jan Domingo hatte sich hinter sie gestellt und seine Rose neben ihr kleines Sträußchen gelegt.

Da sie sich den Rest des Tages freigenommen und noch nichts anderes vorhatte, willigte Stella ein. »Ich nehme Sie mit«, sagte sie.

Das kleine Café, das Stella von einer Ermittlung in Altona kannte, war mit dem Auto kaum fünf Minuten vom Friedhof entfernt.

»Mit Maria Montgomery habe ich ja gerechnet und mich

über Peter Bachmeier gefreut. Aber warum sind Sie heute hier?«, fragte Stella, nachdem sie an einem der kleinen Tische Platz genommen hatten.

Jan winkte der Kellnerin und bestellte zwei Milchkaffee. »Ich habe nur Bewunderung für diese Frau übrig. Und das Gute ist, ich kann dies im Gegensatz zu Ihnen offen sagen.«

»Sie bewundern sie, weil sie sich zur Richterin und Vollstreckerin erhoben hat? Letztlich hat sie jedoch nur einen alten Mann ermordet!« Genau dies hatte Stella sich innerhalb der letzten drei Monate immer wieder gesagt. Wenn sie nachts jedoch die Augen schloss, sah sie das Foto mit dem grauen Bus und der winkenden Josefine am Fenster. Und sie sah die Worte einer verzweifelten und gequälten jungen Frau vor sich, die sich nur ihrem Tagebuch anvertrauen konnte.

»Und weil Sie genauso denken, sind Sie auch heute hier!« Jans ironischer Ton war nicht zu überhören.

»Sie wissen genau, dass ich Ihnen nichts anderes sagen kann. Ich habe bloß meinen Job gemacht.«

»Das hat Karl Liebig bestimmt auch gesagt.« Jan rührte in seinem Kaffee.

Stella nahm ihm diese Bemerkung nicht übel. Er war 15 Jahre jünger als sie und wahrscheinlich fast doppelt so intelligent. Vielleicht würde er irgendwann anders darüber denken. Sie hoffte es!

9. JUNI 2010

Liebes Tagebuch,

wir haben es getan! Und wir finden beide, dass das letzte Kapitel in Josefines Tagebuch dieser Tat gewidmet werden sollte.

Zum Glück ist Terese Josefines Wünschen nur zum Teil nachgekommen. Sie hat mir das Tagebuch zu ihren Lebzeiten nicht gezeigt, aber sie hat es auch nicht verbrannt. Das war gut, denn nur durch die Lektüre dieses Buches lernte ich zu hassen. Ich habe die 147 Namen auf der Liste immer wieder durchgelesen, bis ich sie auswendig konnte.

Natürlich hatten wir uns den Zeitpunkt genau überlegt. An diesem Wochenende findet eine dreitägige Ausfahrt nach Boltenhagen statt, an der viele Bewohner der »Villa Sonne« teilnehmen. Wir waren in unserem Vorhaben also ungestört. Es kostete allerdings ein wenig Überredungskunst, Agnes und Karl Liebig davon zu überzeugen, nicht mitzufahren. Außerdem war Starkregen angesagt und die Wettervorhersage hatte sich nicht geirrt. Wäre es heute Abend klar gewesen, hätten wir unser Vorhaben wohl verschieben müssen, da es sehr mühsam geworden wäre, die Reifenspuren zu beseitigen. Auch wäre die Gefahr groß gewesen, jemandem zu begegnen.

Wie geplant, gingen die Lundts gegen 22 Uhr ins Bett. Das tun sie jeden Abend!

Der Tiefschlaf von Agnes war kein Zufall. Maria hatte in den Sherry, den sie als Gute-Nacht-Schlückchen auf dem

Nachtschränkchen stehen hat, ein leichtes Schlafmittel gegeben. Und so schläft sie nun selig bis morgen früh und wird ihren Verlobten heute Nacht nicht vermissen.

Dr. Karl Liebig zu betäuben war lächerlich einfach. Nachdem die Lundts weg waren, unterhielten wir uns noch ein wenig über sein Lieblingsthema, Klaus Störtebeker. Maria hatte die Flasche Chloroform und den Lappen bereits nach dem Abendessen in der kleinen Anrichte im Wintergarten versteckt. Da sie in Amerika Krankenschwester gewesen war, verfügt sie über Beziehungen, um sich das Chloroform von dort schicken zu lassen.

Während unseres Gesprächs stand sie auf und tat so, als würde sie Wasser in ein Glas gießen. In Wirklichkeit tränkte sie den Lappen jedoch mit dem Betäubungsmittel. Dann ging sie von hinten auf Karl Liebig zu und drückte ihm den Lappen auf den Mund. Er schnappte einmal erschrocken nach Luft, dann dauerte es nur Sekunden, bis er ohnmächtig wurde.

Ich hatte mir in der letzten Woche einen Schlüssel für den Schuppen mit den Bollerwagen nachmachen lassen. Zu zweit trugen wir den betäubten Karl Liebig zum Schuppen und legten ihn in einen der Bollerwagen, wobei wir ihn in ziemlich unnatürlicher Position in den Aufsatz quetschen mussten. Er ist zwar nicht groß, aber die Fläche des Bollerwagens ist nur sehr begrenzt. Aber er merkte ja nichts davon!

Obwohl wir starken Gegenwind hatten und der Regen uns in Gesicht peitschte, kam mir der Weg zum Falkenberg sehr kurz vor. Kurz bevor wir ankamen, regte sich Karl Liebig bereits unter seiner Decke. Der Weg auf den Gipfel durch den Matsch war beschwerlich, aber die abgeflachte Kuppe auf dem Berg sollte unseren Opferaltar bilden.

Als wir die Decke von Karl Liebig zogen und ihm mit der Taschenlampe ins Gesicht leuchteten, begann er zu wim-

mern. Wir fragten ihn, ob er sich noch an Friedrich und Josefine erinnern könne, und erzählten in aller Kürze, wer wir seien. Als ich ihm sagte, dass ich seine Tochter bin, blinzelte er überrascht.

Maria sagte, dass es für ihn nun an der Zeit wäre, zu sterben, denn er hätte mindestens 147-fachen Mord begangen. Wie ein Mantra begann ich, die Namen der Opfer laut von der Liste abzulesen.

Dann zwangen wir ihn, aus dem Bollerwagen zu steigen und sich auszuziehen. Die ganze Zeit bettelte er um sein Leben. Er sagte, dass er doch nur seine Arbeit getan hätte. Die Menschen auf der Liste wären alle unwertes Leben gewesen und Josefine hätte es gemocht, wenn er sie bestiegen und geschlagen hätte. Er hätte sie und nur sie wirklich geliebt!

Ich musste an mich halten, um ihn nicht zu schlagen. Das gebetsartige Aufsagen der Namen half mir dabei.

Als Karl Liebig nackt und weinend vor uns stand mit seinem kleinen schrumpeligen Glied, das er immer wieder versuchte mit der Hand zu bedecken, sah er so jämmerlich aus, dass ich fast Mühe hatte, mir vorzustellen, was er getan hatte.

Ich sagte weiter die Namen auf.

Dann nahm Maria ihr Skalpell aus dem Futteral und befahl Karl Liebig, er solle auf die Knie gehen. Als er vor ihr kniete, ritzte sie ihm schnell und ohne zu zittern ein Hakenkreuz in den Rücken. Jeder sollte sehen, was er in Wirklichkeit war.

Dann drehte sie den heulenden Mann auf den Rücken und begann mit den 147 Stichen, für jeden Toten einen. Als sie zehn Stiche gemacht hatte, gab sie mir das Skalpell. Ich stach jedoch sehr zögerlich zu, denn ich hatte nie zuvor einen Menschen willentlich verletzt. Und dies fiel mir trotz des

Hasses, den ich für diesen Mann empfand, schwer. Manche meiner Stiche durchdrangen kaum seine Haut.

Leider kam bereits nach 15 Stichen ein röchelndes Geräusch aus seinem Mund und er verdrehte die Augen. Aber wir machten weiter und hörten erst auf, als alle 147 Stiche gesetzt waren. Maria nahm seine Hand und fühlte seinen Puls. Nach kurzer Zeit schüttelte sie den Kopf und lächelte. Dr. Karl Liebig, Massenmörder, Schläger und Vergewaltiger, war tot! Gestorben an seinem Lieblingsplatz, dem Falkenberg!

Ich nahm ihn an den Schultern und zog ihn mit letzter Kraft in das Dickicht. Maria trug seine Kleidung hinterher.

Auf dem Rückweg gingen wir schweigend nebeneinanderher. Maria machte noch einen kleinen Schlenker zum Falkenbergsweg, um das Skalpell, die Chloroformflasche und den Lappen in einer der Mülltonnen verschwinden zu lassen, die an der Straße stehen. Denn morgen früh würde der Müll abgeholt.

Wir haben eben einen Mord begangen. Aber eigentlich haben wir nur Gerechtigkeit walten lassen. Zu lange hatte Karl Liebig sich ihr entziehen können.

Vielleicht werden wir von der Polizei gefasst, vielleicht auch nicht. Natürlich wollen wir beide unsere letzten Tage, denn wir haben nicht mehr lange zu leben, ungern in Haft verbringen. Aber wenn es so sein sollte, dann ist es wichtig, dass dieses Tagebuch gelesen wird.

Es erzählt die Geschichte eines Mädchens, das zur falschen Zeit aufgewachsen ist. Die Geschichte einer jungen Liebe und die Geschichte von Hass und Gewalt.

Vielleicht können diejenigen, die es gelesen haben, zumindest zum Teil nachvollziehen, warum Maria und ich nicht anders handeln konnten.

EPILOG

18.1.2012

Banu hatte ihren Schal zweimal um ihren Kopf gewickelt und blickte zu Boden, um den Schneeregen nicht ins Gesicht zu bekommen.

Im Sommer war der Platz vor dem Hamburger Rathaus immer voller Touristen, die dieses architektonisch außergewöhnliche Gebäude fotografierten, sich dann ein Eis kauften und auf den Treppen an der Binnenalster niederließen. Im Januar jedoch gehörte Hamburg weitgehend den Hamburgern.

Auf dem Weg zum Rathaus kamen Banu nur wenige Menschen entgegen, die mit zügigen Schritten an ihr vorbeigingen, um dem ungemütlichen Wetter so bald wie möglich zu entkommen.

Stella stand bereits im Foyer des Rathauses und sah demonstrativ auf ihre Uhr. »Eine Viertelstunde zu spät, Kollegin! Wie willst du ein Vorbild für deine Kinder sein, wenn du es nicht mal selber schaffst, pünktlich zu sein!« Banu lächelte entwaffnend und wickelte sich aus ihrem Schal. Sie wusste, dass Stella noch immer damit haderte, Hedi Carstens und Maria Montgomery, die im Sommer 2011 gestorben war, verhaftet zu haben. Banu für ihren Teil hatte mit dem Fall schon lange abgeschlossen. Es war in der Zwischenzeit so viel passiert, das ihre volle Aufmerksamkeit forderte. Sie hatte jedoch sofort eingewilligt, als Stella vorschlug, gemeinsam die Ausstellung »Euthanasie« im Hamburger Rathaus zu besuchen.

In der Diele begannen normalerweise die Führungen durch den Hamburger Regierungssitz. Im Gegensatz zu den vielen Abbildungen und Figuren von Heiligen, Kaisern und Königen, die in anderen Teilen des Rathauses zu finden waren, repräsentierte die Diele das Bürgertum. An den Säulen und an der Wand zum Innenhof waren reliefartig die Porträts verdienter Hamburger Bürger angebracht. Und auch in der Ausstellung ging es um Hamburger Bürger, deren Leben im Dritten Reich als unwert eingestuft wurde.

»Es ist genau wie in Schloss Brandau«, seufzte Stella und blieb vor einem Exponat stehen, das die Geschichte eines lernbehinderten Mädchens zeigte, das nach mehreren Stationen des Leidens in den Alsterdorfer Anstalten von Hamburg nach Österreich verlegt und in einer Kinderfachabteilung ermordet worden war.

Auch Banu konnte viele Ähnlichkeiten zur Geschichte von Josefine Rademacher erkennen. In Hamburg wie auch in Mecklenburg-Vorpommern waren es verdiente Mediziner gewesen, die die Kinder als schwachsinnig eingestuft und zur Tötung vorgeschlagen hatten. Die meisten Täter waren nach dem Zusammenbruch des Dritten Reichs ohne nennenswerte Bestrafung davongekommen. Banu schüttelte den Kopf. »Wahrscheinlich hätte auch Karl Liebig keine Konsequenzen zu befürchten gehabt.«

»Aber er war lieber auf Nummer sicher gegangen und ist über die Rattenlinien mit falschem Namen und Pass in Richtung Südamerika verschwunden«, sagte Stella. »Er muss ein ziemlich feiger Typ gewesen sein.«

»Er war ein Massenmörder und wollte die Konsequenzen seines Handelns nicht tragen.« Banu zeigte auf das Gruppenfoto des medizinischen Personals einer psychologischen Anstalt am Rande von Hamburg. »Der Oberarzt hier auf dem Bild, Dr. Mafall, hat nach dem Krieg tatsächlich noch einmal die Leitung einer Abteilung für Kinderpsychologie bekommen. Als hätte er nichts getan.«

Obwohl sie das Grauen bereits aus den Aufzeichnungen von Josefine Rademacher kannte, schien es Banu irreal, dass es erst knapp 75 Jahre her war, dass Kinder auch in Hamburg gequält, verachtet und schließlich getötet wurden, weil sie anders waren als andere.

Wortlos ging sie durch die Ausstellung und erschrak, als Stella ihr die Hand auf die Schulter legte. »Ich habe genug gesehen. Es gab Hunderte wie Karl Liebig. Aber sie sterben aus. Ob eines natürlichen Todes oder nicht. Wollen wir noch einen Kaffee trinken?«

Banu nickte. Sie konnte nicht einschätzen, ob ihre Kollegin den Besuch dieser Ausstellung als eine Art Schlussstrich unter den Fall »Dr. Karl Liebig« sah.

Nachdem sie sich in mehrere Schichten Winterkleidung eingepackt hatten, hakte Stella sich bei Banu ein und gemeinsam traten sie aus dem hell erleuchteten Rathaus in den Schneeregen.

Die Opfer von Dr. Karl Liebig

Friedrich von der Lohenbrügge
Klara Stein
Albert Beckmann
Katharina Brunn
Norbert Arno Frenzen
Anna Wind
Anna Krogstein
Trine Krogstein
Agnes Timmann
Hans Wollkenhein
Heinrich Nieger
Paul Voß
Albert Linnbrook
Herta Zöllner
Hermine Therese Groß
Lene Linsenbach
Traute von Göhlen
Hans Dorger
Paula Drabenitz
Herta Heitmann
Magda Zubrieger
Agnes Dammann
Hiltrud Paulsen
Dina von der Leine
Maria Lina Landwehr
Gustav-Heinrich Vogt
Frederike Lange
Paul Gerhard Klemm
Hildegard Nordmann
Theodor Portnitz
Holdine Drateln
Hedvig Meißner
Nanette Maria Drill
Christian Leist
Hans Friedrich Tann
Ben Sandemann
Erika Lene Voigt
Selma Thiemann
Frida Hedi Grauser
Hans von Berg
Otto Klaus Trimm
Therese Fraundörfler
Wieland von Tronheim
Hilde Diehl
Tine Alma Brockmann
Hannah Wenzel
Albert Darnerbrook
Maria Lara Bansing
Herta Holthausen
Christian Zeller
Nathan Paul Kant
Anna Maria Dorn
Albertine Landmann

Flora Maria Tassner
Emma Schmidt
Elisabeth Dürrhaupt
Hilde Tennenriehm
Fanny Dallmann
Franz Otto Mannter
Hans Heillmann
Hugo Ludwig Tasch
Elfriede Nolde
Lena Heide Donners
Klare Tillders
Joseph Gustav Lobig
Friede Nordmann
Hannes Westphal
Karl-Heinz von Zofen
Paul Trollner
Christa Lengiratz
Christian Anton Kellermann
Gerlinde Mirold
Trine Voigt
Anton von Hameln
Emma Müllerdorf
Maria Sielfrieden
Ursula von Linné
Arndt Kirschner
Kunigunde von Werishof
Paul Fritz Karmann
Friderike Tell
Krimhild Sanders
Albert Friedrich zu Braunhaus
Elise Fischer
Maria Therese Mews
Hildegund Fock
Peter Fraunzmann
Gerhard Stumpf
Melusine zu Haversmark
Elvira Donnerbach
Friedrich Karl Trimm
Friedrich Dreimann
Freya Meyer
Karl Kattelsbach
Hans Wichers
Magda Ammerland
Frieda Korbach
Adolf Hohenfels
Hedwig Paula Frech
Hanna Strunz
Helene Wiedemann
Fritz Eisenau
Katharina Lohwinkel
Else Anna Weise
Frederike Kannersbach
Juliana Dora Brecht
Otto von Fachbass
Hilde Hannichheim
Albert Siebenaus
Herta zum Lohwinkel
Klaus Karl Broch
Viviane Hoss
Lena Harvenmann
Fritz Albert Lange
Elisabeth Kramberg

Laura Lisa Korn
Brunhilde Gessner
Sebastian Felsstein
Alfons Lambert Traun
Stefan Trabenberg
Hedwig Wantinger
Elisabeth Treffhausen
Karla Trine Loh
Agnes Aurelia Goffner
Magda Delsenberg
Maria Elsa Hafemeister
Erika Lena Gerike
Emma Friedemann
Gerlind Maria Trumm
Theodora Tenner
Paula Anna Saalmann
Hans Heinrich Tönnjes
Otto von Habichtshausen
Erika Else Dannenberg
Herta Brumm
Kurt Friedrich Freiberg
Peter Liebenich
Elke Friderike Peters
Lilia Arzenthal
Anton Peters
Heide Müller
Selma Clara Lossmann
Freya Scheel
Lisa Holda Berg
Josefine Rademacher

DANKSAGUNG

Jede Frau sollte mindestens eine beste Freundin wie Bounty haben. Gut, dass ich gleich drei davon habe: Julia, Patricia und Sandra, die meinen Weg seit fast 40 Jahren begleiten, mit mir durch alle Höhen und Tiefen gegangen sind und erste Leserinnen dieses Buches waren. Ebenso wie meine Freundin Petra Tewson. Mit Rat und Tat standen mir auch meine Mädels von der Rotkäppchen Reiterstaffel zur Seite. Euch allen gebührt Dank dafür, dass ihr meine »Schreiberei« immer unterstützt habt!

Außerdem möchte ich mich bei der Hamburger Polizei für die vielen Anregungen und Tipps bedanken, die ich teilweise umgesetzt habe. An einigen Stellen habe ich jedoch die Pfade der Realität zugunsten der dichterischen Freiheit verlassen, denn mein Roman ist eine fiktive Geschichte und kein Sachbuch.

Ich danke allen Mitarbeitern des Gmeiner-Verlags, die mir die Veröffentlichung meines ersten Buches ermöglicht haben.

Und, last but not least, bedanke ich mich bei meinem Mann Christoph und meinem Sohn Leander, dass sie stets geduldig zugehört haben, wenn ich das Bedürfnis hatte, über mein Buch zu sprechen (und das war nicht selten der Fall). Sehr gefreut hat mich, dass Christoph »Falkenberg« als Allererster gelesen und mir so viel positives Feedback gegeben hat. Denn sein Lob bedeutet mir so viel!

Das Neueste aus der Gmeiner-Bibliothek

Unser Lesermagazin

Bestellen Sie das kostenlose Krimi-Journal in Ihrer Buchhandlung oder unter www.gmeiner-verlag.de

Informieren Sie sich ...

www ... auf unserer Homepage: www.gmeiner-verlag.de

@ ... über unseren Newsletter: Melden Sie sich für unseren Newsletter an unter www.gmeiner-verlag.de/newsletter

f ... werden Sie Fan auf Facebook: www.facebook.com/gmeiner.verlag

Mitmachen und gewinnen!

Schicken Sie uns Ihre Meinung zu unseren Büchern per Mail an gewinnspiel@gmeiner-verlag.de und nehmen Sie automatisch an unserem Jahresgewinnspiel mit »mörderisch guten« Preisen teil!

GMEINER SPANNUNG

WWW.GMEINER-VERLAG.DE
Wir machen's spannend